Братья Карамазовы 3

푸 른 숲
징 검 다 리
클 래 식
0 3 0

카라마조프 집안의 형제들 3

Братья Карамазовы 3

표도르 M. 도스토옙스키 지음

서상범 옮김

푸른숲주니어

'푸른숲 징검다리 클래식'을 펴내며

어린 시절, 할머니께서 조근조근 들려주시던 옛날이야기는 새로운 세상과 통하는 작은 창이었다. 상상의 날개를 달고 떠나는 창 너머 세상으로의 여행은 들어도 들어도 질리지 않는 재미와 마음속 깊은 곳을 울리는 감동을 선사해 주곤 했다. 그뿐 아니라 우리의 삶을 어떻게 꾸려 가야 하는지 곰곰이 생각해 보게 하는 지혜를 가르쳐 주었다. 말하자면 우리는 그 이야기들을 통해 '삶'을 배운 셈이다.

우리가 문학 작품을 읽어야 하는 까닭 또한 '삶을 배운다'는 점에서 크게 다르지 않다. 우리는 한 편 한 편의 문학 작품을 만나 사랑을 배우고, 우정을 배우고, 진실을 배우고, 지혜를 배운다.

그런 점에서 '푸른숲 징검다리 클래식'은 참 의미가 깊다. 오랜 세월을 거치며 각 나라의 문학사에 확고히 자리매김한 작품들을 한데 모았기 때문이다. 문학을 사랑하는 사람들이 즐겨 읽어 세계적인 명저로 일컬어지는 작품들……. 이를테면 우리 부모 세대, 아니 그 이전 세대부터 즐겨 읽었던 작품들로 많은 이들에게 삶의 의미와 가치를 일러주고, 또 '인생'이란 망망대해에서 등대 역할을 담당했던 것들이다.

세월이 흘러 사람들이 사는 모습도 달라지고 생각도 달라졌다. 그러나 시대와 장소를 뛰어넘어 변하지 않는 것이 있다. 바로 '삶'이다. 사람이 있는 곳이라면 어디든지 존재하는 삶은 항상 저마다의 무게를 떠안고 있다. 그 무게는 진실이라는 옷을 입고 문학 작품 속에 영원한 생명을 불어넣는다. 우리는 그것을 '고전'이라 부른다.

　그러나 제아무리 훌륭한 고전이라 해도 독자가 읽고 소화할 수 없다면 아무런 소용이 없다. 지나치게 방대한 분량과 길고 어려운 문장은 책을 읽으려는 어린이와 청소년들의 의지를 꺾을 뿐 아니라 좌절감마저 불러일으킨다.

　'푸른숲 징검다리 클래식'은 바로 그러한 점을 염두에 두고 기획된 세계 명작 시리즈이다. 발표될 당시의 원문을 그대로 옮겨 오는 대신, 작품이 본디 지닌 맛과 재미를 고스란히 살리면서 어린이와 청소년들이 읽고 소화하기 쉽게 분량을 조절하고 글을 다듬었다.

　그리고 본문 뒤에는 현직 국어 교사들이 직접 쓴 해설을 붙였다. 작가나 작품에 대한 풍부한 설명은 물론, 그 작품들이 지니고 있는 현재적 의미까지 상세하게 짚어 보이고 있다. 아울러 해설 곳곳에 관련 정보를 담은 팁과 시각 자료를 배치해, 읽는 재미를 넘어 보는 재미까지 만끽할 수 있도록 했다.

　아무쪼록 '푸른숲 징검다리 클래식'을 통해 어린이와 청소년들의 삶이 더욱더 깊고 풍성해지기를…….

2006년 4월
기획위원　강혜원·계득성·전종옥·송수진

| 차례 |

제 28 장

영리한 소년

11월 초순이었다. 영하 11도의 추위가 닥치면서 곳곳에 살얼음이 얼기 시작했다. 얼어붙은 땅 위로 메마른 눈이 조금씩 내렸다. 밤이면 건조하고 날카로운 칼바람이 불어와 눈가루를 우리 마을의 지루한 거리들, 특히 시장의 광장 쪽으로 날려 보내곤 했다.

아침부터 날씨가 궂긴 했지만, 그나마 그날은 일찌감치 눈이 그쳤다. 광장에서 멀지 않은 곳, 플로니코프 상점 근처에 안팎이 깔끔하게 정돈된 아담한 집이 한 채 있었다. 바로 현청(縣廳) 서기관을 지낸 크라소트킨의 미망인 크라소트키나 부인이 살고 있는 집이었다.

크라소트킨은 이미 십사 년 전에 세상을 떠났지만, 크라소트키나 부인은 여전히 아름다운 미모를 간직한 채 그 깨끗하고 아담한 집에서 '자기 재산으로' 살아가고 있었다. 그녀는 올해 서른 살로, 성실하고 상냥하며 명랑한 성격을 지녔다. 그녀에게는 열여덟 살 때 낳은 아들이 있었는데, 남편이 죽은 뒤로는 보물 같은 이 아들을 키우는 데에 온 정성을 바치며 지냈다.

아들의 이름은 콜랴였다. 콜랴가 처음으로 학교에 입학했을 때, 크라소트키나 부인은 아들의 학습을 돕기 위해 모든 과목을 함께 공부했다. 또한 학교 선생님들을 비롯해서 다른 아이들의 어머니와도 가깝게 지내려고 갖은 노력을 다 기울였다.

어머니의 이렇듯 극성스러운 모습은 콜랴를 친구들 사이에서 놀림감으로 만들기에 충분했다. 그러나 콜랴는 워낙 힘이 센 데다 용감한 성격이었기 때문에 친구들의 비웃음 따위는 조금도 마음에 두지 않았다. 공부도 곧잘 했는데, 특히 수학과 세계사는 선생님도 쩔쩔맬 정도로 수준이 높았다.

겉으로는 언뜻 친구들을 얕잡아 보는 듯했지만, 대체로는 두루두루 잘 어울려 지내는 편이었다. 친구들과 장난을 치다가도 적당한 선에 이르면 스스로 그만둘 줄 아는 현명함도 갖추고 있었다. 선생님하고의 관계에 있어서도 마찬가지였다. 스스로 정한 한계선을 넘으면 용서받을 수 없을 거라고 여기고서 미리미리 조신하게 굴었다.

콜랴네 집 서재에는 아버지가 생전에 사용하던 책장이 하나 있었다. 콜랴는 종종 서재에 들어가서 책장에 꽂혀 있는 책들을 남몰래 꺼내 읽곤 했다. 그 나이에 읽어서는 안 될 책들까지 모조리…… . 그러다 어느 순간부터 콜랴의 행동이 조금씩 과격해지기 시작했다.

지난 여름방학 때의 일이었다. 콜랴는 어머니와 함께 먼 친척 집에서 일주일 정도 머물렀다. 그 집의 주인이 기차역에서 일한다는 것을 알고는 철도에 관한 정보를 모으는 데 유난히 열을 올렸다. 집으로 돌아간 뒤에 친구들한테 자랑을 늘어놓고 싶었기 때문이다.

콜랴는 그 마을 아이들과 금세 가까워졌지만, 조금 어리다는 이유로 큰 아이들에게는 무시를 당하곤 했다. 이를 언짢게 여기고 있다가, 어느 날 큰 아이들에게 내기를 제안하였다. 한밤중에 열차가 지나갈 때까지 선로 위에 누워 있기로 한 것이었다. 사실 콜랴는 철도에 관한 정보에 빠삭했기 때문에, 선로와 선로 사이에 반듯이 누워 있으면 안전하다는 것을 미리 알고 있었다.

밤 열 시, 콜랴는 선로와 선로 사이로 들어섰다. 마침내 기차가 어둠을 뚫고 기적 소리와 함께 모습을 드러냈다. 겁에 질린 아이들은 재빨리 수풀 속으로 숨어 버렸다. 하지만 콜랴는 선로와 선로 사이에 반듯이 드러누웠다. 수풀 속의 아이들이 어서 피하라고 아무리 소리쳐도 소용이 없었다.

이미 때는 늦었다. 기차는 쏜살같이 콜랴가 드러누워 있는 곳을 지나가 버렸다. 콜랴는 기차가 저만치 멀어질 때까지 꼼짝하지 않았다. 기차가 오는 순간 정신을 잃었기 때문이다. 그 일이 있은 후, 콜랴는 그 마을에서 가장 용감한 아이로 통하게 되었다.

이튿날 콜랴는 가벼운 열병을 앓았다. 그래도 기분만큼은 최고로 좋았다. 아무리 생각해도, 스스로가 몹시 대견스러웠던 것이다.

그런데 얼마 후, 이 일이 콜랴가 다니는 학교에 알려지게 되었다. 크라소트키나 부인이 학교로 달려가 선생님들에게 싹싹 빈 덕분에, 한계를 넘어선 콜랴의 장난은 어렵사리 용서를 받았다.

콜랴를 적극적으로 두둔해 준 사람은 다르다넬로프 선생이었다. 그는 아직 결혼을 하지 않았는데, 크라소트키나 부인을 열렬히 사랑하고 있었다. 심지어 일 년 전에는 용기를 내어 청혼을 하기도 했는데, 아들을 배신할 수 없다는 지극히 모성적인 말을 듣고 물러나야 했다. 그래도 다르다넬로프 선생은 그녀가 자기를 싫어해서 거절한 것은 아니라고 믿었다. 그는 콜랴를 무척 귀여워했지만, 혹시라도 안 좋은 소문이 날까 봐 일부러 엄격하게 대했다.

한번은, 반 아이들 모두가 다르다넬로프 선생보다 콜랴의 세계사 실력이 훨씬 뛰어나다고 인정하게 된 사건이 일어났다. 콜라가 "트로이는 누가 창건했습니까?"라는 질문을 던졌는데, 다르다넬로프 선생이 곧바로 대답을 하지 못한 것이었다. 그것도 모자라, 이 질문은 쓰잘머리가 하나도 없다고 핀잔을 주기까지 했다.

그 순간 아이들은 다르다넬로프 선생이 콜랴보다 못하다고 결론지었다. 콜랴는 아버지의 책장에 꽂혀 있던 책을 읽고 트로이의 창건자가 누군지 이미 알고 있었다. 하지만 다르다넬로프 선생의 체면을 생각해서 짐짓 정답을 모르는 척했다. 철도 사건 때문에 어머니가 많이 놀란 터라, 앞으로는 여러 사람을 당황시키는 장난을 치지 않기로 마음먹었던 것이다.

그는 다르다넬로프 선생이 어머니를 좋아한다는 걸 알고 있었다. 그것이 싫어서 어머니 앞에서 대놓고 다르다넬로프 선생에 대한 불쾌한 감정을 드러내기도 하였다. 그러나 철도 사건을 겪고 난 후, 다르다넬로프 선생에게 어느 정도의 공손함을 갖추려고 노력했다. 그러면서도 누군가가 불쑥 다르다넬로프 선생에 대한 이야기를 꺼내면, 자신도 모르게 얼굴을 찡그리고 창밖을 내다보거나, 발끝으로 시선을 모으며 딴짓을 하곤 했다. 가끔씩은 공연히 페레즈본을 부르기도 했다.

페레즈본은 아주 커다란 개인데, 한 달 전쯤 길을 잃고 헤매는 걸 발견하고 집으로 데려왔다. 그 후 콜랴가 집 안에서 키우며 여러 가지 재주를 가르쳤다. 이 불쌍한 개는 콜랴가 학교에 가고 나면 혼자서 낑낑거리며 울었고, 콜랴가 수업을 마치고 집으로 돌아오면 좋아서 팔짝팔짝 뛰어오르며 재주를 부렸다.

퇴역 대위인 스네기료프의 아들 일류샤도 콜랴와 같은 학교에 다니고 있었다. 앞에서 일류샤가 어떤 아이를 연필 깎는 칼로 찔렀다고 말한 적이 있는데, 그때 그 칼에 찔린 아이가 바로 콜랴였다.

동장군이 기승을 부리던 11월의 어느 날 아침, 콜랴는 집에 혼자 있었다. 일요일이어서 학교에 가지 않는데도, 시곗바늘이 열한 시 근처를 가리키자 초조함을 감추지 못하고 동동거렸다. '매우 중차대한 일'로 꼭 외출을 해야 했기 때문이다. 하지만 집안어른들이 모두 집을 비운 탓에 혼자서 수호신처럼 집을 지키고 있을 수밖에 없었다.

콜랴의 집에는 남는 방이 두 개 있었는데, 거기에 어린아이 둘이 딸린 의사 부인이 세 들어 살고 있었다. 의사 부인의 이름은 안나 표도로브나였으며, 크라소트키나 부인과 동갑으로 매우 친밀하게 지냈다. 그녀의 남편은 일 년 전에 오렌부르크 어딘가로 떠나고선 반년이 지나도록 아무런 소식이 없었다. 그래서 크라소트키나 부인과 친하게 지내면서 가까스로 외로움을 달래곤 했다.

그런데 그 전날 밤에 그 집 하녀가 아기를 낳을 것 같다는 소식을 전해 왔다. 그녀가 임신한 사실을 아무도 눈치채지 못하고 있었기 때문에 그 충격은 말로 다 할 수 없을 정도였다. 다음 날 해가 뜨자마자, 의사 부인은 크라소트키나 부인과 함께 조산원으로 허둥지둥 달려갔다. 마침 콜랴네 하녀인 아가피야까지 시장에 가고 없었다.

콜랴는 어쩔 수 없이, 의사 부인의 두 아이를 돌보지 않으면 안 되었다. 콜랴는 평소에 그 아이들을 너무도 귀여워해서 책을 챙겨다 주기도 하고, 열세 살이라는 나이에 어울리지 않게 말타기 놀이를 하기도 하면서 놀아 주었다. 하지만 이번에는 그 아이들과 그렇게 놀아 줄 여유가 없었다. 그야말로 '중차대한 일'이 있어서 당장이라도 밖에 나가 봐야 했기 때문이다.

콜랴는 몇 번이나 현관문을 열고 나가서 의사 부인의 방을 근심 어린 표정으로 살펴보았다. 마침내 시계가 정확히 열한 시를 알리자, 십 분 뒤에도 '망할 놈의' 아가피야가 돌아오지 않는다면 더 이상 기다리지 않고 나가 보기로 마음먹었다. 물론 두 아이에게는 자기가 없어도 울지 않겠다는 다짐을 받을 작정이었다.

"얘들아."

콜랴가 다정한 목소리로 아이들을 불렀다.

"내가 바깥에 볼일이 있어서 지금 나가 봐야겠는데, 너희끼리 있어도 괜찮겠니?"

아이들은 서로 걱정스러운 눈길을 주고받았다. 콜랴가 다시 상냥한 목소리로 말했다.

"그 대신 좋은 걸 하나 보여 줄게. 진짜 화약으로 작동되는 구리 대포야."

아이들의 얼굴이 금방 환해졌다.

"얘들아, 이젠 나가도 괜찮지? 내가 없다고 무서워서 울진 않을 거지?"

아이들은 다시 겁에 질린 표정이 되었다.

"하는 수 없군. 너희하고 잠깐이라도 더 있을 수밖에."

잠시 후, 현관문이 열리고 시장에 갔던 아가피야가 나타났다. 그녀는 식료품이 가득 든 바구니를 손에 들고 있었다.

"아니, 왜 이렇게 늦었어?"

"늦었건 말았건 도련님이 무슨 상관이에요? 다 그만한 이유가 있어서 늦은 거지."

아가피야는 벽난로 주변을 정리하면서 툴툴거렸지만 딱히 불만스럽거나 화가 난 목소리는 아니었다. 콜랴는 아이들을 다시 불렀다.

"이제 이 아줌마랑 같이 놀아, 알았지?"

이렇게 말하고는 밖으로 쌩하니 달려 나갔다.

"아이고, 귀신은 저 도련님 좀 안 잡아가나?"

아가피야가 등 뒤에 대고 또다시 투덜거렸지만 콜랴는 이미 듣고 있지 않았다.

그는 곧장 큰길을 따라 걷다가 오른쪽 골목길로 접어들어 시장의 광장 쪽으로 나아갔다. 광장에 못미처 어느 집 대문 앞에 이르자, 걸음을 멈추고 호주머니에서 호루라기를 꺼내 힘껏 불었다. 그러자 곧바로 쪽문이 열리더니, 열한 살쯤 된 소년이 얼굴을 내밀었다. 스무로프였다. 녀석은 부유한 관리의 아들로, 따뜻하고 멋스러운 외투를 걸치고 있었다.

"꼬박 한 시간이나 기다렸어. 페레즈본도 데리고 왔어?"

"응!"

"아아, 주치카도 있었으면 얼마나 좋을까!"

"주치카 얘기는 해 봤자 소용없어. 주치카는 사라진 지 이미 오래잖아."

두 소년은 일류샤에게 병문안을 가는 중이었다.

"일류샤는 아무래도 폐병인 것 같아. 힘이 없어서 잘 걷지도 못하던데……. 앞으로 일주일도 못 살지 몰라."

"너희 반 애들은 모두 그 집에 있니?"

"다는 아니고 열 명쯤……. 하루에 한 번씩 들르고 있어. 그런데 아무리 생각해도 이상해. 알렉세이 형 말이야. 자기 형이 지금 중요한 재판을 받게 생겼는데, 이렇게 아이들하고만 어울려 지내다니……. 그런 감상은 대체 어디서 나오는 건지 모르겠어."

"그건 감상이 아니야. 그리고 넌 우리가 알렉세이 형 때문에 이런다고 생각하니? 절대로 그렇지 않아."

"아무튼 일류샤가 너를 보면 얼마나 기뻐할까? 녀석은 네가 올 줄은 상상도 못 하고 있을 텐데……. 일류샤가 죽으면 걔네 아버지는 미쳐 버릴 거야. 목을 매달지도 몰라. 전에도 정신 나간 사람처럼 굴곤 했잖아. 이게 다 자기 아버지를 죽인 그 사람 때문이야. 원래는 고결한 사람이었는데……. 그 사람이 일류샤 아버지를 거리로 끌고 나와 두들겨 팼잖아. 그런데 너는 왜 그동안 일류샤를 찾아가지 않은 거야?"

"그건 내 일이지 네 일이 아니야. 너희는 알렉세이 형한테 끌려간 셈이지만, 나는 내 의지에 따라 스스로 가는 거야. 거기에 엄밀한 차이가 있지. 어쨌거나 알렉세이 형은 여전히 수수께끼야. 그래서 자세히 관찰해 볼까 해. 관찰은 참 흥미로운 거지. 개들이 만나면 서로 냄새 맡는 거, 너 눈여겨본 적 있어? 그러니까 개들한테도 나름의 법칙이 있다는 거야."

"그래, 뭐 좀 웃긴 법칙이긴 하지만."

"웃긴 게 아니야. 만약 개들이 이성적으로 판단하고 비판할 수 있다면 인간들의 사회적 관계에서 웃긴 점들을 훨씬 더 많이 발견할걸. 말하자면 우리 인간이 개보다 더 멍청하다는 얘기야. 이건 라키친의 사상이야. 훌륭한 사상이지. 난 사회주의자야, 스무로프."

"사회주의자가 뭔데?"

"모든 사람이 평등한 거야. 재산을 공동으로 소유하고……. 결혼이나 종교에서도 자유로운 거지. 너는 아직 어려서 이런 걸 이해할 수 없을 거야. 그나저나 엄청 춥다."

멀리 성당의 시계가 열한 시 반을 알렸다. 소년들은 걸음을 재촉했다. 일류샤네 오두막 앞에 닿을 때까지 더 이상 대화를 나누지 않은 채 빠르게 걸어갔다. 콜랴는 오두막에서 스무 걸음쯤 떨어진 곳에 이르러 걸음을 멈추었다. 그러고는 스무로프한테 먼저 집 안으로 들어가 알렉세이를 이리로 불러내 달라고 명령했다.

"미리 냄새를 좀 맡아 둘 필요가 있거든."

스무로프는 명령을 이행하기 위해 일류샤네 오두막 쪽으로 잽싸게 달려갔다. 콜랴는 짐짓 딱딱한 얼굴을 한 채 담장에 몸을 기대고 알렉세이가 나오기를 기다렸다. 얼마 안 있어, 알렉세이가 모습을 드러냈다. 그는 반색을 하며 콜랴 쪽으로 걸어왔다.

'나를 만나는 게 저렇게 기쁠까?'

콜랴는 속으로 이렇게 중얼거리며 흐뭇해 했다.

수도원에서 나온 이후, 알렉세이의 외모는 참 많이 변해 있었다. 그는 이제 수도복을 벗어 던지고 멋지게 재단된 프록코트를 맞춰 입고 있었다. 짧게 깎은 머리에는 둥근 모자까지 썼다. 어느 모로 보나 완벽한 미남이었다.

"오, 콜랴도 왔구나. 만나서 반가워. 우리 모두 너를 얼마나 기다렸는지 아니? 일류샤의 병세가 굉장히 심각해. 일류샤가 자주, 정말 자주 네 얘기를 했어. 널 애타게 기다린 거지."

"나도 반가워요. 형 얘기를 많이 들었거든요."

"저건 네 개니?"

"네, 내가 키우는 개예요. 페레즈본이라고 해요."

"주치카가 아니고?"

"모두들 주치카가 오기를 바라고 있다는 거 알아요. 그것보다 알렉세이 형이 미리 알고 있어야 할 얘기가 있어서 밖으로 불러 냈어요.

일류샤는 지난봄에 우리 학교 예비반에 입학했어요. 그 애는 키가 작고 체력이 약해서 늘 놀림을 받았지요. 나는 두 학년이 높았기 때문에 처음에는 그저 바라보기만 했어요. 곰곰이 살펴보니 작고 허약하긴 하지만, 좀처럼 다른 아이들에게 지지 않더라고요. 눈이 이글이글 타오르고 있었거든요. 나는 그런 아이가 좋아요. 그래서 일부러 일류샤를 감싸 주고 놀리는 아이들을 혼내 줬어요."

콜랴는 신이 나서 자기 자랑을 늘어놓았다.

"그 뒤로 아이들은 일류샤를 때리지 않게 되었고, 그만큼 일류샤는 나를 잘 따랐어요. 노예처럼 나에게 헌신하고, 하찮은 얘기도 하느님 말씀인 양 무조건 믿었거든요.

그런데 어느 날, 그 애가 좀 이상하게 느껴졌어요. 뭔지 모르게 불안해 하는 기색이 보였거든요. 주눅이 잔뜩 들어 있는 것 같기도 하고……. 그래서 이리저리 알아봤더니, 글쎄, 스메르쟈코프하고 가깝게 지내더라고요. 어느 날, 스메르쟈코프가 그 애한테 아주 잔인한 짓을 시켰어요. 부드러운 빵 조각 속에 날카로운 핀을 넣고선 떠돌이 개한테 던져 주라고 한 거예요. 그래서 주치카가 그 날카로운 핀이 든 빵을 덥석 물고 사라져 버리게 된 거죠.

　이건 일류샤한테 직접 들은 거예요. 양심의 가책으로 괴로워하기에 버릇을 고쳐 줘야겠다 싶었죠. 그래서 '말 못 하는 짐승을 그토록 잔인하게 괴롭히다니, 너하고는 두 번 다시 어울리지 않겠어.'라고 으름장을 놓았어요. 그 앤 내 말에 엄청난 충격을 받은 듯했지요. 게다가 다음 날부터 그 애한테 말 한마디 걸지 않았거든요. 사나흘쯤 괴롭히다가 먼저 손을 내밀 생각이었는데, 일류샤는 몹시 화가 났는지 나한테 악을 바락바락 쓰면서 아무한테나 날카로운 핀이 든 빵을 던져 줄 거라고 소리쳤어요. 그 후론 나도 그 애를 완전히 무시했고요.

　그런데 그때 갑자기 그 애 아버지가 술집에서 끌려 나와 두들겨 맞는 사건이 터진 거예요. 드미트리 형하고 얽힌 사건이요. 아이들은 내가 그 애를 더 이상 보호하지 않는다는 걸 알고는 매우 심하게 놀려 대었죠. 결국 싸움이 시작되었고요. 나는 좀 멀찍이 떨어져 싸움을 지켜보고 있었는데, 우연히 일류샤와 눈이 마주치고 말았어요. 그때 갑자기 주머니에서 칼을 꺼내더니 내게로 달려들어 넓적다리를 찔러 버린 거예요. 그러고는 엉엉 울면서 도망쳤고요. 나는 물론 그 일을 비밀로 했죠. 심지어 엄마한테도 상처가 다 나은 다음에야 말씀드렸거든요. 그렇더라도 그 애가 병에 걸리자마자 찾아가서 화해했어야 했는데……. 지금 생각하니까 내가 너무 바보 같아서 후회가 돼요."

알렉세이에게는 콜랴의 이야기가 꽤나 충격적으로 들렸다.

"그런 일이 있었구나. 좀 더 일찍 알았더라면 나라도 나서서 너를 데리고 왔을 텐데……. 일류샤는 열 때문에 정신을 잃고 헛소리를 하면서도 계속해서 너를 찾았어. 앓아누운 뒤부터는 자신이 병든 이유가 주치카를 죽였기 때문이라고 생각하는 것 같아. 날마다 울면서 하느님께서 자기에게 벌을 내린 거라고 말하고 있어. 주치카가 죽지 않고 살아 있다는 게 확인된다면, 그 애는 그깟 병 따위는 금세 툴툴 털어내고 벌떡 일어날 수도 있을 텐데……. 콜랴, 우린 모두 너에게 희망을 걸고 있단다."

"왜 나한테 희망을 걸고 있다는 거예요?"

"네가 그 개를 찾아다니고 있다는 소문을 들었거든."

콜랴는 알렉세이가 마음에 들었다. 무엇보다도 자기를 어린애 취급하지 않고 동등하게 대해 주어서 기분이 썩 좋았다.

"알렉세이 형, 이따가 한 가지 재주를 보여 줄게요. 페레즈본이 저기 현관에 엎드려 죽은 체하고 있을 거예요. 그때 내가 '이리 와, 페레즈본!' 하고 부르면서 휘파람을 부는 거죠. 그러면 녀석이 냉큼 뛰어 들어오는 겁니다. 이따 구경해 보세요."

제 29 장
좋은 친구

스네기료프의 가족이 살고 있는 오두막에는 사람들이 잔뜩 몰려들어 갑갑할 정도로 비좁았다. 아이들 몇 명이 일류샤 곁에 앉아 있었다. 모두 알렉세이한테 이끌려 온 아이들이었다. 그가 마치 우연인 것처럼 자연스럽게 화해를 시켜 준 덕분에 일류샤의 병세가 한결 나아졌다.

콜랴만 끝까지 일류샤를 보러 오지 않았다. 일류샤는 자신의 수호천사나 다름없던 콜랴를 연필 깎는 칼로 찌른 일 때문에 몹시 괴로워하였다. 알렉세이는 그것을 알아차리고 스무로프에게 부탁해 몇 번이나 콜랴를 불러오게 했다. 그러나 콜랴는 일류샤를 언제 찾아갈지는 자기가 결정한다고 하면서 번번이 거절하곤 했다.

일류샤는 이 주 동안이나 침대에서 꼼짝을 못 했다. 알렉세이의 손가락을 깨문 사건 이후로 학교에도 가지 못하고 있었다. 아버지의 도움 없이는 화장실조차 갈 수 없을 만큼 몸 상태가 나빴던 것이다. 스네기료프는 혹시라도 아들이 이대로 죽어 버릴까봐 두려워 거의 미칠 지경이었다. 물 한 모금 입에 대지 못했을 뿐 아니라 그토록 좋아하던 담배까지 끊어 버렸다. 그런 스네기료프에게 아이들의 방문은 큰 기쁨이자 위안이었다. 그래서 최선을 다해 꼬마 손님들을 대접했다.

다행히 그 무렵엔 그에게 돈이 좀 있었다. 알렉세이가 예상했던 대로 카테리나 이바노브나가 보낸 이백 루블을 당당하게(?) 받았기 때문이다. 아니, 아들이 죽을지도 모른다는 생각에 예전의 명예 따위는 까맣게 잊고 순순히 도움의 손길을 받아들였다. 카테리나의 부탁으로 의사 게르첸슈투베가 이틀에 한 번씩 왕진을 다녀갔다. 그러나 별 소용이 없었다.

스네기료프는 아들의 병세가 주치카 때문에 더 깊어지는 건가 싶어서 강아지 한 마리를 사서 선물하기도 했다. 그러나 도움이 되기는커녕 일류샤의 가슴에 주치카에 대한 죄책감만 더 키워 주는 꼴이 되고 말았다.

콜랴는 일류샤를 이 주 만에 보고는 엄청난 충격을 받았다. 얼굴이 이토록 누렇게 변했으리라고는 생각지 못했기 때문이다.

일류샤는 몰라보게 쾡해졌을 뿐 아니라 예전보다 훨씬 더 깡말라 있었다. 콜랴는 가쁘게 숨을 몰아쉬는 일류샤를 한참 동안 멍하니 바라보았다. 그는 복받치는 감정을 억누르며 냉정을 되찾으려고 애썼다.

"애는 뭐야? 너한테 강아지가 생긴 거니? 코끝이 새까만 걸 보니 제법 사납겠는걸. 내가 강아지에 대해서는 좀 아는데, 이런 녀석은 좀 더 자라면 쇠줄을 꼭 목에 걸어 줘야 해. 사실은 나도 개한 마리를 데리고 왔어. 이름은 페레즈본이야."

콜랴는 아무렇지도 않게 일류샤에게 말을 걸었다.

"너 생각나지, 주치카?"

일류샤의 작은 얼굴이 금세 일그러졌다.

"스무로프, 문 열어!"

콜랴는 이렇게 외치고서 휘파람을 불었다. 그러자 페레즈본이 방 안으로 뛰어 들어왔다. 순간, 일류샤가 온몸을 떨면서 목멘 소리로 외쳤다.

"주치카, 주치카야!"

"그래, 내가 찾아냈어. 이 녀석은 그때 네가 준 빵 조각을 삼키지 않았던 거야. 뭐, 혓바닥을 조금 다치거나 했겠지. 그래서 낑낑거리며 도망쳤던 모양이야. 너는 그걸 보고 어딘가에서 죽은 줄 알았던 거지."

콜랴는 환한 얼굴로 이렇게 말했다. 일류샤의 창백한 얼굴에 슬픔과 기쁨이 동시에 어렸다. 알렉세이는 죽어 가는 소년에게 지금 이 순간이 얼마나 고통스러울지 생각하자 마음 한 자락이 몹시 아렸다.

"나는 이 녀석을 우리 집에 데려다 놓고 그동안 여러 가지 재주를 가르쳤어. 너에게 멋진 모습을 보여 주고 싶어서 말이야. 자, 일류샤, 잘 봐! 너의 주치카가 얼마나 근사한지……."

콜랴는 페레즈본을 바라보며 "죽어!"라고 소리쳤다. 그러자 페레즈본이 갑자기 빙빙 맴을 돌다가 바닥으로 발랑 나자빠져 네 발을 위로 치켜든 채 죽은 시늉을 했다. 방 안에 모여 있던 사람들은 약속이나 한 듯이 웃음을 터뜨렸다. 일류샤도 입가에 고통스런 미소를 머금은 채 페레즈본의 재주를 구경했다.

콜랴가 다시 소리쳤다.

"페레즈본, 페레즈본!"

그러자 페레즈본이 벌떡 일어나더니 아주 신이 나서 폴짝폴짝 뛰기 시작했다.

"이번에는 이 녀석이 네 침대 위로 뛰어 올라갈 거야. 헤이, 페레즈본!"

콜랴가 손바닥으로 침대를 탁 치자, 페레즈본은 화살처럼 일류샤 쪽으로 날아갔다. 일류샤는 두 팔로 녀석의 머리를 꼭 껴안았다. 페레즈본은 일류샤의 뺨을 부드럽게 핥아 주었다.

"맙소사, 맙소사!"

스네기료프는 탄성을 내질렀다. 콜랴는 일류샤의 침대에 걸터 앉았다.

"일류샤, 한 가지 더 보여 줄 게 있어. 전에 내가 대포 얘기를 했더니, 네가 꼭 한번 보고 싶다고 했잖아. 너한테 주려고 그걸 가져왔어. 오래전에 구해 뒀지."

콜랴는 서둘러 가방을 뒤져서 구리로 만든 대포를 꺼냈다. 일류샤는 몸을 일으키고 호기심이 가득한 눈으로 그 장난감을 들여다봤다. 콜랴가, 화약도 있으니까 '여자들에게 폐가 되지 않는다면' 지금이라도 쏘아 볼 수 있다고 하자, 대위 출신인 스네기료프가 대포에다 화약을 아주 조금만 넣고 장전을 했다. 그리고 대포의 포구를 사람이 없는 쪽으로 향하게 하고선 세 개의 도화선에 불을 붙였다. 발사를 하자 아주 휘황찬란한 빛이 뿜어져 나왔다.

일류샤가 천천히 입을 열었다.

"사실은 스무로프가 네 대포 이야기를 미리 해 줬어. 그런데 우리 아빠 말로는 그게 진짜 화약은 아니래."

"아니, 내 말은 그게 아니라……. 진짜 화약은 성분이 다르다는 뜻이었는데, 뭐, 아무려면 어떠니? 아, 그건 그렇고, 전에 콜랴의 모험담 이야기가 참 재미있었는데……. 선로 위에 어떻게 누워 있었던 거니?"

스네기료프는 콜랴의 비위를 맞춰 주고 싶은 나머지, 미안한 표정을 지으며 말머리를 돌렸다.

"반듯이 누워 있으면 다치지 않는다는 걸 미리 알고 있었어요. 그보다 나의 평판을 아주 심각하게 만든 건 바로 거위 새끼였어요."

그 말에 일류샤가 환하게 웃기 시작했다.

"난 그 거위 얘기도 들었어. 거위 땜에 진짜로 판사한테 가서 재판을 받은 거야?"

콜랴는 신이 나서 거위에 얽힌 모험담을 늘어놓았다.

"어느 날 내가 시장 앞을 지나가고 있는데, 농부가 거위 떼를 몰고 지나가고 있었어. 나는 걸음을 멈추고 거위 떼를 구경했지. 그런데 갑자기 날 빤히 쳐다보던 비슈냐코프라는 형과 눈이 마주친 거야. 마침 그때, 거위 한 마리가 마차 바퀴 밑에 목을 처넣고서 귀리를 주워 먹고 있지 않겠어? 그래서 그 형한테 물었지. '저 마차를 앞으로 굴리면 거위 목이 잘릴까 안 잘릴까?'라고 말이야. 그랬더니 그 형이 당연히 거위 목이 잘려 나갈 거라더군. 나는 당장 마차를 움직여 보자고 했고, 그 형이 마차를 슬쩍 굴렸지. 그러자 거위 목이 댕강 떨어지고 말았어.

그걸 보고 거위를 몰고 가던 농부가 나와 그 형을 치안 판사한테 데리고 갔지 뭐야. 치안 판사는 금방 사건을 마무리 지었어. 그 형더러 농부에게 일 루블을 주고 죽은 거위를 가져가라는 거였지. 나한테는 두 번 다시 그런 장난을 치지 말라고 주의를 주었

고. 그런데 그 형이 한사코 내가 시켜서 한 짓이라고 우겼어. 그
바람에 치안 판사가 '콜랴, 앞으로는 이런 장난을 치지 않고 공부
에만 전념할 수 있도록 학교 선생님한테 연락을 해 두겠다.'라고
하더군. 그 후 학교에 소문이 쫙 퍼졌는데, 이번에도 다르다넬로
프 선생님이 내 편을 들어 주셨어. 다르다넬로프 선생님은……,
뭐 똑똑한 분이지."

"하지만 네가 트로이를 누가 창건했냐고 물었을 때는 대답을
못 했잖아?"

스무로프가 끼어들었다.

"사실 트로이를 누가 창건했는지는 별로 중요하지 않아. 그냥
한번 해 본 소리에 불과하니까."

콜랴는 짐짓 겸손한 척하면서 말했다.

"나는 트로이의 창건자가 누군지 알아."

그때 여태까지 말없이 앉아 있던 카르타쇼프가 느닷없이 끼어
들었다. 언젠가 콜랴네 집에 놀러 갔다가, 서재의 책장에서 그 책
을 몰래 훔쳐봤던 것이다.

"트로이를 세운 사람은 테우크로스와 다르다노스, 일로스, 트
로스야."

카르타쇼프는 달달 외우기라도 한 듯 단숨에 말하고는 얼굴을
새빨갛게 붉혔다. 아이들은 약속이나 한 듯이 동시에 카르타쇼
프를 뚫어지게 바라보았다. 콜랴는 경멸 어린 표정으로 카르타

쇼프를 훑어보고는 이렇게 물었다.

"그들이 어떻게 트로이를 세울 수 있었지? 도시를 세운다는 것, 그러니까 나라를 세운다는 게 무슨 뜻이냐고……. 그저 벽돌 몇 장을 가져다 차곡차곡 쌓으면 되는 거라고 생각하고 있는 건 아니겠지?"

그러자 아이들이 와르르 웃음을 터뜨렸다. 카르타쇼프는 마치 죄라도 지은 듯이 얼굴이 진홍빛으로 바뀌었다. 콜랴가 굳은 목소리로 말했다.

"나라를 세우는 것과 같은 역사적 사건을 이야기할 때는 그것이 무엇을 의미하는지부터 정확히 알아야 해. 그렇다고 세계사가 엄청나게 중요하다는 뜻은 아니야. 나는 그런 옛날이야기 따위보다는 수학이나 과학을 더 중요하게 여기니까."

콜랴는 이렇게 거들먹거린 뒤, 알렉세이의 눈치를 슬쩍 살폈다. 하지만 알렉세이는 심각한 표정을 짓고 있을 뿐 아무 말도 하지 않았다. 콜랴는 그의 침묵 속에 혹시라도 경멸이 스며 있을지도 모른다는 생각이 들어서 짜증스레 말을 이었다.

"우리 학교에서는 라틴 어를 가르치는데, 어찌나 지루한지 듣고 있으면 머리가 멍해져요. 그런 옛날 말을 정규 과목에 포함시키다니, 정말 미칠 노릇이에요."

"하지만 넌 라틴 어를 엄청 잘 하잖아."

한 아이가 외쳤다. 그러자 일류샤가 맞장구를 쳤다.

"맞아, 우리 학교에서 제일 잘 해."

"그건 학교 공부를 열심히 하겠다고 엄마와 약속했기 때문이야. 그리고 한번 손을 댄 건 끝장을 봐야 하는 성미 때문이기도 하고……. 하지만 이런 식으로 고전을 떠받드는 건 질색이야. 안 그래요, 알렉세이 형?"

"그런 말은 누가 해 줬지?"

마침내 알렉세이가 입을 열었다.

그런데 바로 그 순간, 일류샤의 누나 니노치카가 사람들을 향해 소리쳤다.

"의사가 왔어요!"

정말로 오두막 앞에 호흘라코바 부인 소유의 마차가 도착해 있었다. 아침 내내 의사를 기다렸던 스네기료프는 의사를 맞으러 쏜살같이 달려 나갔다. 알렉세이는 일류샤에게 다가가 베개를 손봐 주었다. 아이들은 서둘러 작별 인사를 하고 밖으로 우르르 몰려 나갔다.

의사는 이미 방 안으로 들어서고 있었다. 카테리나가 모스크바에서 특별히 불러온 의사였다. 그는 모피 코트를 입고 있었는데, 면도를 어찌나 깔끔하게 했던지 턱에서 윤이 날 정도였다. 그는 문지방을 넘어서다가 어리둥절한 표정으로 걸음을 잠시 멈추었다. 잘못 찾아온 게 아닌가, 하는 표정이었다.

"이게 뭐요? 대체 여기가 어디요?"

스네기료프는 그 앞에서 꼽추처럼 등을 잔뜩 구부렸다.

"여기가 맞습니다. 제대로 오셨습니다."

"스네……기……료프?"

"네, 내가 스네기료프입니다."

"아!"

의사는 꺼림칙한 표정으로 방 안을 다시금 둘러보고는 모피 코트를 벗었다. 스네기료프는 의사의 모피 코트가 바닥으로 떨어지기 전에 얼른 받아 들었다.

"환자는 어디 있소?"

의사가 물었다. 스네기료프는 그를 얼른 일류샤 앞으로 데려갔다.

의사가 일류샤를 진찰하는 동안, 알렉세이와 콜랴는 밖으로 나가 있었다. 콜랴는 기다렸다는 듯 알렉세이에게 말을 걸었다.

"난 의사가 싫어요. 의술이란 것도 결국 사기가 아닌가요? 참, 알렉세이 형은 신비주의자라면서요?"

알렉세이가 놀란 표정으로 되물었다.

"뭘 두고 신비주의자라 부르는 거지?"

"아니, 뭐 신 같은 걸 말하는 거죠. 내 생각에도 신은 필요한 것 같아요. 질서를 위해, 세상의 질서를 위해서 말이죠. 그런데 솔직히 이런 논의는 다 쓸데없지 않나요? 신을 믿지 않아도 인류를 사랑할 수 있잖아요, 볼테르처럼요."

"그러니까 볼테르를 읽었다는 뜻이니?"

알렉세이가 묻자 콜랴가 대답했다.

"아뇨, 읽은 건 아니에요. 하지만《캉디드》(프랑스 작가 볼테르가 1759년에 쓴 철학적 풍자 소설)는 읽었어요."

"읽으면서 이해는 한 거니?"

"내가 이해하지 못했을 거라고 생각하는 거죠? 지저분한 얘기가 많이 담겨 있긴 하지만, 철학 사상을 염두에 두고 썼다는 것 정도는 알아요. 알렉세이 형, 이래봬도 난 사회주의자랍니다."

콜랴의 뜬금없는 말에 알렉세이는 곧바로 웃음을 터뜨렸다.

"사회주의자라고? 너는 고작 열세 살밖에 되지 않았는데?"

"나이랑은 상관없죠. 다시 말하지만, 나는 그리스도를 반대하진 않아요. 그리스도는 가장 완벽한 인격자였으니까요. 만약 그분이 요즘 시대에 살았다면 분명히 혁명가로 활약했을 거예요."

"어디서 그런 말을 주워들었지? 대체 어떤 바보가 그런 말을 너한테 한 거야?"

알렉세이가 별안간 소리쳤다. 그러자 콜랴는 경계심을 느꼈는지 온몸을 쫙 펴면서 말했다.

"라키친 형하고 종종 이런 얘기를 나눠요. 혹시 날 경멸하는 건가요?"

"널 경멸하다니, 그런 말이 어디 있니? 난 다만 너처럼 똑똑한 아이가 삶을 제대로 알기도 전에 그런 이상한 이론에 물들어 삐뚤어질까 봐 걱정이 되었을 뿐이야."

"내가 괜한 소릴 늘어놓았나 봐요. 가끔씩 흥분을 하게 되면 나도 모르게 허튼소리를 늘어놓을 때가 있다니까요."

알렉세이가 약간 흥분해서 말하자, 콜랴는 자책감을 느끼는 듯한 얼굴로 대꾸했다.

"좀 더 일찍 올 걸 그랬어요. 알량한 자존심 때문에 금방 오지 못했어요. 난 정말 이기적이에요. 괜한 고집을 부린 거죠."

"아니야, 너는 조금 삐뚤어진 면이 있긴 하지만 아주 매력적이고 아름다운 마음을 지녔어."

알렉세이는 다정하게 미소를 지었다.

"난 가끔 까닭도 없이, 온 세상 사람들이 나를 비웃고 있다는 상상을 할 때가 있어요. 그럴 때마다 무작정 사물들의 질서를 마구 흩뜨리고 싶다니까요. 그래서 나도 모르게 주위 사람을 괴롭히게 돼요."

"다른 사람들도 그래. 다들 스스로를 불행하다고들 느끼지. 그건 그저 악마의 장난일 뿐이야. 그리고 모든 사람이 꼭 똑같을 필요는 없잖아."

"역시 내가 제대로 본 거로군요. 형은 사람을 위로하는 능력이 있어요. 알렉세이 형, 내가 얼마나 만나고 싶어 했는지 모르지요?"

"나도 널 만나고 싶었어."

"마치 사랑 고백을 하고 있는 것 같아요. 왠지 부끄러운데요.
형도 그렇죠? 눈을 보면 알 수 있어요."

콜랴가 행복감을 느끼면서 말했다. 그러자 알렉세이가 얼굴을
붉히며 웃음을 터뜨렸다.

"뭐, 약간 부끄럽긴 하지만 잘 모르겠어."

"지금 형도 나와 똑같다는 거잖아요. 그걸로 충분해요. 우린 좋
은 친구가 되겠어요. 형은 나를 어린아이 취급하지 않고 동등하
게 대해 주잖아요. 그런데 우리는 동등하지 않아요. 형이 훨씬 더
높으니까요."

콜랴가 기쁨에 찬 목소리로 소리쳤다. 그의 뺨이 붉게 타오르
면서 두 눈이 반짝거렸다.

진료가 끝난 모양이었다. 모피 코트를 걸친 의사가 꺼림칙한
표정을 지은 채 오두막 밖으로 나서고 있었다. 그것을 보고 알렉
세이가 마부에게 손짓을 하자, 조금 전 그를 태우고 왔던 마차가
오두막 입구로 다가왔다. 그때 스네기료프가 의사의 뒤를 쫓아
맹렬하게 달려왔다.

"의사 선생님, 제발 좀 살려 주십쇼!"

스네기료프는 다시 한 번 의사의 발길을 잡아 세웠다.

"내가 어쩌란 말이오? 신도 아니고……. 각오를 단단히 하는

게 좋을 거요."

"그럼 어찌해도 가망이 없다는 말씀인가요?"

"시칠리아 섬의 시라쿠사 같은 곳에서 얼마간 지낸다면 좋은 기후 덕분에 효력을 볼지도 모르겠군요."

"시칠리아 섬이요? 아니, 우리 형편을 보시지 않았습니까?"

스네기료프는 절망 어린 목소리로 말했다. 그러자 의사가 피식 웃었다.

"그건 내가 알 바가 아니오. 난 그저 당신의 질문에 의사로서 답했을 뿐이오."

문밖으로 나서던 의사가 페레즈본을 보고 겁먹은 표정을 짓자, 콜랴가 분노 어린 목소리로 말했다.

"걱정 마십쇼, 의원님. 이 개는 사람을 물지 않거든요. 아니, 어쩌면 의원님은 물지도 모르겠어요. 얘도 사람을 가려서 상대하니까요."

콜랴는 분노에 가득 차서 일부러 '의사'라는 말 대신 '의원'이라고 낮춰 불렀다. 그러자 알렉세이가 엄한 목소리로 경고했다.

"콜랴, 한마디만 더 하면 다시는 널 안 볼 거다!"

"나에게 명령을 할 수 있는 유일한 분, 형의 말이라면 기꺼이 따를게요."

콜랴가 알렉세이를 가리키며 말하자, 의사는 얼굴이 벌게진 채 마차 쪽으로 걸음을 옮겼다. 콜랴는 서둘러 오두막 안으로 들어갔다. 페레즈본이 그 뒤를 따라 내달렸다. 알렉세이도 곧 안으로 들어섰다. 일류샤는 콜랴의 손을 잡은 채 아버지를 부르고 있었다. 이윽고 스네기료프가 안으로 들어왔다.

"아빠! 새로 온 의사가 뭐라고 했는지 다 알아요. 아빠, 울지 마세요. 우리가 늘 산책하러 가던 그 큰 바위 옆에 저를 묻어 주세요. 그리고 자주 찾아와 주세요. 콜랴와 함께요. 페레즈본도 같이……."

일류샤의 목소리가 탁탁 끊어졌다. 두 사람은 서로를 부둥켜안은 채 아무 말도 하지 못했다.

"그딴 소리 하지 마. 넌 꼭 건강해질 테니까! 일류샤, 난 그만 가 봐야겠어. 엄마한테 아무 말씀도 드리지 않고 나왔거든. 또 보자!"

콜랴는 화가 난 듯 소리치며 밖으로 뛰어나갔다. 정말로 눈물 따윈 흘리고 싶지 않았지만, 결국엔 울음을 터뜨리고 말았다.

"왜 좀 더 일찍 오지 않았을까?"

알렉세이가 뒤따라 나와 콜랴를 물끄러미 지켜보았다. 곧이어 스네기료프가 밖으로 뛰쳐나왔다. 그는 나무 의자 앞에 무릎을 꿇고 힘없이 쓰러졌다. 두 손으로 자신의 머리를 움켜쥐고 하염없이 흐느꼈다.

제 30 장
엇갈린 사랑

알렉세이는 그루셴카를 만나기 위해, 그녀의 집이 있는 소보르나야 광장으로 향했다. 그녀가 아침 일찍 페냐를 보내어, 자기 집에 들러 달라고 간곡히 부탁했던 것이다. 드미트리가 체포되고 난 후, 그루셴카는 거의 한 달 남짓 앓아누웠다. 한동안은 의식 불명 상태에 빠져 있기도 했다. 감옥에 있는 드미트리의 부탁도 있었고, 또 그녀가 진심으로 걱정되기도 해서 알렉세이는 그 집에 자주 들르곤 하였다.

그루셴카는 두 주일 전부터 어느 정도 기운을 차렸지만, 병을 앓느라 심하게 야윈 데다 안색도 누렇게 변했다. 이상하게도 알렉세이의 눈에는 병든 그녀가 예전보다 더 매력적으로 보였다.

비록 안색은 나빠졌지만 눈빛은 한층 더 맑게 느껴졌다. 짧은 기간 동안 큰 충격을 받아서인지 생각이 훨씬 깊어진 듯했다. 눈썹과 눈썹 사이에 파인 잔주름은 사색의 흔적을 고스란히 보여 주었다. 이제 그녀에게서 예전의 경박함은 조금도 찾아볼 수 없었다.

그루셴카는 드미트리에 대한 사랑을 깨닫는 순간, 그가 자신의 눈앞에서 살인범으로 체포되는 것을 보고서도 특유의 명랑함을 잃지 않았다. 이 부분에서 알렉세이는 큰 감동을 받았다.

그런데 이렇듯 꿋꿋한 그녀에게도 남모를 걱정거리가 하나 있었다. 그 때문에 앓아누워 있을 때도 헛소리를 여러 번 했다. 바로 카테리나 이바노브나였다.

카테리나는 단 한 번도 드미트리에게 면회를 가지 않았다. 그런데도 그루셴카는 그녀에게 엄청난 질투심을 느꼈다. 그루셴카는 알렉세이에게 많은 것을 의지하며 일일이 조언을 구했다. 그렇지만 알렉세이가 그녀를 위해 해 줄 수 있는 일은 거의 없었다.

알렉세이는 근심에 잠긴 얼굴로 그루셴카의 집에 도착했다. 그녀는 드미트리에게 다녀오고 난 뒤로 줄곧 알렉세이를 기다리고 있었다. 알렉세이가 응접실로 들어서자마자 재빨리 자리에서 일어났다. 얼마나 초조해 하고 있었는지 충분히 짐작할 만했다.

탁자 맞은편의 가죽 소파에는 막시모프가 비스듬히 누워 있었다. 이 노인은 두 달 전에 그루셴카와 함께 모크로예에서 돌아온 뒤로 줄곧 그 집에 얹혀살고 있었다. 그루셴카는 드미트리로 인한 슬픔과 외로움을 모두 그에게 털어놓곤 했는데, 그때마다 이것저것 조언을 많이 해 주었다. 그 바람에 막시모프는 그루셴카에게 꼭 필요한 존재가 되어 있었다. 그녀는 막시모프와 알렉세이 외에는 그 누구도 만나지 않았다.

"드디어 왔군요!"

그루셴카는 알렉세이를 반갑게 맞았다.

"막시모프가 당신이 오지 않을 수도 있다며 겁을 주지 뭐예요? 나한테는 당신이 너무나 필요한데 말이죠. 이쪽으로 앉아요. 뭐 좀 마실래요? 커피?"

"배도 고프고……. 네, 그럴게요."

알렉세이가 소파에 앉으면서 말했다.

"안 그래도 커피를 끓이고 있었어요. 페냐, 커피 좀 가지고 와. 그리고 뜨거운 피로그(밀가루 속에 고기, 생선, 야채 등을 넣고 구워 낸 러시아 전통 요리—옮긴이)도 가져오고……. 알렉세이, 오늘 이 피로그 때문에 한바탕 난리가 났어요. 그이에게 먹이고 싶어서 일부러 챙겨 갔는데……. 세상에, 나한테 막 집어던지는 거 있죠? 한 장은 아예 땅바닥에 팽개쳐 놓고 발로 짓뭉개기까지 했어요. 그래서 '간수한테 맡겨 놓을게요. 평생 그놈의 심술만 먹고 살든지, 아니면 이거라도 먹든지 마음대로 해요!'라고 소리치고는 나와 버렸지요. 어찌나 화가 나던지, 면회만 가면 꼭 이렇게 싸운다니까요."

그루센카는 엄청난 속도로 드미트리와 다툰 이야기를 늘어놓았다. 막시모프는 재미있어 죽겠다는 듯 배를 잡고 웃다가 그녀의 눈치를 슬그머니 살폈다.

"무슨 일로 다퉜는데요?"

알렉세이가 물었다.

"생각지도 못했던 일로요. 그러니까 내 '옛 사람'을 질투하고 있더라고요. '당신이 왜 그놈을 먹여 살리는 거야?'라면서요. 잠을 자면서도 밥을 먹으면서도 계속 질투하고 있어요."

"형도 그 사람을 이미 알고 있잖아요?"

"그러니까요. 그런데도 오늘 갑자기 입에 담기도 힘든 욕을 퍼붓는 거예요. 창피하게시리, 정말 바보라니까요!"

"형은 당신을 사랑해요. 그것도 몹시……. 그 안에 있다 보니 신경이 날카로워져서 그럴 거예요."

"멀쩡할 리야 없겠죠, 내일이 재판인데……. 그것 때문에 할 말이 있어서 그이를 찾아갔던 거예요. 알렉세이, 난 내일 어떻게 될지 모르겠어요! 그이의 신경이 날카롭다고는 하지만, 나도 그이 못지않게 끔찍하거든요. 그런데 왜 나는 폴란드 양반 얘기만 했지? 바보가 따로 없다니까. 그이가 막시모프까지 질투하는 건 아니겠죠?"

"우리 마누라도 질투심이 참 많았는데……."

막시모프가 한마디 거들었다.

"홍, 당신을 두고요? 대체 당신과 누구 사이를 질투했다는 거예요?"

그루셴카가 웃음을 터뜨리며 물었다.

"허드렛일을 봐 주는 처녀들이요."

"에이, 말도 안 되는 소리 그만하세요. 막시모프, 난 지금 우스갯소리할 정신이 아니라고요. 그리고 당신은 피로그에 눈독 들이지 말아요. 당신한텐 해로워요. 독한 술도 안 되고요. 이 양반이랑 있으면 우리 집이 꼭 양로원 같다니까!"

그러자 막시모프의 눈에 금세 눈물이 고이더니 슬픈 목소리로 대꾸했다.

"나는 당신의 자선을 받을 자격이 없어요."

"사람이라면 누구나 도움받을 가치가 있어요, 막시모프. 아, 폴란드 양반만 없었더라면! 알렉세이, 사실은 아까 폴란드 양반 집에 갔다 왔어요. 그에게 진짜로 피로그를 보낼까 봐요. 처음엔 그럴 생각이 전혀 없었는데, 드미트리가 보낼 게 뻔하다며 욕을 해 대니까 진짜로 그러고 싶어지는 거 있죠?"

그때 페냐가 편지 한 통을 손에 들고 왔다. 그루셴카는 편지를 스르륵 읽더니 알 만하다는 듯 고개를 주억거렸다.

"그럼, 그렇지. 또 폴란드 양반이 돈을 빌려 달라는군요."

그것은 그루센카의 옛 남자가 보낸 편지였다. 거기에는 온갖 핑계를 덧붙여 놓고선 삼 루블을 빌려 달라고 쓰여 있었다. 편지에는 석 달 이내에 갚겠다는 차용 증서까지 붙어 있었다.

그루센카는 두 주 전부터 차용 증서가 딸린 이런 편지를 폴란드 인한테서 거의 매일 받았다. 그녀는 한 번도 답장을 하지 않았다. 처음에는 이백 루블을 빌려 달라고 하더니, 백 루블, 이십 루블, 십 루블까지 액수가 점차 줄어들었다. 마침내 삼 루블만이라도 빌려 달라고 편지를 보내온 것이었다.

두 주 전, 그루센카는 가엾은 마음이 들어서 그들을 찾아가 보았다. 두 폴란드 인은 먹을 것과 땔감이 없어서 집주인에게 무일푼으로 신세를 지고 있었다. 가난에 찌들어 있는 것이 훤히 보이는데도, 그들은 그루센카에게 허풍을 떨며 거만하게 굴었다. 그루센카는 적선하는 셈치고 그들에게 십 루블을 던져 주었다. 그다음 날부터 돈을 달라는 내용의 편지를 매일 받게 되었다. 할 수 없이 날마다 조금씩 돈을 부쳐 주고 있었다.

그루센카가 이 사실을 드미트리에게 처음으로 전했을 때, 그는 조금도 신경을 쓰지 않았다. 그런데 갑자기 그날따라 그 일을 들먹이며 다투게 된 것이었다.

"그 사람이 병이 났다기에, 드미트리를 만나러 가는 길에 잠깐 들렀거든요. 아주 잠깐이요. 그 사람을 보고 오는 길이라고 했더니, 드미트리가 펄쩍펄쩍 뛰면서 대뜸 욕을 퍼붓는 거예요. 기왕 이렇게 된 이상, 폴란드 양반에게 피로그를 보내 버리죠, 뭐. 페냐, 편지 갖고 온 아이에게 삼 루블을 주고 피로그도 열 장쯤 들려 보내! 알렉세이, 드미트리에게 가서 지금 본 것을 그대로 전해 줘요."

"그건 좀 힘들겠는데요."

알렉세이가 웃으며 말했다. 그러자 그루셴카의 표정이 금세 어두워졌다.

"알렉세이, 그이가 질투를 한다고 해서 화가 난 게 아니에요. 내가 진짜 화나는 건 그이가 나를 사랑하지도 않으면서 질투하는 척하기 때문인 거죠. 그이가 갑자기 카테리나 얘기를 꺼냈어요. 그녀가 드미트리를 위해서 의사와 변호사를 구해 주었다나 봐요. 내 앞에서 그 여자 칭찬을 늘어놓다니…… 드미트리는 분명 그 여자를 사랑하는 거예요. '네가 그 폴란드 놈과 놀아났으니, 까짓것, 나도 카테리나와 잘해 보겠다.'라는 식으로……."

그루셴카는 손수건으로 눈가를 훔치며 말끝을 흐렸다.

"형은 카테리나를 사랑하지 않아요."

알렉세이가 애써 위로하려 해도, 그루셴카는 그의 말을 듣지 않고 딱 잘라 말했다.

"그건 내가 곧 밝혀낼 거예요. 아, 이런! 바보 같은 모습을 보이고 말았군요! 이 일로 당신을 부른 건 아닌데. 알렉세이, 내일 재판은 어떻게 될까요? 너무 괴로워요. 다른 사람들은 이 일에 아예 관심도 없어요. 당신은 아니겠죠? 무슨 말이라도 해 봐요. 그이에게 어떤 판결이 내려질까요? 이건 분명히 그 스메르쟈코프인가 뭔가 하는 하인놈의 짓이에요! 그 하인놈 대신 드미트리가 죽게 생겼는데, 나서서 변호해 줄 사람이 단 한 명도 없다니……. 그 하인놈은 그냥 내버려 뒀다면서요?"

"그도 심문을 받았어요. 게다가 지금 건강이 굉장히 안 좋아요. 그때의 간질 발작이 지금도 계속되고 있으니까 범인이 아니라는 결론을 내린 거죠."

"상트페테르부르크에서 삼천 루블을 주고 모셔 왔다는 그 변호사를 한번 찾아가 보세요, 네?"

"어제 만나 봤어요. 이반 형이랑 카테리나랑 셋이서 삼천 루블을 들여서 그를 고용했죠. 의사는 카테리나가 이천 루블을 주고 불러왔고요."

"그 변호사는 뭐라던가요?"

"그분은 별말 없이 듣기만 했어요. 우리 얘기도 참고하겠지만, 자기 나름의 계획이 있대요."

"참고? 흥, 사기꾼이에요! 그런데 그 여자가 왜 의사까지 부른 거예요?"

"정신 감정을 받게 하려고요. 형이 이성을 잃은 상태에서 살인을 했다는 증거를 잡으려는 거겠지요. 형은 동의하지 않고 있지만.”

“만약 그이가 죽인 거라면 정말 정신이 나가서 그랬을 거예요. 다른 이유는 절대 없어요. 아, 모두가 내 잘못이에요. 내가 죽일 년이야! 정말로 그이는 죽이지 않았어요! 온 마을이 그이를 살인범이라고 떠들고 있지만 절대로 아니라고요. 심지어 페냐도 그이가 죽였다는 식으로 말했어요. 상점 주인도, 표트르 일리치도, 모두 다…….”

“그래요, 모든 상황이 형에게 불리해요.”

“그리고리는 아직도 쪽문이 열려 있었다고 고집을 부리고 있다면서요? 나도 찾아가서 얘기를 해 봤는데, 도저히 그 노인의 고집을 꺾을 수가 없더라고요. 쉴 새 없이 그이를 욕했어요.”

“그것이 형에게 가장 불리한 증거이지요.”

“드미트리가 정신이 나갔다는 얘기 말인데요. 진짜 그런 것 같기도 해요. 그이가 자꾸 밑도 끝도 없이 아기 얘기를 하거든요. ‘도대체 왜 갓난쟁이는 가난한 거지? 내가 죽이지는 않았지만 갓난쟁이를 위해서 가는 거야, 시베리아로!’라면서 울다가 나에게 갑자기 입을 맞추거나 성호를 긋기도 해요. 무슨 소린지 전혀 모르겠어요. 대체 왜 그럴까요?”

“라키친이 형한테 무슨 얘기를 한 것 같기도 하고……. 나도 잘 모르겠어요. 형한테 직접 물어볼게요.”

“내 생각엔 이반 표도로비치 때문인 것 같아요. 이반이 그이를 찾아오면서부터 마음이 심란해진 거죠."

그루센카는 아차 싶어서 갑자기 입을 다물어 버렸다. 알렉세이는 처음 듣는 얘기여서 깜짝 놀란 표정을 지었다.

"뭐라고요? 작은형이 큰형을 보러 다닌다고요? 드미트리 형이 나한테는 이반 형을 한 번도 못 봤다고 했는데!"

"아, 이를 어째! 내가 또 쓸데없는 소리를 했네."

그루센카는 얼굴을 붉히며 곤혹스러워했다.

"어쩔 수 없네요, 알렉세이. 사실대로 말할게요. 이반은 그이를 두 번 찾아왔어요. 모스크바에서 돌아온 직후에, 그리고 일주일 전에 다시 찾아왔죠. 이반은 자기가 다녀간 사실을 다른 사람들, 특히 알렉세이 당신이 알면 안 된다고 했대요."

알렉세이는 잠시 혼란에 빠졌다. 이반이 왜 그랬는지 전혀 짐작할 수가 없었기 때문이다.

"이반 형은 드미트리 형에 대해선 아무 말도 하지 않았어요. 요 두 달 내내 그랬어요. 내가 찾아가면 늘 못마땅해 하기에, 일부러 찾아가지 않고 있었는데……. 그런데 형들끼리 일주일 전에 만났다면, 내가 모르는 변화가 있다는 얘긴데……."

"그래요, 변화가 맞아요!"

그루센카가 재빨리 말을 받았다.

"뭔가 있는 거예요. 드미트리가 나한테 비밀이라고 했거든요. 그 비밀 때문에 신경이 쓰이니까, 그렇게 변덕을 부리면서 나를 괴롭히는 거예요. 짜증을 냈다가 금방 명랑해지고……. 재판이 코앞인데 껄껄대며 웃기나 하고요."

"이반 형이 다녀간 사실을 내게 숨기려고 했다는 거죠?"

"네, 맞아요. 드미트리가 그렇게 말했어요. 당신에게 얘기하지 말라고요. 알렉세이, 가서 그들의 비밀을 알아내 봐요. 그리고 나한테 말해 줘요."

그루셴카는 알렉세이에게 매달리며 애원했다.

"이 불쌍한 여자에게 힘을 주세요! 이렇게 부탁하려고 당신을 부른 거예요. 아무래도 드미트리와 카테리나, 이반, 이 세 사람이 나를 끝장내려나 봐요. 카테리나의 음모가 아닐까요? 드미트리는 그 여자를 입이 닳도록 칭찬하면서 내게 경고했어요. '너는 절대로 그 여자처럼 될 수 없어. 그러니까 차라리 널 버리겠어.'라고 말했다고요. 또 궁금한 게 있어요, 알렉세이. 일주일 전에 그이가 나한테 이런 말도 했어요. 이반이 카테리나에게 자주 가는 걸로 봐서 분명히 둘이서 사랑에 빠진 거라고……. 사실이에요? 솔직하게 말해 줘요."

"이반 형은 카테리나를 사랑하지 않아요."

"그렇죠? 내 생각도 그래요. 그이가 착각하는 거겠죠. 그리고 알렉세이, 그이가 나한테 '너는 내가 죽인 거라고 믿고 있지?'라고 물었어요. 나한테 그런 말을 하다니! 두고 봐요. 법정에서 카테리나를 가만두지 않을 거예요. 전부 다 말해 버릴 거예요."

그녀는 이렇게 말하고는 서럽게 울었다.

"그루센카, 두 가지만 말해 줄게요."

알렉세이가 자리에서 일어서면서 말했다.

"첫째, 드미트리 형은 당신을 사랑하고 있어요. 오직 당신만을 이 세상 그 누구보다도 사랑하고 있다고요. 내 말을 믿어요. 확실하니까요. 둘째, 두 형 사이의 비밀을 알게 되면 곧바로 당신에게 말해 줄게요. 내 생각으론, 그 일과 카테리나는 아무 관련이 없을 것 같아요. 그러니 걱정하지 말라고요. 자, 나는 이만 가볼게요."

알렉세이는 여전히 울고 있는 그루센카의 손을 꼭 잡았다. 그녀가 자신의 말을 믿지 않는다는 느낌이 들었지만, 마음이 급해서 더 이상 머무를 수가 없었다.

알렉세이는 그루센카의 집에서 나오자마자 호흘라코바 부인의 집으로 걸음을 재촉했다. 어제 리즈가 하녀를 보내어 꼭 와달라고 부탁했기 때문이다.

그는 호흘라코바 부인의 집에 도착하자마자 서둘러 리즈를 찾았다. 조금이라도 빨리 드미트리에게 가기 위해서였다. 하녀가 리즈에게 달려간 사이, 알렉세이는 먼저 호흘라코바 부인을 만나 보기로 했다.

호흘라코바 부인은 화려하게 차려입은 채 소파 위에 누워 있었다. 왠지 화가 조금 나 있는 것 같았지만, 알렉세이를 반갑게 맞아 주었다. 그녀는 알렉세이가 자리에 앉자마자 정신없이 이야기를 늘어놓았다.

"너무 오랜만이네요. 아, 며칠 전에 리즈를 보러 왔을 때 마주쳤나요? 그때 나한테는 들르지 않고 그 애만 보고 갔죠? 다 알아요. 사랑스러운 알렉세이, 그 애 때문에 걱정이 이만저만이 아니에요. 아, 이건 이따가 얘기하고요. 알렉세이, 양복을 차려입으니까 완전히 딴 사람 같아요. 아주 멋지네요. 어느 재단사가 만든 거예요? 아니지, 중요한 건 이게 아니니까 이 얘기도 나중에 해요.

아, 중요한 것을 잊어버릴까 봐 걱정이네! 그러니까 당신이 계속 '중요한 게 뭐죠?'라고 물어봐 줘요. 리즈가 당신하고 결혼하겠다며 떼를 쓰더니, 난데없이 결혼을 하지 않겠다고 선포를 하지 뭐예요. 그러다 희한하게도 벌떡 일어나 걸을 수 있게 됐어요. 카테리나가 당신 형님을 위해서 모스크바에서 모셔 온 의사 말이에요. 그 사람이, 내일은, 그러니까 당신 형이……. 아, 내일 얘기가 왜 튀어나와? 그나저나 내일 일이 어떻게 될지 너무너무 궁금하지 않아요?

중요한 건, 그 의사가 어제 리즈를 진료했다는 거예요. 나는 그분에게 진료비로 오십 루블을 드렸어요. 중요한 건 이게 아니라……. 왜 이렇게 수선스러운 거야, 참! 나 때문에 너무 혼란스럽다고 이대로 나가 버리진 않겠죠, 알렉세이? 우선 커피라도 드세요. 율리야, 얼른 커피 좀 내와!"

알렉세이는 손을 내저으며 방금 전에 커피를 마셨다고 말했다.

"어디서요?"

"그루셴카의 집에서요."

"흥, 모든 사람을 파멸시킨 그 여자요? 그 여자가 뒤늦게 성녀가 됐다고 하더군요. 근데 이제 와서 그게 다 무슨 소용이에요? 알렉세이, 나는 내일 법정에 꼭 가겠어요. 나도 증인이니까 만반의 준비를 갖추고 가야죠. 가서 무슨 말을 해야 하지? 선서를 하는 거예요?"

"그렇습니다. 부인이 그 자리에 참석할 수 있을 것 같진 않지만요."

"참석할 수 있어요! 이 야만적인 사건의 끝은 결국 시베리아행이죠. 그런데 카테리나 때문에 모든 게 물거품이 됐어요. 이 아가씨는 당신의 큰형을 쫓아 시베리아로 갈 거고, 당신의 작은형은 이 아가씨를 따라가 바로 그 옆에서 살겠죠. 셋이서 서로서로를 괴롭히면서 말이에요. 그 생각만 하면 미칠 것 같다니까요. 중요한 건 이 일을 모든 사람이 알고 있다는 거예요. 상트페테르부르크와 모스크바의 모든 신문에서 기사를 백만 번은 쓴 거 같은데요. 아, 어떤 기사에서는 내가 당신 형님의 '사랑스러운 친구'라지 뭐예요. 하하, 당신 생각은 어때요?"

"기사라뇨? 어느 신문에 어떻게 실렸다는 거죠?"

"자, 여기 상트페테르부르크의 〈풍문〉이라는 신문 좀 보세요. 이렇게 내 얘기가 떡하니 나오지 뭐예요? 이것 좀 보라고요."

그녀는 쿠션 밑에 있던 신문을 알렉세이에게 내밀었다.

이 끔찍한 소송에 대한 소문이 러시아 방방곡곡으로 퍼졌다는 것은 알렉세이도 잘 알고 있었다. 그사이 드미트리는 물론 카라마조프 집안, 심지어 자신에 대한 기사까지 엄청나게 쏟아져 나왔다. 그중에는 그가 드미트리의 범행이 일어난 직후 세상을 등지고 수도원에 들어갔다거나, 조시마 신부와 함께 수도원의 금고를 털어서 도망쳤다는 기사처럼 어처구니없는 내용도 많았다.

〈풍문〉의 기사 제목은 '스코토프리고니예프스크(이것은 우리 마을 이름이다.)의 카라마조프 사건에 관하여'라고 붙여져 있었다. 그 기사는 모든 인물의 이름을 익명으로 처리했다.

'퇴역 대위가 끔찍한 혐의로 재판을 받게 됐는데, 그는 게으름뱅이에다 폭군이었다.'라는 문장으로 시작되었다. 드미트리가 방탕한 생활을 하면서 여러 여자와 애정 행각을 벌였으며, 사건이 발생하기 두 시간 전에는 다 큰 딸까지 있는 과부를 유혹하기 위해 삼천 루블을 미끼로 던졌다고 쓰여 있었다.

이 호색한은 권태로움에 치를 떠는 마흔 살 먹은 과부를 데리고 금광을 찾아 떠나느니, 차라리 아버지를 죽이고 삼천 루블을 훔치는 편이 낫다고 판단해 이렇듯 끔찍한 일을 저질렀다는 것이다. 아버지를 살해한 인간 망종의 부도덕성과 우리 러시아의 농노제를 강력하게 규탄하면서 기사는 끝을 맺었다.

알렉세이는 신문을 접어서 호흘라코바 부인에게 돌려주었다.

"내 얘기 맞죠? 정말 기가 막혀서! 내가 당신 형님에게 이런 뜻으로 금광 얘기를 했겠어요? 그리고 마흔 살 먹은 과부라니! 이건 일부러 이렇게 쓴 거예요! 당신 친구, 라키친이 말이에요."

"그럴 수도 있겠지만, 들은 얘기가 전혀 없어서……."

"그 사람 짓이 분명해요! 언젠가 우리 집에 찾아온 걸 쫓아냈더니 이렇게 복수를 하는 거라고요. 그 얘긴 들었죠?"

"부인이 그에게 앞으로는 방문하지 말아 달라고 하셨다죠? 자세한 얘기는 알지 못합니다. 나도 그를 자주 만나진 못하거든요. 사실 친구라고 할 수도 없고요."

"친구 사이가 아니라면 당신한테 전부 털어놓아도 되겠네요. 내 얘기를 들어 보세요."

"얘기는 나중에 듣겠습니다. 지금 곧 형을 만나러 가야 하거든요."

"아! 그럼 딱 한 가지만요. 정말로 궁금해서 그러는데, 일시적인 정신 착란이 뭐예요?"

"정신 착란이라뇨?"

알렉세이가 깜짝 놀란 눈으로 물었다.

"재판할 때 정신 착란, 그거면 다 용서받을 수 있다고 하던데 요. 무슨 짓을 했든지 말예요."

"무슨 말씀이신지……."

"정신 착란이란 말이죠! 모스크바에서 의사가 온 건 알죠? 당 신이 불러서 왔잖아요. 아, 당신이 아니라 카테리나가 불렀지. 아무튼 의사가 그랬어요. 멀쩡한 사람이 느닷없이 정신 착란을 일으킬 수 있다는 거예요. 드미트리도 그런 경우라고 했어요. 드 미트리는 죽이고 싶어서 죽인 게 아니라 정신 착란 때문에 죽인 거라고요. 그래서 용서받을 수 있대요."

"형은 죽이지 않았어요."

알렉세이는 쌀쌀맞게 상대방의 말을 끊었다. 그는 점점 불안 해졌다.

"우리 리즈도 정신 착란에 빠졌어요. 나는 그걸 오늘에야 깨달 은 거 있죠? 아무래도 리즈는 정신이 나간 것 같아요. 그런데 리 즈가 당신을 왜 부른 거죠? 아니면, 당신 혼자서 그냥 찾아온 건 가요?"

"리즈가 불러서 왔어요. 이제 리즈를 만나 보려고요."

알렉세이는 자리에서 일어섰다.

"친애하는 알렉세이! 여기서 가장 중요한 것은 내가 당신에게 는 리즈를 맡길 수 있지만, 이반에게는 절대로 그럴 수 없다는 거예요. 그가 기사다운 남자라는 건 알아요. 그러나 제멋대로 리즈의 방에 들락거리는 건 도저히⋯⋯."

"언제요?"

알렉세이는 의외의 소식에 놀라서 눈을 동그랗게 뜨고 되물었다.

"물론 궁금하겠죠. 이반은 우리 집을 세 차례나 찾아왔어요. 처음엔 모스크바에서 돌아와 인사를 하러 왔고, 두 번째는 카테리나가 우리 집에 와 있을 때 들렀지요. 그런데 세 번째는 몰래 다녀갔어요. 엿새쯤 전인데, 내 방이 아니라 리즈 방에 오 분 정도 있다 갔대요. 나는 그걸 사흘 뒤에야 알았지 뭐예요. 율리야한테 그 말을 듣고 곧바로 리즈를 불러서 물어봤더니, 글쎄, 내가 잠든 줄 알고 리즈한테 내 안부만 묻고 돌아갔다더군요. 정말이겠죠?

그런데 며칠 전 당신이 왔다 간 날, 리즈가 갑자기 발작을 일으켜서 난리도 아니었어요. 어제까지도 계속되었지요. 그 애가 어제는 밑도 끝도 없이 이렇게 소리치지 뭐예요. '이반 표도로비치를 증오해요. 다시는 그 사람을 우리 집에 들이지 말아요!' 그래 놓고선 느닷없이 깔깔 웃어 댔어요. 정신 착란이 분명해요.

오늘 아침에는 또 어땠는지 아세요? 글쎄, 다짜고짜 율리야의 뺨을 후려쳤어요. 한 시간쯤 뒤에 가 보니까, 이번에는 어처구니없게도 율리야의 다리를 껴안고 입을 맞추고 있더라고요. 나한테 울고불고 매달리며 입을 맞추다가 갑자기 홱 밀쳐 버리질 않나……. 정말 미친 것만 같아요. 알렉세이, 리즈한테 좀 가 봐요. 애가 대체 왜 그러는지 알 수 있는 사람은 당신밖에 없잖아요. 이유를 알게 되거든 나한테 꼭 얘기해 줘요. 어머, 표트르 일리치가 왔네!"

호흘라코바 부인은 응접실로 막 들어서는 표트르 일리치 페르호친을 보고는 금세 얼굴에 화색이 돌았다.

"왜 이렇게 늦으셨어요? 변호사가 뭐라고 했는지 얼른 얘기해 줘요, 네?"

알렉세이는 조용히 현관 쪽으로 걸어 나갔다.

"아, 어디 가세요, 알렉세이?"

"리즈한테 가 봐야죠."

이미 응접실을 나서고 있는 알렉세이의 등 뒤에 대고 호흘라코바 부인이 호들갑스럽게 소리쳤다.

"꼭 다시 들러 주어야 해요. 안 그러면 난 숨이 넘어갈지도 모른다고요!"

알렉세이가 방에 들어섰을 때, 리즈는 소파에 반쯤 누워 있었다. 그가 들어왔는데도 꿈쩍하지 않은 채 날카로운 시선으로 쏘아보기만 했다. 리즈의 얼굴은 몹시 창백했다. 알렉세이는 사흘간 몰라보게 야윈 그녀를 보고 깜짝 놀랐다. 리즈는 그에게 손조차 내밀지 않았다. 알렉세이는 그녀의 가느다란 손가락을 슬쩍 건드리고는 맞은편 의자에 앉았다.

"당신이 한시바삐 형님을 보러 가야 한다는 걸 알아요. 그런데도 엄마한테 붙들려 있느라 시간을 많이 허비했군요."

"그래요. 그런데 어떻게 알았어요?"

"엿들었어요."

알렉세이는 리즈를 멍하니 바라보았다.

"왜 그런 눈으로 나를 보는 거죠? 그게 그렇게까지 나쁜 짓인가요?"

"아, 아닙니다. 근데 대체 왜 그러는 거예요?"

"서른 번도 넘게 생각했어요. 당신과 결혼하지 않기로 한 것이 얼마나 잘한 결정인지……. 당신은 좋은 남편감이 아니에요! 당신의 아내가 된 뒤에 내가 다른 사람을 사랑하게 된다면, 당신은 그 사이에서 연애편지 심부름을 할 위인이죠. 아마도 당신은 연애편지를 건네주는 것만으로 모자라 충실하게 답장까지 받아올걸요."

그녀는 갑자기 웃기 시작했다.

"알렉세이, 나는 당신을 사랑하지만 존경하지는 않아요. 존경했다면 부끄러워서 이런 말은 할 수 없었겠죠, 그렇죠?"

"그렇겠죠."

"내가 부끄러움을 모르는 여자라고 생각하나요?"

"그렇게 생각하지 않아요."

리즈는 다시 신경질적으로 웃어 대며 말했다.

"내가 당신을 사랑하지 않아도 된다는 뜻인가요? 그렇다면 나는 이제 진심으로 당신을 사랑할 거예요!"

"리즈, 이제 그만 나를 부른 이유를 말해 줄래요?"

"그럴게요. 당신에게 나의 소망 하나를 알려 주려고 불렀어요. 알렉세이, 누구든 나를 죽도록 괴롭혀 주었으면 좋겠어요. 내 남편감이 나를 배신하고 아주 멀리로 떠나 버리면 어떨까요? 나는 행복해지고 싶지도 않고 성스러운 여자가 되고 싶지도 않아요! 정말로 큰 죄를 지으면 어떻게 될까요?"

"하느님께서 단죄하실 겁니다."

알렉세이가 조용히 대답했다.

"그랬으면 정말 좋겠어요. 하느님이 단죄할 때 대놓고 비웃어 주게요. 어떻게 하면 단죄를 받을 수 있죠? 알렉세이, 우리 집을 불태워 버릴까요? 당신은 내가 왜 이러는지 조금도 이해할 수 없죠?"

"악한 일과 선한 일이 헷갈리는 거예요. 지금 몸이 좋지 않아서 일시적으로 변덕을 부리는 겁니다. 괜찮아질 거예요."

"나는 착한 짓은 조금도 하기 싫어요. 나쁜 짓만 하고 싶다고요. 어디가 아파서 이러는 게 아니에요."

"나쁜 짓을 해서 어쩌려고요?"

"이 세상을 싹 쓸어 버리는 거죠. 세상에 아무것도 남지 않는다면 얼마나 좋을까! 있잖아요, 나는 가끔 상상 속에서 온갖 더러운 짓을 다 저질러요. 아무도 몰래, 아주 은밀히 말이에요. 그러다가 사람들이 그걸 알고 손가락질을 하면 정말 신날 거 같아요. 왜 그럴까요, 알렉세이?"

"글쎄요, 그저 가벼운 욕망 때문이 아닐까요?"

"나는 정말로 나쁜 짓을 할 거예요."

"그럴지도 모르지요."

"어쩜! 그럴지도 모른다고요? 아, 이래서 당신을 사랑할 수밖에 없다니까요. 거짓말이라곤 전혀 못 하는 사람! 내가 당신을 약 올리려고 일부러 이러는 것 같아요?"

"아니에요, 누구든지 가슴속에 그런 욕구는 약간씩 있게 마련이니까……."

"약간은 있다고요?"

알렉세이는 그녀가 지나치게 진지해서 속으로 충격을 받았다. 예전에는 가장 진지한 순간에도 장난기가 감돌았는데, 지금은 그런 면을 조금도 찾아볼 수가 없었다.

"사람들은 때때로 범죄에 열광하기도 하니까요."

알렉세이가 사려 깊게 말했다.

"맞아요, 내 생각도 그래요. 그렇지만 때때로는 아니죠. 누구나 늘 범죄를 좋아하거든요. 다만 안 좋아하는 척하는 거죠. 걸으로는 다들 더러운 것을 증오한다고 하면서도 속으로는 얼마나 좋아하는데요. 지금도 당신 형이 아버지를 죽였다고 좋아서 난리잖아요."

"형이 우리 아버지를 죽여서 사람들이 좋아한다고요?"

"그럼요, 다들 좋아서 난리인걸요! 끔찍하다고 떠들어 대면서도 마음속으로는 열광하고 있다고요. 그 누구보다 내가 가장 그렇고요."

"어느 정도는……, 맞는 말 같아요."

알렉세이의 표정이 금세 어두워졌다.

"알렉세이, 서로 다른 두 사람이 똑같은 꿈을 꾸는 게 가능할까요?"

"그럴 수도 있지 않을까요?"

"알렉세이, 이건 중요한 문제예요. 잘 생각해 보고 대답해 줘요. 정말로 가능할까요?"

"가능할 거예요."

리즈는 충격을 받은 듯 아주 잠깐 동안 멍한 표정을 지었다.

"알렉세이, 책에서 재판에 얽힌 이야기를 하나 읽었어요. 네 살배기 아이의 열 손가락을 모두 자른 다음 벽에다 못을 박아 매달아 놓은 유대 인의 이야기였죠. 그는 법정에서 재판을 받을 때 아이가 금방, 그러니까 네 시간 만에 금방 죽었다고 말했대요. 네 시간이 금방이라니……. 정말 네 시간이 금방일 수도 있을까요? 그 사람은 아이가 신음하며 죽어 가는 모습을 감상했던 거지요. 그래서 시간 개념이 없었던 거예요. 정말 멋진 일이지 않아요?"

"멋지다고요?"

"그렇잖아요. 나는 가끔 그렇게 어린아이를 잔인하게 못 박은 사람이 나 자신이 아닐까 생각해요. 어린아이는 벽에 못 박힌 채 고통스럽게 죽어 가고, 나는 그것을 바라보며 파인애플 젤리를 먹는 거죠. 파인애플 젤리를 정말 좋아하거든요."

알렉세이는 말없이 그녀를 바라보았다. 핏기 없는 리즈의 얼굴이 그의 시선을 의식한 듯 살짝 일그러졌다. 하지만 눈빛만은 형형하게 불타올랐다.

"이 유대 인 이야기를 읽고 나서 밤새도록 흐느껴 울었어요. 어린아이가 신음하면서 죽어 가는 장면이 떠올라서 견딜 수 없이 괴로웠어요. 그런데 자꾸만 파인애플 젤리가 생각나는 거예요. 그러다 아침이 되었는데 불현듯 어떤 사람이 생각났어요. 그에게 편지를 썼지요. 그는 편지를 받자마자 바로 와 줬어요. 나는 그에게 그 아이와 파인애플 젤리에 대해 얘기했어요. '정말 멋진 일이지 않아요?'라고 하면서요. 그는 웃으면서 '정말로 멋진 일이로군요.'라고 대답하더군요. 그러고는 곧바로 가 버렸어요. 고작 오 분 정도 앉아 있었을걸요. 그가 나를 경멸한 거죠? 그런 거죠, 알렉세이?"

그녀는 두 눈을 반짝거리면서 허리를 꼿꼿이 세워 앉았다. 알 렉세이는 흥분을 감추지 못하고 자신도 모르게 소리쳤다.

"당신이 먼저 그 사람을 불렀다고요?"

"네, 그랬어요. 내가 그에게 편지를 써서 보냈어요."

"그 얘기를 들려주고 싶어서요?"

"아니요, 처음부터 그럴 생각은 아니었어요. 그냥 그가 방에 들어서는 순간, 그 얘기가 생각났을 뿐이에요. 그는 웃으면서 몇 마디 나누고는 곧장 가 버렸어요."

"당신에게 참 점잖게 행동했군요, 그 사람이……."

알렉세이는 중얼거리듯이 말했다.

"나를 경멸했겠죠? 속으로 한없이 비웃었겠죠?"

"아니요, 그 사람은 파인애플 젤리 얘기를 진심으로 믿었을 거예요. 그 사람도 지금 아주 많이 아프거든요."

"그래요, 그는 정말로 그걸 믿는 것 같았어요!"

리즈가 눈을 크게 뜨고 말했다.

"그는 아무도 경멸하지 않아요. 그는 단지 아무도 믿지 않을 뿐입니다. 믿지 않는다는 것이 곧 경멸을 뜻할 수도 있지만요."

"그러니까 나를 경멸한단 말이죠?"

"그럴지도 모르죠."

"그거 아주 마음에 드는데요. 그가 이 방에서 나가면서 웃었을 때, 나는 비참할 정도로 경멸당하면 좋겠다고 생각했어요. 손가락이 잘린 어린아이, 누군가에게 경멸받는 것……. 다 좋아요. 있잖아요, 알렉세이. 그러니까 나는……. 알렉세이, 제발 나를 구해 줘요!"

리즈는 이렇게 말하면서 알렉세이의 품으로 와락 달려들었다. 그녀는 그를 꽉 껴안았다가 다시 밀쳐 내면서 말했다.

"이만 가 보세요, 알렉세이. 형한테 가세요. 면회 시간이 끝날지도 모르잖아요. 여기, 당신의 모자요. 어서 가 보라고요!"

리즈는 알렉세이를 강제로 문밖으로 밀어냈다. 알렉세이는 얼떨떨한 표정으로 그녀를 바라보다가, 문득 자신의 오른손에 종이쪽지가 들려 있는 것을 깨달았다. 꼬깃꼬깃하게 접힌 그것을 흘긋 보니 '이반 표도로비치 카라마조프에게'라고 적혀 있다. 그는 리즈를 다시 바라보았다.

그녀가 냉랭한 목소리로 말했다.

"전해 주세요, 꼭! 오늘 중으로! 안 그러면 나는 약을 먹고 죽어 버릴 거예요! 그걸 전하고 싶어서 당신을 불렀어요."

리즈는 온몸을 떨면서 명령조로 말하고는 문을 쾅 닫아 버렸다.

알렉세이는 빗장이 걸리는 소리를 들으며 종이쪽지를 주머니에 넣었다. 그는 호흘라코바 부인에게 들르지 않고 곧장 계단을 내려갔다.

제 31 장
그들만의 비밀

알렉세이가 교도소 앞에 도착했을 때에는 이미 날이 저물어 어둑해질 무렵이었다. 늦은 시각이었지만, 별다른 제지를 받지 않은 채 안으로 들어갔다.

알렉세이는 면회실 입구에서 막 드미트리를 만나고 일어서는 라키친과 마주쳤다. 드미트리는 라키친의 뒷모습을 보며 무엇 때문인지 크게 웃었고, 라키친은 혼자서 뭐라고 투덜거리며 면회실을 나섰다.

라키친은 얼마 전부터 알렉세이와 마주치는 것을 의식적으로 피하는 듯했다. 우연히 맞닥뜨리게 될 때에도 말을 전혀 걸지 않았으며, 인사마저 주저하는 것처럼 보였다. 이번에도 마찬가지였다. 라키친은 알렉세이를 보자 미간을 조금 찌푸리더니 이내 고개를 돌리고 나가 버렸다. 그 모습을 보고 드미트리가 말했다.

"아예 눈도 안 마주치는군. 너희들 싸우기라도 했니? 그나저나 하루 종일 너를 기다렸어. 목이 빠지는 줄 알았다. 왜 이렇게 늦었어?"

"쟤는 왜 형을 만나러 다니는 거야? 둘이 친한 사이였어?"

알렉세이는 라키친이 영 못마땅한 듯 볼멘소리로 물었다.

"라키친하고 친할 리가 있겠니? 그놈은 나를 비열한 인간이라고 생각해. 게다가 내가 던지는 농담도 전혀 이해하지 못하지. 하지만 똑똑하긴 하잖아. 알렉세이, 그런데 내 머리가 아무래도 부서진 거 같다."

드미트리는 알렉세이를 자기 옆에 앉혔다.

"내일이 재판날인데 괜찮겠어?"

알렉세이가 조심스럽게 물었다.

"무슨 얘기를 하는 거니?"

드미트리는 알렉세이를 멍하니 바라보며 이렇게 되물었다. 마치 재판에 대해선 까맣게 잊어버린 듯한 태도였다.

"아, 그 빌어먹을 재판! 그동안 만나는 사람들마다 쓸데없는 재판 얘기만 했지. 이제 정말로 중요한 얘기를 해야겠어. 재판이 아니라 내 머리에 대해서 말이다. 내 머릿속에 뭔가가 들어 있었는데, 그게 부서져 버렸단 말이야! 알렉세이, 왜 그런 눈으로 쳐다보니?"

"형, 무슨 소리야, 그게?"

"사상! 윤리 말이다!"

"형, 대체 왜 그래?"

"라키친 녀석은 기사를 써서 유명해지고 싶어 해. '드미트리는 살인을 저지를 수밖에 없었다. 그의 영혼이 환경의 노예가 되었기 때문이다.'라는 골자로 내 얘기를 쓸 거래. 사회주의 냄새가 나지만, 아무려면 어때? 그놈은 이반을 증오해. 사실은 너도 별로인가 봐. 그런데도 내가 계속 그 녀석을 만나 주는 건 순전히 똑똑하기 때문이지."

"그런데 머리가 왜 부서졌다는 거야?"

"끝장났어! 아, 하느님이 참 가엾다."

"하느님이 가엾다니?"

"한번 들어 볼래? 사람의 머리에 관련된 얘기야. 뇌 속에 있는 신경들에는 꼬리가 달려 있대. 내가 뭔가를 바라볼 때 그 꼬리들이 마구 떨린다는 거야. 그것들이 아주 잠깐, 그러니까 일 초쯤 떨리고 나서야 내가 바라보는 것의 정체를 깨닫게 된다는 거지. 내가 너를 볼 수 있고 너에 대해 애정을 느낄 수 있는 게 바로 그 꼬리 때문이라지 뭐야! 나에게 영혼이 있기 때문이 아니라는 거지. 라키친이 설명해 줬어. 그 얘기를 듣고 있는데 머리를 세게 한 방 얻어맞은 것 같더구나. 정말 멋진 학문이지 않니? 곧 이러한 학문으로 무장한 새로운 인간이 등장할 거야. 그러니 하느님이 가엾지!"

"그렇구나."

알렉세이가 말했다.

"하느님을 가엾게 만드는 학문은 바로 '과학'이라는 거야! 신부님, 살짝 비켜 주십시오. 과학 나리 납십니다! 라키친은 하느님을 좋아하지 않아. 나는 하느님이 없으면 인간은 어떻게 되는 거냐고, 이반 말대로 모든 것이 허용되는 거냐고 물었어. 그랬더니 그놈이 '아니, 그런 것도 모르세요? 똑똑한 사람이라면 뭐든지 할 수 있겠지만, 당신 같은 사람은 살인이나 저지르고 감옥에서 썩는 게 옳죠.'라며 비웃더라. 돼지 같은 놈! 예전 같으면 상대도 하지 않았을 텐데, 지금은 그놈의 말을 나도 모르게 귀담아듣고 있지. 제법 쓸 만한 얘길 해 주거든. 글도 꽤 잘 쓰고 말이야. 녀석이 읽어 준 기사가 있는데, 그중에 한 문장을 적어 옮겨 놨어. 들어 볼래?"

드미트리는 조끼 주머니에서 구겨진 종이를 꺼내 읽기 시작했다.

이 문제를 해결하기 위해서는 자신의 인격과 현실을 대치시켜야 한다.

"이게 무슨 말인지 알겠니?"

"아니."

알렉세이는 호기심을 갖고 드미트리의 말에 귀를 기울였다.

"나도 잘 몰라. 어쨌든 모호하지만 똑똑한 구석이 있는 거 같지 않니? 그 녀석 말로는, 요즘은 다들 이런 식으로 글을 쓴다고 하더라. 명확함 뒤에 따르는 책임이 두려우니까."

잠시 침묵이 흐른 후, 알렉세이가 입을 열었다.

"형, 나는 곧 가 봐야 해. 형에게 내일이 어떤 날이 될지 걱정도 안 돼? 이런 상황에서 알아들을 수 없는 얘기만 잔뜩 늘어놓고 있으니, 놀랍기도 하고 걱정스럽기도 하네."

"아니, 그럼 그 썩은 내 나는 수캐, 아니 그 살인자 얘기라도 하는 게 좋겠니? 그 냄새나는 놈, 스메르쟈코프는 이제 입에 담기도 싫어! 하느님이 그놈을 죽여 주시겠지. 그러니까 잠자코 있으라고!"

드미트리는 열을 내며 소리치다가 갑자기 알렉세이에게 입을 맞추었다. 그의 두 눈은 이글이글 타는 듯 벌겋게 변해 있었다.

"라키친은 이해하지 못하겠지만 너는 모두 다 이해할 거야. 그래서 너를 애타게 기다렸어. 오래전부터 너에게 많은 얘기를 하고 싶었지. 그런데 막상 가장 중요한 것에 대해선 입을 다물 수밖에 없었단다. 너에게 속마음을 털어놓기 위해 오늘을, 그러니까 마지막 순간을 간절히 기다렸어. 사랑하는 동생아!

지난 두 달간 내 속에서 새로운 인간이 깨어난 것 같아! 내 안에 잠들어 있다가 벼락을 맞고 눈을 뜬 거지. 탄광에서 죽도록 일만 해야 한대도 좋다. 전혀 두렵지 않으니까! 대신 내 마음속에서 깨어난 사람이 나를 떠나게 될까 봐 무서워.

나는 왜 꿈에서 '갓난쟁이'를 본 걸까? 그건 일종의 예언일 거야. '갓난쟁이'를 위해서 살아야 한다는 하느님의 뜻일 테지. 모두 다 '갓난쟁이' 앞에서는 죄인이니까. '갓난쟁이'는 결국 모든 사람을 뜻하는 걸 거야. 그래, 모든 사람을 위해서 내가 가겠어. 아버지를 죽이지는 않았지만, 그래, 받아들인다! 여기, 이 쓰러져 가는 담벼락 안에서 결심했어.

매일 망치를 들고 땅속으로 들어가는 사람들은 셀 수 없이 많지. 그들에게 자유는 없지만, 그들의 고통 속에는 하느님이 주신 기쁨이 있어. 그게 없다면 그들은 절대로 살 수가 없으니까. 결국 라키친은 거짓말을 하고 있는 거야. 하느님을 지상에서 쫓아내면 땅 밑에서라도 우릴 돌보실 테니까! 특히 나 같은 죄인은 더더욱 하느님 없이 살 수가 없어. 거리를 맘껏 활보할 수 있는 사람들보다 더 그렇단 말이야. 나는 지하 세계 사람이니까 땅속에서 슬프디슬프게 찬송가를 부를 거야. 하느님과 하느님의 기쁨 만세! 하느님을 진심으로 사랑하노라!"

드미트리는 거칠게 숨을 몰아쉬며 기괴한 연설을 마쳤다. 그는 눈물을 흘리며 떨리는 입술을 다시 열었다.

"삶은 충만해. 삶은 땅 밑에서도 계속되니까! 알렉세이, 네가 믿지 못할지도 모르지만…… 난 정말 살고 싶다. 미치도록 살고 싶어! 이 초라한 담벼락 안에서라도 좋으니, 영원히 깨어 있고 싶어. 물론 엄청난 고통이 뒤따르겠지. 하지만 그런 건 전혀 두렵지 않아!

나는 법정에서 한마디도 안 할지도 모르겠다. 이 얘기를 하려고 너를 애타게 기다린 거야. 나 스스로 '나는 존재한다.'라고 늘 인정할 수 있다면 모든 고통을 이겨 낼 수 있을 것 같아. 수천 가지의 고통 속에서 어떤 고문을 당해도 나는 존재한다! 알렉세이, 나의 천사야! 너무 철학적이지 않냐? 어려워서 나도 아주 죽을 지경이다!

아마도 이 모든 게 처음부터 내 영혼 속에 깃들어 있었던 모양이야. 예전엔 몰랐는데, 그렇게 술을 퍼마시고 싸움질이나 하면서 돌아다닌 걸 보면 그랬던 것 같아. 이렇게 어려운 철학을 담고 있으려니까 힘이 들어서 괜히 술과 싸움질에 의지한 거지. 빌어먹을! 그나저나 이반은……."

"이반 형이 왜?"

알렉세이가 말을 가로채려고 했지만, 드미트리는 듣지 못하고 계속 말을 이어 갔다.

"이반은 라키친과는 많이 달라. 라키친은 잘난 척하며 떠들고 싶어 안달이지만, 이반은 늘 숨기고 침묵하지. 알렉세이, 하느님 때문에 너무 괴롭다! 정말 하느님은 없는 거냐? 정녕 인간이 세상의 왕이라는 소리야? 그렇다면 당연히 인간은 악할 수밖에 없잖아. 선한 왕은 본 적이 없으니까. 진짜 어려운 문제야! 알렉세이, 우리는 누구를 사랑하고, 누구를 찬송하며, 누구에게 감사드려야 하지?

라키친은 신이 없어도 인류를 사랑할 수 있다고 했어. 우습지만 나는 이 문제 때문에 이틀이나 밤잠을 설쳤단다. 이반에게도 신은 없어. 그 녀석에겐 관념이 있을 뿐이지. 라키친과는 차원이 다르게 무서운 놈이야. 어쩜 그렇게 입을 딱 다물고 있는지 몰라. 하긴, 몇 마디 하긴 했지."

"뭐라고 했는데?"

알렉세이가 서둘러 말을 받았다.

"내가 '그러니까 모든 것이 허용된다는 말이냐?'라고 물었더니, 녀석은 인상을 팍 쓰면서 '우리 아버지는 돼지 새끼만도 못한 인간이었지만 사상 하나만큼은 옳았어.'라고 하더라. 이게 전부야."

"작은형이 언제 왔다 갔는데?"

"그건 중요한 게 아니니까 다른 얘기를 하자. 이반에 관해선 내가 아무 말도 안 했지? 내일 재판이 끝나고 선고가 내려지면 모두 얘기해 줄게. 그런데 나한테 끔찍한 일이 하나 있다. 너만이 이 일의 재판관이 될 수 있을 거야. 아직은 아무 말도 할 수 없으니까 잠자코 있을게. 넌 자꾸 재판 얘기를 하고 싶어 하지만, 나는 뭐가 뭔지 모르겠어.”

“변호사하고는 얘기해 봤어?”

“물론이지. 죄다 얘기했어. 사기꾼 같은 놈이야. 변호사란 작자가 내 말을 전혀 믿으려고 하질 않아. 그놈도 내가 죽였다고 생각한다니까. 그래서 ‘당신은 왜 나를 변호하러 왔소?’라고 빈정댔지. 의사도 마찬가지야. 그 교활한 놈이 나를 미친놈으로 만들고 싶어 해. 그게 말이나 되는 소리냐? 신경과민이 돼서 억지를 부린다는 거야!”

드미트리는 씁쓸하게 미소를 지었다.

“그나저나 증거들이 모래알처럼 불어났더라. 우리의 정직한 그리고리는 끝까지 고집을 부리고 있고. 그리고리가 제일 무서운 적이 된 셈이야. 차라리 친구보다 적이 되는 편이 나을 수도 있지. 그런데 카테리나 말이다. 그녀가 내일, 내가 준 사천오백 루블을 받고 머리가 땅에 닿도록 절을 했다고 얘기할까 봐 걱정이야. 난 그녀의 희생을 원치 않거든. 물론 그녀가 가엾지는 않아. 그래 봤자 법정에서 망신당하는 건 나뿐이니까! 알렉세이, 난 그냥 내가 하고 싶은 말만 할 거다. 그런데 그루센카는 어쩌면 좋을까? 그 여자가 이토록 고통받아야 할 이유는 없잖니?”

드미트리는 눈물을 흘리면서 소리쳤다.

“그녀 때문에 죽을 것만 같아. 오늘도 왔다 갔는데…….”

"응, 알아. 그녀가 형 때문에 매우 슬퍼했어."

"빌어먹을! 나는 대체 왜 이 모양일까? 그루센카 덕분에 비로소 사람이 된 건데 자꾸만 그녀를 괴롭히게 돼. 그녀와 정말로 결혼할 수 있을까? 안 그러면 난 죽고 말 것 같아. 그녀가 너한테 뭐라고 하던?"

알렉세이는 그루센카가 한 말을 고스란히 전했다. 드미트리는 귀를 쫑긋 세우고 이것저것 되물으며 듣다가, 마음에 걸리는 부분이 있는지 면회실 안을 왔다 갔다 했다.

"그러니까 셋이서 자기를 해치려는 음모를 꾸미는 줄 안다는 거지? 아, 그루센카! 그건 아니지, 헛다리 짚었어! 알렉세이, 가엾은 그녀를 위해 너에게 우리의 비밀을 털어놓을 수밖에 없겠구나."

늙은 간수는 구석에서 졸고 있었고, 보초병은 멀리 떨어져 있었다. 그런데도 드미트리는 알렉세이의 귀에다 대고 조그만 목소리로 속삭였다.

"나중에 털어놓으려고 했다만, 너 없이 내가 무슨 결단을 내릴 수 있겠니? 너는 나의 천사니까 오직 너만이 내 일을 결정할 수 있어. 이 비밀은 엄청난 것이라서 여태 너에게 비밀로 했던 거야. 지금부터 들려줄 테니까 미리 결단을 내리진 마. 선고는 내일이니까. 절대로 질문을 하거나 움직이지 말고 듣기만 해, 알았지? 아, 네 눈을 못 보겠다. 네가 입을 다물고 있어도 네 눈이 먼저 결정을 내릴 것 같아서 무서워, 알렉세이!

사실은 말이다, 알렉세이. 이반이 나한테 탈출하라고 했어. 자세한 것까진 말할 수 없지만, 이미 준비가 다 되어 있으니까 문제없이 성공할 거래. 그루센카와 함께 아메리카로 가면 된다고 하더라. 나는 그녀 없이 못 사는데, 감옥에 있는 죄인도 결혼을 할 수 있을까?

문제는 내 양심이야. 결국은 이곳에서 도망친다는 거잖아. 어쨌든 죄인인 나를 심판하고 용서할 수 있는 곳은 이곳뿐인데, 스스로 용서받을 기회를 버리고 내빼는 꼴이 되는 거지. 이반은 내가 어디에 있더라도 선량한 일을 할 사람이니까 괜찮다고 말했어. 하지만 내가 지하에서 부를 찬송가는 어떻게 되는 거지? 내가 어떤 마음으로 찬송가를 부르려는지 이반도 알고 있는데, 그에 대해선 아무 말도 안 해 주고 있어. 하긴, 그 녀석은 찬송가를 안 믿으니까. 알렉세이, 너는 이미 결정을 내렸구나! 부디 나를 불쌍히 여겨 주렴. 나는 그루센카 없이는 못 살아. 알렉세이, 어쨌든 재판이 끝날 때까지 잠자코 있어 줘!"

드미트리는 알렉세이의 어깨에 두 손을 얹고 그의 눈을 응시했다.

"감옥에 있는 죄인도 결혼하게 해 줄까?"

그가 간절히 다시 물었다. 하지만 알렉세이는 탈출이란 말에 큰 충격을 받고는 대답 대신 다른 말을 하였다.

"한 가지만 얘기해 줘, 형. 이반 형이 아주 강하게 권했어? 맨 처음 제안한 사람은 누구야?"

"이반이 생각해 냈어. 그리고 아주 강하게 권하고 있지. 한 달이 넘도록 코빼기도 안 비치다가 일주일 전에 나타나서 이 얘기를 한 거야. 어찌나 고집이 센지, 권하는 게 아니라 거의 명령 수준이라니까. 내 마음을 모두 털어놓고 찬송가 얘기도 했지만, 이반은 내가 탈출할 거라고 확신하고 있는 듯했어. 탈출에 도움이 될 만한 정보를 계속 가져오고 있는데……. 이건 나중에 얘기하자. 이반은 무슨 수를 써서라도 나를 탈출시킬 거야."

"그런데 나한테는 끝까지 숨기라고 했다고?"

알렉세이가 이해할 수 없다는 듯 다시 물었다.

"아무에게도 말해선 안 된다고 했어. 특히 너에게는 절대로 말하지 말라고 했지. 너는 곧 나의 양심이니까, 이반도 겁이 났던 게 아닐까? 그러니까 내가 너한테 비밀을 털어놓았다는 걸 이반에게 절대로 말하지 마라. 알겠지?"

"그래, 알았어."

알렉세이는 느릿느릿 대답했다.

"내일 선고가 내려지고 난 다음에 형이 직접 결정해. 아마도 재판이 끝나고 나면 형 마음속에서 가닥이 잡힐 거야. 그러면 어떻게 할 건지도 결정이 서겠지."

"내가 비열해지면 어떡하지?"

드미트리가 나약하게 말했다.

"형, 형은 누명이 벗겨질 가능성은 전혀 없다고 생각하는 거야?"

드미트리는 어깨를 한번 으쓱하더니 가망이 없다는 듯 고개를 내저었다.

"알렉세이, 이제 그만 가 봐야지! 곧 간수가 올 거야. 이렇게 늦은 시각까지 면회하는 건 규칙 위반이야. 자, 나를 안아 줘! 입도 맞춰 주고 성호도 부탁한다. 내일 내가 지게 될 십자가를 위해서 말이야."

그들은 포옹하고 입을 맞추었다.

"이반은 말이다."

드미트리가 급하게 알렉세이를 붙잡더니 마지막으로 속삭였다.

"내가 죽였다고 생각하기 때문에 탈출하라는 거야."

그의 입가에 서글픈 미소가 떠올랐다.

"작은형한테 물어봤어? 그렇게 생각하느냐고?"

알렉세이가 물었다.

"아니, 그럴 만한 용기는 없었지. 그러나 이반의 눈을 보면 뻔히 보이는걸. 잘 가라, 알렉세이!"

그들은 다시 한 번 입을 맞췄다. 알렉세이가 면회실을 나가려는 순간, 드미트리가 알렉세이의 어깨를 세게 움켜잡고 말했다.

"내 앞에 서 봐."

짙은 어둠 속에서도 드미트리의 창백한 얼굴이 뚜렷이 보였다.

"알렉세이, 사실대로 말해 줘! 너도 내가 죽였다고 생각하고 있니? 거짓말할 생각은 하지 말고!"

알렉세이는 온몸에 힘이 쭉 빠졌다. 뭔가가 가슴을 찌르는 듯한 통증이 느껴졌다.

"형은 무슨 말을 그렇게……."

알렉세이가 넋을 잃고 웅얼거렸다.

"사실대로 말해 줘. 절대로 거짓말하지 말고!"

드미트리가 소리쳤다.

"나는 단 한 번도 그렇게 생각한 적 없어. 형은 아버지를 죽이지 않았어, 절대로!"

알렉세이는 이렇게 말하면서 자기도 모르게 오른손을 하늘 높이 쳐들었다. 그의 모습은 드미트리에게 한없이 큰 행복을 안겨 주었다.

"고맙다! 나는 네 덕분에 다시 태어났어. 너한테 이렇게 물어보는 것이 얼마나 두려웠는지 넌 아마 모를 거다. 그럼, 가 봐. 알렉세이, 나한테 내일을 견딜 수 있는 힘을 주고 가는구나. 하느님이 너를 축복해 주시길! 이반을 사랑하렴!"

알렉세이는 눈물범벅이 된 채 밖으로 나왔다.

'큰형은 자신마저도 믿지 못하는구나!'

알렉세이는 형의 앞길에 미로와도 같은 절망이 이어져 있음을 감지했다.

"이반을 사랑하렴!"

드미트리의 목소리가 귓가에서 계속해서 들리는 듯했다. 그렇지 않아도 알렉세이는 이반에게 찾아가 보려고 했다. 그런데 드미트리의 이 한마디 때문에 마음이 더욱더 급해졌다. 이반을 꼭 만나야 했다.

제 32 장
가려진 시간

이반이 머물고 있는 집으로 가려면, 카테리나 이바노브나의 집 앞을 지나야 했다. 알렉세이는 그녀의 집에 잠깐 들르기로 했다. 카테리나를 꽤 오랫동안 못 보기도 했고, 또 혹시라도 이반이 그녀와 함께 있을지도 모른다는 생각이 들어서였다.

초인종을 누른 뒤 집 안으로 이어지는 계단으로 들어섰을 때, 누군가가 급히 뛰어 내려오는 것이 보였다. 이반이었다.

"아, 너로구나."

이반은 알렉세이를 보고 심드렁한 목소리로 말했다.

"카테리나를 만나러 왔니?"

"응."

"안 가는 게 좋을걸. 지금 그녀는 몹시 흥분해 있거든."

그때 위층의 창문이 열리더니, 이렇게 외치는 목소리가 들렸다.

"아니에요, 아니라고요! 알렉세이, 드미트리를 만나고 오는 길인가요?"

"네, 그렇습니다."

"들어오세요, 알렉세이. 이반, 당신도 다시 들어오고요."

이반은 한순간 멈칫하다가, 체념한 듯 알렉세이와 함께 집 안으로 들어갔다. 그러고는 카테리나를 보자마자 대뜸 이렇게 말했다.

"곧 나갈 테니까 외투는 벗지 않겠습니다. 그냥 여기에 서 있도록 하죠."

"앉아요, 알렉세이."

카테리나는 자리에서 일어나 알렉세이를 맞았다. 날카로운 눈매를 보니, 이반의 말대로 한껏 짜증이 나 있는 것 같았다.

"그이가 무슨 말을 하던가요?"

"딱 한 가지만 말했어요."

알렉세이는 말을 더듬거리며 그녀를 똑바로 바라보았다.

"당신이 스스로를 아낀다면, 법정에서 그 일에 대해 증언하지 말라고요. 두 분 사이의, 그러니까 두 분이 처음 만났던, 그 마을에서의 일은……."

"아, 내가 돈을 받고 이마가 땅에 닿도록 절을 한 일이요?"

그녀가 쓸쓸히 웃으면서 말을 받았다.

"그이가 정말로 나를 걱정해서 하는 말이었나요? 자신을 걱정하는 게 아니었고요? 내가 누구를 아껴야 된다고 하던가요? 그이인가요? 아니면 나 자신인가요?"

"당신과 형, 두 분 다겠죠."

알렉세이는 침착하게 대답했다.

"그럴 줄 알았어요."

그녀는 퉁명스럽게 한마디 툭 던지고는 얼굴을 붉혔다.

"당신은 나를 아직 몰라요, 알렉세이. 하긴 나도 나를 잘 모르니까……. 내일 증인 심문이 끝나면 당신은 나를 발로 짓밟고 싶어질걸요."

"정직하게 증언하실 텐데 그럴 리가 있겠습니까?"

"여자란 종종 정직하지 못할 때가 있죠."

그녀는 이를 악물고 말했다.

"한 시간 전만 해도 저 파충류 같은 냉혈한은 건드릴 수 없다고 생각했어요. 하지만 이젠 무섭지 않아요. 정말로 드미트리가 당신 아버지를 죽인 걸까요? 그런 거냐고요!"

그녀가 이반에게로 몸을 돌리면서 날카롭게 소리쳤다. 카테리나와 이반은 사실, 알렉세이가 오기 전부터 이 문제로 크게 다투고 있었다. 이반은 신경이 극도로 예민해진 그녀의 태도를 도저히 참지 못하고 뛰쳐나가다가 알렉세이와 마주친 것이었다.

"나는 얼마 전에 스메르쟈코프한테 갔었어요. 당신 아버지를 죽인 사람은 드미트리라고 당신 입으로 똑똑히 말했잖아요. 나는 그 말을 믿었을 뿐이에요!"

카테리나가 고함을 쳤지만, 이반은 어색하게 웃을 뿐 아무 말도 하지 않았다. 알렉세이는 카테리나와 이반의 사이가 생각보다 훨씬 더 가깝게 느껴져서 속으로 당황스러웠다.

"알았으니까 이제 그만해요. 내일 다시 오겠습니다."

이반은 딱 잘라 말하고 뒤돌아서서 곧장 계단을 내려갔다. 그러자 카테리나는 알렉세이의 두 손을 잡고 속삭였다.

"알렉세이, 저 사람을 어서 쫓아가요! 저 사람을 혼자 있게 해선 안 돼요. 저 사람은 지금 정신이 나갔어요. 섬망증을 앓고 있단 말이에요! 의사가 그랬어요. 얼른 저이를 쫓아가세요."

알렉세이는 정신없이 이반의 뒤를 쫓아갔다.

오래지 않아 그를 붙잡았다. 이반은 알렉세이를 뒤돌아보며 몹시 짜증을 냈다.

"왜? 카테리나가 나 같은 미친놈은 혼자 두면 안 된다고 하디? 안 봐도 훤하다."

"형이 아프다고 해서 뒤따라온 거야. 지금 형의 안색이 어떤 줄 알아? 죽을병이라도 걸린 사람 같아!"

이반은 무작정 다시 걷기 시작했다. 알렉세이도 부지런히 그 뒤를 쫓았다.

"알렉세이, 사람이 어떻게 미쳐 가는지 아니?"

이반의 목소리가 갑자기 차분해졌다. 그의 목소리에는 야릇한 호기심마저 배어 있었다.

"글쎄, 사람마다 다르지 않을까?"

"자신이 미쳐 가는 것을 스스로 관찰할 수 있을까?"

"자신의 모습을 똑똑히 지켜보기는 힘들지 않을까?"

둘은 한동안 아무 말이 없었다. 한참 만에 이반이 침묵을 깨며 말을 꺼냈다.

"다른 얘기를 나누는 게 좋겠다."

"그래, 좋아. 우선 이거……. 형한테 보내는 거래."

알렉세이는 주머니에서 리즈의 종이쪽지를 꺼내 조심스럽게 내밀었다. 이반은 가로등 불빛에 종이쪽지를 비춰 보고는 리즈의 필체를 금방 알아보았다.

"아, 그 꼬마 악마가 보낸 거로군!"

그는 묘한 표정으로 미소를 짓더니 종이쪽지를 갈기갈기 찢어 버렸다.

"열여섯 살도 안 된 계집애가 겁도 없이 추파를 던지다니!"

이반은 리즈를 욕하면서 성큼성큼 발걸음을 내딛었다.

"추파라고?"

알렉세이가 소리쳤다.

"음탕한 계집애들의 수법이란 뻔한 법이지."

"형, 무슨 말을 그렇게 심하게 해? 리즈는 아직 어려. 철부지 소녀를 그렇게까지 모욕할 필요는 없잖아. 게다가 아픈 아이야. 정신이 조금 오락가락하는 것 같기도 하고……. 그래서 이 쪽지를 전해 주지 않을 수 없었어. 어쩌면 형의 한마디가 리즈를 어둠에서 구해 올릴지도 모르니까!"

알렉세이는 리즈를 편들며 목소리를 높였다.

"너한테 해 줄 말은 아무것도 없어. 네 말대로 그 애가 어리다고 치자. 그렇다고 내가 무슨 말을 할 수 있겠니? 내가 유모라도 되는 줄 아니? 그러니까 그만해, 알렉세이."

두 사람은 또다시 침묵에 잠겼다.

"카테리나는 밤새도록 기도를 드릴 거다. 내일 법정에서 어떻게 해야 되는지 몇 번이고 되물으면서 말이야."

갑자기 이반이 표독스런 목소리로 툭 내뱉었다.

"카테리나 말이야?"

"그래. 드미트리 형을 구할까, 아니면 끝장을 내 줄까? 이걸 고민하는 거지. 실제로는 자신의 영혼을 밝히려는 것인데, 아직도 깨닫지 못하고 있다니까. 누구처럼 나를 유모로 생각하는 여자가 하나 더 있는 셈이지. 내가 다 해결해 주기만을 바라니!"

"카테리나는 형을 사랑해."

알렉세이가 슬픈 목소리로 말했다.

"그럴지도 모르지. 하지만 난 아니야."

"그런데 왜 자꾸 그녀에게 희망을 갖게 하는 거야?"

알렉세이는 이반을 책망하듯 말했다.

"지금은 내 본심을 솔직히 드러낼 만한 상황이 아니니까!"

이반은 짜증을 냈다.

"살인자에게 선고가 내려질 때까지 기다려 줘야지. 내가 지금 카테리나와 관계를 끊으면, 그녀는 나에 대한 복수심이 발동해서 감방에 있는 불한당을 완전히 파멸시켜 버릴걸. 내가 어떻게든 형을 지옥으로부터 구하려고 하니까, 그녀도 괜히 도와주는 척하는 거야. 당분간은 내가 연기를 할 수밖에!"

'살인자'와 '불한당'이라는 말이 알렉세이의 마음을 아프게 찔렀다.

"그녀가 큰형을 파멸시킬 거라는 증거라도 있어?"

"네가 아직 모르는 게 있어. 그 여자 손에 편지가 한 장 있는데, 형이 아버지를 죽였다는 걸 결정적으로 증명하는 거야. 물론 형이 직접 썼고."

"그게 말이 되는 소리야?"

알렉세이가 소리쳤다.

"내 눈으로 직접 봤어, 알렉세이."

"그런 편지는 있을 리가 없어! 왜인 줄 알아? 큰형은 살인자가 아니기 때문이야. 아버지를 죽인 건 큰형이 아니란 말이야!"

이반은 알렉세이가 이렇게 흥분하는 모습을 처음 보았다. 그는 당황스러운 나머지, 아예 걸음을 멈추고 서서 알렉세이를 바라보며 물었다.

"그렇다면 너는 누가 범인이라고 생각하는데?"

그의 목소리에 얼음장처럼 차가운 냉기가 묻어났다.

"누구인지는 형도 알고 있잖아."

알렉세이가 흥분을 삭이며 대답했다.

"혹시 그 간질병 환자를 두고 하는 말이니? 스메르쟈코프?"

스메르쟈코프의 이름을 말하면서 이반의 몸이 설핏 떨렸기 때문에 알렉세이는 속으로 깜짝 놀랐다.

"누구인지 너는 알고 있었구나!"

이반은 풀이 죽어 착 가라앉은 목소리로 말하더니 갑자기 고래고래 소리를 질렀다.

"누구, 누구냐고?"

"범인을 알고 있다는 뜻이 아니야. 드미트리 형은 아버지를 죽이지 않은 게 확실하다는 거지. 단지 그런 뜻이었어."

갑자기 이반이 울부짖었다.

"난 아니야. 난 아버지를 죽이지 않았어."

알렉세이는 울먹이며 말했다.

"형, 진정해. 정신 차리라고!"

이반은 그 자리에 얼어붙은 듯이 서서 집요하게 물고 늘어졌다.

"형이 아니라니! 그게 무슨 소리야?"

"아니야, 아니라고! 형은 아버지를 죽이지 않았어. 작은형은 범인이 아니라고!"

알렉세이는 몇 번이나 반복해서 말했다. 다시 침묵이 이어졌다.

"내가 아니라는 건 나도 알아. 그런데 넌 지금 무슨 헛소리를 하는 거야?"

이반은 미소를 지으며 말했지만, 얼굴은 새하얗게 질려 있었다.

"형 스스로를 살인자로 여기지 말란 뜻이야."

"내가 언제 그랬다는 거니? 내가 죽였다고 말한 적도 없는데 넌 대체 무슨 소리를 하고 있는 거야?"

이반은 넋이 나간 사람처럼 멍한 눈빛을 하고서 중얼거렸다.

"아니! 형은 이 끔찍한 두 달 동안 스스로에게 줄곧 그렇게 말해 왔잖아!"

알렉세이는 차분하게 말을 이어 갔다. 마치 누군가에게 할 말을 미리 전해 듣기라도 한 것처럼 술술 이어졌다.

"모스크바에서 돌아온 순간부터 끊임없이 자책하고 있었잖아. 살인자는 다름 아닌 형 자신이라고……. 하지만 형은 절대로 아니야. 살인자가 아니라고! 형에게 그 사실을 알리려고 하느님께서 나를 보내신 거야."

이반도, 알렉세이도 한참 동안 아무 말이 없었다. 그 대신 서로의 속내를 읽어 내려는 듯, 상대방의 눈을 뚫어져라 쳐다보았다.

"너, 내 방에 왔다가 그놈을 본 거지?"

이반이 알렉세이의 어깨를 세게 흔들며 소리쳤다.

"바른 대로 말해. 그놈을 봤지?"

"누구 말이야? 드미트리 형을 말하는 거야?"

알렉세이가 무슨 말인지 모르겠다는 듯이 되묻자, 이반은 괴롭게 울부짖었다.

"형 얘기가 아니잖아. 에잇, 빌어먹을 악당 같으니라고! 너는 그놈이 걸핏하면 내 앞에 나타나는 걸 알고 있었지? 어떻게 알아낸 거야? 어서 말해 봐!"

"대체 누굴 말하는 거야? 형이 누구를 말하는 건지 모르겠단 말이야."

알렉세이는 겁에 질려 웅얼거렸다.

"아니, 넌 알고 있어. 그렇지 않고서야 어떻게……. 그래, 네가 모를 리가 없지."

이반은 순간 뭔가를 떠올리며 진정하는 듯싶더니 또다시 야릇한 미소를 지었다.

"형!"

알렉세이가 떨리는 목소리로 이반을 불렀다.

"나는 그저 형을 돕고 싶어서 말한 것뿐이야. 내가 형을 믿듯이 형도 당연히 나를 믿을 테니까. 내 인생을 걸고 형은 결백하다고 말했던 거야. 내 영혼 속에 계신 하느님이 형에게 이 말을 전하라고 하셨거든. 이제 형이 나를 증오한대도 어쩔 수 없어."

이반은 어느 정도 자제력을 되찾은 것 같았으나, 여전히 입가에 냉소를 머금고 있었다.

"알렉세이, 나는 간질병 환자만큼이나 예언자도 질색이거든. 하느님의 심부름꾼이라면 특히 더! 나는 이제 너하고 영영 이별할 작정이다. 자, 이 교차로에서 헤어지자. 혹시나 해서 하는 말인데, 오늘 나를 찾아오는 건 각별히 삼가 주렴!"

이반은 조금도 주저하지 않고 곧장 앞으로 걸어갔다. 알렉세이는 그의 등에다 대고 소리쳤다.

"이반 형! 오늘 형한테 혹시라도 무슨 일이 생기면 가장 먼저 나를 찾아 줘!"

이반은 대답이 없었다. 알렉세이는 이반이 어둠 속으로 완전히 모습을 감출 때까지 교차로의 가로등 옆에 서 있었다. 그리고 천천히 몸을 돌려 집으로 향했다. 알렉세이와 이반은 텅 빈 아버지의 집에 살기 싫어서, 시내에서 멀리 떨어진 곳에 따로 방을 얻어 각자 살고 있었다.

집 앞에 이르자, 이반은 갑자기 걸음을 멈추었다. 자신이 지나치게 떨고 있음을 느꼈기 때문이다. 그는 초인종을 누르려다 말고 황급히 몸을 돌려 다른 골목길로 들어섰다. 마을 반대편 끝에 있는, 다 쓰러져 가는 오두막으로 가기 위해서였다. 거기에는 한때 표도르 파블로비치의 옆집에 살던 마리야가 간질 발작에 시달리는 스메르쟈코프와 살림을 차려서 함께 살고 있었다.

드미트리가 체포되고 난 후, 이반은 스메르쟈코프를 두 번 만났다. 모스크바에서 돌아온 직후에 처음 만났고, 그로부터 두 주가 지난 후에 한 번 더 그를 찾아갔다. 그 뒤로는 스메르쟈코프를 만난 적도 없었고, 소식도 듣지 못했다.

이반은 표도르 파블로비치가 죽은 지 닷새째 되는 날에야 모스크바에서 돌아왔다. 그래서 아버지의 장례식에는 참석조차 하지 못했다. 알렉세이와 카테리나는 이반의 주소를 몰라서 기별하는 데 애를 먹었다. 카테리나가 모스크바에 사는 언니에게 전보를 쳤고, 이반은 그것을 나흘 뒤에야 전해 받았다. 그 소식을 듣자마자 부리나케 달려왔지만, 그가 도착하기 전날 밤에 장례식은 이미 끝나 있었다.

마을에 도착한 이반은 알렉세이부터 찾아갔다. 그는 알렉세이와 이런저런 얘기를 나누고 나서 깜짝 놀랐다. 알렉세이가 시종일관 드미트리의 결백을 주장했기 때문이다. 범인으로는 스메르쟈코프를 지목했다. 경찰 서장과 검사의 수사 기록을 꼼꼼

히 확인한 뒤에는 더더욱 놀라지 않을 수 없었다. 증거만 놓고
본다면, 누가 봐도 드미트리가 살인범이었기 때문이다. 그런데
도 그토록 감싸다니, 드미트리에 대한 알렉세이의 믿음이 지나
치게 유별나다는 생각이 들 지경이었다.

이반은 드미트리를 좋아하지 않았다. 가끔 가엾다는 생각이
들기도 했지만, 드미트리라는 인간 자체가 무척이나 싫었다. 그
런 드미트리를 향한 카테리나의 감정은 애정이라기보다 분노에
가깝게 여겨졌다.

감옥에 갇힌 드미트리를 만났을 때, 이반은 그의 유죄를 확신
했다. 드미트리는 결백을 주장했지만 그를 둘러싼 정황이 그것
을 전혀 받쳐 주지 못했다. 특히 스메르쟈코프가 범인이라고 지
목하면서 근거라고 든 것들은 한마디로 밑도 끝도 없이 장황하
기만 했다. 삼천 루블에 대한 얘기도 그랬다. 아버지가 자기한테
서 훔친 다음 감추어 놓은 것이기 때문에 원래 자신의 돈이 맞
다고 우겨 대는데, 이반으로서는 도무지 납득이 되지 않았다.

드미트리는 자기한테 불리한 증언을 반박할 줄도 몰랐고, 자
기한테 유리한 증거를 딱히 내놓지도 못했다. 게다가 누구에게
나 성질을 부리고 욕을 해 대는 것으로 보아, 누명을 벗으려 하
는 의지도 없어 보였다. 그는 이반한테도 몹시 못마땅하게 굴었
다. 무작정 '모든 것이 허용된다.'라고 주장하는 놈들은 자기한
테 죄인이라고 말할 자격이 없다는 식으로 비꼬았다. 이반은 드

미트리를 믿을 수가 없었다.

드미트리를 만나고 나서, 이반은 곧장 스메르쟈코프를 찾아 갔다. 마을로 돌아오는 기차 안에서 이반은 줄곧 그를 의심했다. 하지만 예심 판사의 심문을 받을 때는 그와 나눴던 대화에 대해 서 일부러 한마디도 하지 않았다.

스메르쟈코프는 당시 시립 병원 일인실에 입원해 있었다. 의 사는 그의 발작이 틀림없이 간질병 때문이라고 했다. 그리고 정 신 이상자가 될지도 모를 만큼 심각한 상황이라고 덧붙였다.

침대에 누워 있는 스메르쟈코프는 그사이 바싹 마른 데다 얼 굴도 아주 샛노랬다. 혀를 맘대로 놀릴 수가 없어서 발음도 매 우 어눌했다. 이반을 보자 히죽 웃었다. 처음에는 겁을 먹은 듯 하더니 이내 침착한 태도를 보였다. 왼쪽 눈을 슬쩍 찡그리는 그의 버릇을 보자, 이반은 "영리한 사람과는 얘기를 나누는 것 이 더 흥미롭다더니!"라고 했던 그와의 대화가 떠올랐다.

"말을 할 수 있겠어? 피곤하게 하진 않을게."

"할 수 있습니다. 오신 지 오래되셨습니까?"

스메르쟈코프가 웅얼웅얼 입을 열었다.

"지금 막 왔어. 여기서 일어난 성가신 일을 처리하려고."

스메르쟈코프는 말없이 한숨을 내쉬었다.

"왜 한숨을 쉬는 거야? 넌 그런 일이 벌어질 줄 미리 알고 있 었잖아."

스메르쟈코프는 잠깐 침묵을 지키다가 입을 열었다.

"진작부터 불 보듯 뻔한 일이긴 했죠. 그래도 설마설마 했는데 이렇게 되고 말다니……."

"이렇게 됐다고? 슬쩍 발뺌할 생각은 하지 마! 네놈은 그때 지하 창고에서 간질 발작이 일어날 거라고 예언했잖아?"

"도련님, 심문관들에게 그 얘기를 하셨습니까?"

스메르쟈코프가 눈을 가늘게 뜨고 물어보자, 이반은 화를 벌컥 냈다.

"아직 말하지 않았지만, 기회가 닿으면 꼭 말할 작정이다. 그전에 네놈의 해명을 좀 들어야겠기에 찾아온 거야. 명심해! 나한테 어쭙잖은 수작을 부리면 가만두지 않을 테니까."

"제가 무슨 수작을 부리겠습니까? 도련님은 저한테 하느님과 다름없는 분인걸요."

스메르쟈코프는 잠시의 망설임도 없이 술술 대답했다. 이반이 본격적으로 따져 묻기 시작했다.

"간질 발작은 미리 예견할 수 없다는 걸로 알고 있어. 의사가 분명히 발작이 일어날 시각은 짐작할 수 없다고 했으니까. 그런데도 너는 날짜와 시각, 더욱이 지하 창고라는 장소까지 정확하게 예측했어. 이러고도 발작이 난 척 연기한 게 아니라고? 어떻게 알고 나한테 미리 얘기했던 거지? 대충 얼버무릴 생각일랑 하지 마!"

"간질 발작이 일어날 시각이야 물론 예측할 수 없죠. 그렇지만 사람한텐 예감이란 게 있지 않습니까?"

"단순히 그럴 것 같다고 한 게 아니라, 너는 날짜와 시각을 정확히 말했잖아!"

"도련님, 제 발작이 의심스러운 거라면 차라리 의사한테 가서 직접 물어보시죠. 진짜였는지 가짜였는지 말입니다. 저로선 도련님께 더 이상 드릴 말씀이 없습니다."

"그럼 지하 창고는? 장소는 어떻게 예언한 거냐?"

"왜 자꾸 지하 창고에 연연해 하시는 건지, 참! 저는 그때 지하 창고로 내려가면서 두려움에 떨고 있었습니다. 도련님도 떠나신 마당에 누굴 의지하고 사나 싶어서 말이죠. 계단을 내려가는데 '아무래도 발작이 일어날 것만 같아. 그러면 틀림없이 저 바닥으로 굴러떨어지겠지.'라는 생각이 들었어요. 그리고 곧 진짜로 경련이 일어난 거예요.

이런 내용은 의사와 예심 판사에게도 이미 진술했어요. 그들이 기록까지 하던걸요. 제가 쪽문 곁에서 도련님께 지하 창고가 겁난다고 한 것까지 다 적어 갔어요. 의사가 말하길, 제가 쓰러질까 안 쓰러질까 걱정하다 보니 진짜로 그런 일이 일어난 거라고 하더군요. 두려움 때문에 말이죠."

스메르쟈코프는 기운이 빠진 듯 깊은 숨을 몰아쉬었다.

"증인 진술을 할 때 그런 것까지 다 말했다고?"

이반은 고개를 살짝 기울이며 물었다. 그는 예심 판사에게 자기들이 나눈 대화를 이야기하겠다며 겁을 주려고 했는데, 스메르쟈코프가 스스로 모든 걸 밝혔다니 믿을 수가 없었다.

"네, 저는 두려운 게 없으니 다 사실대로 적게 했지요, 뭐."

이반은 여전히 스메르쟈코프의 말을 믿을 수가 없었다.

"네가 대문 곁에서 나한테 했던 얘기를 토씨 하나 안 빠뜨리고 다 말했어?"

"토씨 하나 안 빠뜨리고 다 말한 건 아니죠."

"그럼, 발작이 난 척 연기할 수 있다고 내 앞에서 떠벌린 것도 말한 거야?"

"아니요, 그건 말하지 않았습니다."

"게다가 네놈은 나를 체르마쉬냐로 보내려고 안달했잖아?"

"그거야 모스크바로 떠나실까 봐 그런 거죠. 체르마쉬냐가 더 가까우니까요."

"잘도 둘러대는구나. 나한테 죄스러운 일을 피해 멀리 떠나라고 권한 게 누군데?"

"그렇게 진짜로 가 버리실 줄은 몰랐지요. 끔찍한 일이 일어날 것 같으니 멀리 떠나시라고 하면, 오히려 도련님께서 남으셔서 주인 나리를 보호하실 줄 알았어요."

"네가 빙빙 돌려 말하니까 그러는 수밖에!"

"제 주제에 어떻게 곧이곧대로 말씀드리겠습니까? 저는 드미트리 도련님이 그 돈을 자기 걸로 생각하고 있으니까 조만간 훔치러 올 것 같아 걱정을 한 것이죠. 그렇다고 살인까지 저지를 줄은 몰랐단 말입니다!"

"형이 진짜로 그럴 거라고 믿지 않았으면서도 내가 남아 있길 바랐다고?"

스메르쟈코프는 답답하다는 듯이 잠시 입을 다물었다.

"저는 그리고리 바실리예비치가 병이 났고, 저 역시 발작을 일으킬 것 같다고 알려 드렸으니, 도련님이 실제로는 안 가실 줄 알았습니다. 꼭 가셔야겠다면, 어떻게든 이 끔찍한 재앙에서 벗어나고 싶으셨다면, 모스크바보단 그나마 가까운 체르마쉬냐가 나을 것 같다고 생각했고요. 도련님께서 그토록 가까운 곳에 계시는데, 드미트리 도련님이 설마 무슨 일을 저지를까 싶었던 거지요. 게다가 드미트리 도련님 역시 신호의 비밀을 안다고 말씀드렸잖습니까? 그 정도까지 말씀드렸으니 도련님께서 그분의 범행을 예견하실 줄 알았습니다. 체르마쉬냐가 아니라 옆 동네에도 안 가시고 그냥 집에 계실 거라고 생각했으니까요."

'이놈, 말솜씨가 보통이 아니야. 의사는 대체 뭘 보고 이놈의 정신에 문제가 있다고 하는 거지?'

이반은 너무도 혼란스러운 나머지 한동안 잠자코 있었다. 그러자 스메르쟈코프는 순진한 표정으로 말을 계속 이어 나갔다.

"저는 그때 도련님께서 완전히 눈치챈 줄로만 알았다니까요."

"그런 일이 일어날 줄 미리 알았다면 어떻게든 집에 그냥 있었을 거야!"

이반은 발끈하며 소리쳤다.

"그랬겠지요. 그런데 저는 도련님께서 다 짐작하고 계시면서도 복잡하고 끔찍한 일에 얽히는 게 싫어서 피하시는 게 아닌가 싶었어요. 도련님 혼자만 살아 보겠다고 몸을 사리는 것 같기도 했고요."

"모든 사람이 네놈 같은 겁쟁인 줄 알아?"

"그렇다는 게 아니라, 그저 도련님은 저와 생각이 같으신 줄 알았어요."

"그래, 눈치를 못 챈 내 탓이야! 네놈이 뭔가 추잡한 일을 벌이는 것 같긴 했는데……. 네가 나를 속인 거지, 그렇지?"

이반은 별안간 뭔가를 기억해 내고 소리쳤다.

"그래! 네놈이 마차 안에 있는 나한테 오더니 '영리한 사람과는 얘기를 나누는 것도 흥미롭다더니!'라고 말했지! 그 말은 네놈은 내가 떠나는 게 기뻤다는 뜻이야, 그렇지?"

스메르쟈코프는 얼굴을 붉히며 한숨을 내쉬었다.

"모스크바가 아니라 체르마쉬냐로 가시겠다고 하셔서 그나마 기뻤던 거죠. 그렇지만 그 역시 반갑진 않았어요. 떠나시는 것 자체를 책망한 거라고요. 정말로 제 말을 이해하지 못하셨습니까?"

"책망이라니?"

"불길한 사건을 예감하고도 친아버지인 주인 나리와 우리 모두를 버려 둔 채 떠나시니까요!"

"이 망할 놈의 자식!"

이반은 욕을 실컷 퍼부으려다 말고 흠칫 놀라며 물었다.

"잠깐, 그 신호에 대해서도 예심 판사와 검사에게 말했어?"

"있는 그대로 모두 말씀드렸습니다."

이반은 깜짝 놀랐지만 내색하지 않고 말했다.

"내가 그때 뭔가 짐작했다면 오직 너와 관련된 것뿐이었어! 네놈이 추잡한 짓을 계획할 거라고만 여겼지, 드미트리 형은 아예 생각지도 않았어. 형은 도둑질 따위는 절대로 하지 않을 사람이니까! 하지만 네놈이라면 다르지. 별 추잡한 짓을 다 하고도 남을 놈이잖아! 간질 발작을 연기할 수 있다고 말한 이유가 대체 뭐였지?"

"아시다시피, 제가 순진했던 것뿐이죠. 저는 여태껏 간질 발작을 연기한 적이 한 번도 없어요. 그저 도련님 앞에서 허풍을 좀 늘어놓은 것뿐입니다. 예, 예, 제가 어리석었죠. 워낙 도련님을 좋아했기 때문에 아무런 허물없이 이런저런 말씀을 드렸던 것뿐입니다요."

"형은 네놈이 살인을 저지르고 돈까지 훔쳤다고 했어."

"흐흐, 그분에게 증거라도 있습니까?"

스메르쟈코프는 이를 드러내며 음흉하게 웃었다.

"누가 그분 말을 믿겠습니까? 그리고리 바실리예비치가 쪽문이 열려 있는 걸 봤다고 저리도 고집을 부리고 있는데……. 뭘 어쩌겠어요? 벌벌 떨기밖에 더 하겠습니까? 그분이 저한테 죄를 덮어씌우려 한다는 건 이미 들었습니다. 그건 곧 제가 발작을 맘대로 연기할 수 있는 놈이라는 소리랑 마찬가지가 아니겠습니까? 그러니까 주인 나리를 죽이려던 하인놈이 간질 발작을 연기할 거라고, 그분의 아들인 도련님께 미리 알려 줬다고요? 제가 아무리 바보 천치라도 나중에 불리한 증거가 될 소리를 미리 떠들고 다닐 정도는 아닙니다!

믿지 못하시겠다면 지금이라도 검사와 예심 판사에게 알리십시오. 오히려 저를 변호하는 꼴이 될걸요. 살인을 저지를 놈이 뻔뻔스럽게도 범행 계획을 친아들에게 미리 말하다니, 보나마나 그런 머저리 같은 놈이 어디 있냐고 할 테죠."

"이봐."

이반은 대화를 끊고 자리에서 일어났다.

"나는 너를 조금도 의심하지 않아. 너 같은 겁쟁이한테 혐의를 두는 것 자체가 우스운 일이지. 오늘은 이만 가련다. 다시 들를 테니까 잘 있어라. 빨리 건강해지고……. 뭐 필요한 건 없나?"

"마리야가 잘 돌봐 주고 있어서 괜찮습니다. 어쨌든 여러 모로 감사드립니다, 도련님."

"그럼, 다시 보자. 아, 참! 간질 발작을 연기할 수 있다는 사실은 아무한테도 말하지 마라."

이반은 끝으로 이렇게 당부했다.

"잘 알겠습니다. 도련님께서 아무한테도 말씀하지 않으시면 저 또한 그러겠습니다."

이반은 곧장 병실을 나왔다. 열 걸음쯤 걸었을 때, 그는 스메르쟈코프의 마지막 말에 자신에게 모욕을 주려는 의도가 담겨 있음을 깨달았다. 그는 병실로 돌아가 분풀이를 하고 싶었지만 꾹 눌러 참고 서둘러 병원을 빠져나왔다.

모든 정황으로 볼 때, 드미트리가 범인이라는 것은 의심할 여지가 없었다. 이반은 그제야 마음이 편안해졌다. 왜 그런 느낌이 드는지 모르겠지만 굳이 알고 싶지도 않았다. 어서 빨리 모든 것을 정리하고 싶을 따름이었다.

그 후 며칠 동안, 이반은 드미트리로서는 도저히 벗어날 수 없을 만큼 확실한 증거들을 확인했다. 그는 마침내 모든 의심을 버리고 드미트리가 범행을 저지른 것이라고 확신했다.

이반은 이제 드미트리를 생각만 해도 치가 떨렸다. 그런데도 알렉세이는 여전히 드미트리의 결백을 주장했다. 이반은 여태껏 알렉세이를 존중해 왔지만, 지금으로선 도무지 이해할 수가 없었다.

한편, 이반은 모스크바에서 돌아온 뒤에 엄청난 심경의 변화를 겪었다. 카테리나에게 마음을 온통 빼앗겨 버린 것이었다. 알렉세이에게는 그녀한테 관심이 없는 것처럼 말했지만 모두 다 거짓말이었다. 그는 가끔씩 그녀를 증오할 때도 있었지만, 속으로는 미칠 듯이 사랑하고 있었다.

드미트리 때문에 큰 충격을 받은 카테리나는, 이반이 돌아오자마자 온 힘을 다해 그에게 매달렸다. 그녀는 자신이 처한 상황에 대한 분노에서 헤어 나오지 못하다가, 자신을 진심으로 사랑하는 이반을 보고서 겨우 마음의 위안을 얻었다. 그녀 역시 자신과는 비교할 수 없을 만큼 높은 지성을 갖춘 이반을 마음속 깊이 사랑하고 있었다. 그러나 자신의 감정을 겉으로 드러낼 수는 없었다. 약혼자인 드미트리를 배반하고 그의 동생을 사랑하게 됐다는 사실에 그저 괴로워할 뿐이었다.

어쨌든 이반은 카테리나와의 애정 문제에 집착하느라 스메르쟈코프를 잠시 잊고 지냈다. 그렇게 두 주일이 바람처럼 지나갔다. 어느 날 문득 그는 스메르쟈코프를 떠올리고는, 스스로에게 끊임없이 질문을 던지며 괴로워했다.

'이곳을 떠나던 날, 왜 그토록 가슴이 아렸던 걸까? 모스크바에 도착한 후, 왜 스스로를 비열한 놈이라고 생각했지?'

이러한 질문들은 그를 너무도 고통스럽게 만들었다.

한번은 길을 가다가 우연히 알렉세이와 마주친 적이 있었다.

그는 곧장 알렉세이를 불러 세우고 질문을 던졌다.

"드미트리 형이 갑자기 쳐들어와서 아버지를 때려눕혔던 날 말이야. 정원에서 너에게 물었던 거 기억나니? 내가 아버지를 죽일 사람으로 보이냐고 물었지. 그때 내가 아버지가 죽기를 바라는 것 같았니?"

"사실은, 그런 것 같았어."

알렉세이가 솔직하게 대답했다.

"정말 그랬다는 거지? 내가 한 마리의 독사가 다른 한 마리의 독사를 잡아먹기를, 그러니까 드미트리 형이 아버지를 어서 빨리 죽이기를 바라는 것 같았다는 거지?"

알렉세이는 갑자기 얼굴이 창백해지더니, 한동안 아무 말도 하지 못했다.

"어서 말해! 그때 네 눈에 내가 어떻게 보였는지 알아야겠어! 내게 필요한 건 그것 하나뿐이야!"

"그땐 형 말대로 그렇게 보였어. 미안해, 형."

알렉세이는 작은 목소리로 웅얼거렸다.

"사실대로 말해 줘서 고맙다!"

이반은 딱 잘라 말하고서 황급히 사라졌다. 그날 이후 알렉세이는 이반이 자기를 매우 싫어하게 됐다는 것을 눈치챘다. 그래서 더 이상 이반과 만나지 않았다.

한편, 알렉세이의 진심을 듣고 황급히 사라졌던 이반은 곧바로 스메르쟈코프를 찾아갔다. 스메르쟈코프는 퇴원 후 새로운 거처를 마련한 뒤 마리야와 함께 살고 있었다. 이반은 그들이 사는 오두막으로 곧장 들어섰다. 방 안의 가구라고는 의자 몇 개와 나무로 만든 탁자가 전부였다. 더울 정도로 후끈하게 난로가 지펴져 있었다. 스메르쟈코프는 잉크병과 양초가 꽂힌 주철 촛대를 곁에 두고 탁자 앞에 앉아서 뭔가를 부지런히 쓰고 있었다.

스메르쟈코프는 건강을 완전히 되찾은 것 같았다. 얼굴에는 건강한 홍조가 감돌았고 살도 제법 올라 있었다. 그는 포마드를 발라 앞머리를 말끔하게 빗어 넘기고 콧잔등에는 안경을 걸치고 있었는데, 전체적으로 무척이나 멋을 부린 모습이었다. 이반은 그가 안경 낀 모습을 처음 보았다.

이반이 들어서자, 스메르쟈코프는 콧잔등에 걸친 안경 너머로 그를 한참 동안 쳐다보았다. 그러더니 안경을 벗고 의자에서 일어났는데, 마지못해 예의를 갖추느라 느릿느릿 움직였다. 이반의 눈에 가장 거슬린 것은 무엇보다도 오만함이 가득 담긴 스메르쟈코프의 눈빛이었다. 그의 눈초리는 '뭣 하러 또 불쑥 들이닥친 거야? 아직도 할 얘기가 남아 있다는 건가?'라고 말하는 듯했다.

"방 안이 참 덥군."

이반이 외투의 단추를 풀며 말하자, 스메르쟈코프가 천천히 입을 열었다.

"외투를 벗으시면 되죠."

이반은 외투를 벗고는 의자를 탁자 곁으로 끌어당겼다. 스메르쟈코프는 이반에게 앉으라고 권하지도 않은 채 먼저 자리에 앉았다.

"내가 병원에 갔을 때, 네놈이 했던 말은 대체 무슨 뜻이야? 이봐! 너는 '도련님께서 아무한테도 말씀하지 않으시면 저 또한 그러겠습니다.'라고 말했어. 그게 무슨 뜻이냐고! 나를 협박한 건가? 내가 너와 한패가 돼서 무슨 음모라도 꾸몄다는 소리냐고, 응?"

이반은 말을 꺼내자마자 극도로 흥분한 나머지, 곧바로 본론부터 들이밀었다. 괜히 돌려서 말하고 싶지 않으니, 모든 걸 탁 터놓고 말해 보자는 셈속이었다. 스메르쟈코프는 이반을 바라보며 왼쪽 눈을 찡긋했다. 마치, '네놈이 그렇게 탈탈 털어놓고 싶다면 나도 그렇게 해 주지.'라고 말하는 듯했다.

"염두에 둔 게 있긴 했죠. 도련님은 아버지가 살해될지도 모른다는 얘기를 미리 저에게서 전해 들었습니다. 그러고도 나 몰라라 하는 식으로 내뺐으니, 심문관들 눈에 곱게 보일 리가 없을 테죠. 그 밖의 다른 일에 대해서도 걸렸고요. 그래서 그렇게 말했던 겁니다. 다른 사람들에게 말하지 않겠다고요."

"뭐가 어째? 지금 제정신이야?"

"정신은 말짱합니다."

"그런데 어떻게 내가 살인 사건이 일어날 거라는 걸 미리 알고 있었단 말이 나와?"

이반이 소리를 지르면서 탁자를 쾅 쳤다.

"이 야비한 놈! 그 밖의 다른 일이라니, 그건 또 무슨 말이야?"

스메르쟈코프는 아무 말도 하지 않고 이반을 뚫어져라 쳐다보기만 했다.

"말하라니까, 이 구린내 나는 놈아! 그 밖의 다른 일이 뭐야?"

"그 밖의 다른 일이라면, 도련님도 그때 주인 나리의 죽음을 바랐을 거라는 걸 염두에 두고 한 말인 거죠."

이반은 벌떡 일어나 주먹으로 있는 힘껏 스메르쟈코프의 어깨를 내리쳤다. 벽 쪽으로 나가떨어진 스메르쟈코프는 눈물을 쏟아 내기 시작했다.

"그따위 소리는 함부로 지껄이지 마! 그러니까 내가 드미트리 형과 한패가 돼서 아버지를 죽이기라도 할 줄 알았단 말이냐?"

"도련님이 어떤 생각을 하시는지는 몰랐습니다. 그래서 정말로 그럴 생각인지 알아보려고 말씀드린 거죠. 그때 쪽문 곁에서요."

눈물범벅이 된 스메르쟈코프가 볼멘소리로 말했다.

"알아보다니, 뭘?"

"도련님의 진심 말입니다. 주인 나리가 어서 빨리 살해되기를 바라는지, 아닌지요…….”

스메르쟈코프는 이반의 신경을 예리하게 긁는 말만 계속해서 속을 발칵 뒤집어 놓았다.

“네놈이 아버지를 죽였구나!”

이제야 모든 걸 깨달았다는 듯 이반의 목소리에 힘이 탁 풀렸다. 스메르쟈코프는 소리 없이 웃으며 심드렁하게 말했다.

“내가 안 죽였다는 건 도련님이 더 잘 아실 텐데요. 영리한 분이라서 그런 말은 두 번 다시 입에 담지 않으실 줄 알았습니다.”

“나를 왜 그렇게 의심했던 거지? 내가 대체 어떤 짓을 했기에 너처럼 야비한 놈이 나를 의심했던 거야?”

“도련님은 절대로 아버지를 죽이실 분이 아니죠. 다만 누군가 아버지를 죽여 줬으면 하고 간절히 바랐던 거예요.”

“내가 무엇 때문에 그걸 원했다는 거냐?”

“당연히 유산 때문이죠! 그 당시 주인 나리가 돌아가시면 세 형제에게 사만 루블씩, 어쩌면 그보다 많은 액수가 돌아갈 수 있었습니다. 하지만 주인 나리가 그루셴카와 결혼하시면 어떻게 되겠습니까? 그녀는 주인 나리의 재산을 몽땅 자기 명의로 바꿀 테니, 도련님들은 한 푼의 유산도 받지 못하게 됩니다. 그때는 그럴 수도 있는 상황이었죠. 그 여자라면 주인 나리가 아주 목을 매지 않았습니까?”

이반은 화를 참느라 애를 먹고 있었다.

"그래, 좋다. 그래서 네 생각엔 내가 드미트리 형이 아버지를 죽여 주길 바랐다, 이거냐?"

"당연한 거 아니겠습니까? 제아무리 귀족이라도 살인을 저지르면, 신분은 물론 재산까지 모두 잃고 감옥살이를 하게 됩니다. 그러니 그분이 살인범이 되면 어떻게 되겠습니까? 그분의 몫으로 남겨진 유산은 이반 도련님과 알렉세이 도련님에게 돌아가겠죠. 이반 도련님은 사만 루블이 아니라 육만 루블을 손에 넣게 되는 거예요. 그러니까 틀림없이 드미트리 도련님한테 기대를 걸었을 겁니다!"

"네놈이 계속 엉뚱한 소리를 지껄여 대도 일단은 참겠어! 그래, 네 말대로 내가 기대를 걸었을 수도 있지. 그렇다고 해도 드미트리 형은 아니야. 형이 아니라 네놈이었다고. 너야말로 얼마든지 사람을 죽이고도 남을 망나니라고 생각했으니까. 잠깐이었지만 그때 분명 그렇게 생각했지!"

"흐흐, 저도 알았습니다. 그때 도련님이 잠시나마 저한테도 기대를 걸었다는 것을요."

스메르자코프가 이를 드러내고 비아냥거리듯 웃었다.

"제가 무슨 짓을 저지를 거라는 생각을 하고도 떠나셨으니, '네가 아버지를 죽여도 나는 방해하지 않겠다.'라고 말씀하신 것이나 다름없죠. 도련님은 제게 속셈을 다 드러내셨어요."

"그렇게 알아먹다니⋯⋯. 이 야비한 놈아! 아니야, 절대 그런

게 아니었다고!"

이반은 이를 갈면서 울부짖었다.

"뭐가 그렇지 않습니까? 도련님은 주인 나리의 친아들이니, 그때 함부로 입을 놀린 저를 당장 경찰서로 끌고 가든가, 그 자리에서 바로 한 방 먹이는 게 정상 아닙니까? 그런데 도련님은 어떠셨습니까? 화 한번 안 내고 제 말대로 곧장 떠나셨지요. 그때 도련님은 주인 나리를 지키기 위해 집에 끝까지 남아 계셨어야 했어요."

이반은 후들후들 떨리는 무릎을 꽉 붙잡고 앉아 있었다. 그는 인상을 쓰면서 겨우 입을 열었는데, 이미 제정신이 아닌 것 같았다.

"이 개망나니 같은 놈아! 네놈의 고발 따위 무섭지 않아. 그러니 나에 대해 어떤 증언을 하든 상관없어. 내가 지금 네놈을 죽도록 두들겨 패지 않는 건 네놈이 이 사건의 범인이기 때문이야. 내일 날이 밝는 대로 네놈을 법정으로 끌고 가 정체를 낱낱이 까발려야 하니까!"

"제 생각으론 입 다물고 계시는 편이 나을 것 같은데요. 저를 고발해 봤자 믿어 줄 사람은 한 명도 없을 테니까요. 게다가 도련님이 그런 식으로 나오면, 저도 모든 걸 얘기할 수밖에 없어요. 어떻게든 제 몸뚱이는 보호를 해야 하니까요."

"흥, 네놈 따위는 하나도 겁나지 않아!"

"도련님의 증언은 법정에서 무시당할 것이고, 대신 세상 사람들 사이에서 무성한 소문으로 두고두고 돌겠죠. 그러면 도련님만 창피를 당하게 될걸요? 그래도 괜찮으시겠습니까?"

"넌 지금도 '영리한 사람과는 얘기를 나누는 것이 흥미롭다더니!'라고 말하고 싶은 거냐?"

이반은 이를 악물며 말했다.

"정확히 핵심을 찌르셨네요. 제발 그렇게 좀 영리해지십쇼."

이반은 분노를 참을 수 없어 몸이 마구 떨렸다. 그는 자리에서 일어나 외투를 걸치고 황급히 오두막을 나왔다. 온갖 생각이 다 들끓어서 끔찍할 정도로 혼란스러웠다.

'지금 바로 스메르쟈코프를 고발해 버릴까? 그런데 뭘 고발한단 말인가? 어쨌거나 녀석은 무죄가 아닌가? 오히려 그 녀석이 날 고발하겠지. 그때 나는 무엇 때문에 체르마쉬냐로 갔을까? 무엇을 위해서, 무엇을? 그래, 나는 뭔가를 기대했던 거야. 그놈 말이 맞아. 그래, 사실이야! 나는 살인이 일어나길 바랐어. 그걸 바랐던 거야! 내가 정말로 살인이 일어나길 바랐던 걸까? 정말로 그랬던 걸까? 스메르쟈코프를 죽여야겠어. 그러지 않으면 나는 살 가치도 없는 놈이 돼!'

이반은 그길로 카테리나를 찾아갔다. 카테리나는 미친 사람처럼 혼이 나간 듯한 그를 보고 깜짝 놀랐다. 그는 불안한 마음을 진정시키지 못한 채 그녀에게 스메르쟈코프와의 긴 대화를 전했다.

"드미트리 형이 아니라 스메르쟈코프가 범인이라면, 나는 그 놈과 공범인 셈이에요. 내가 그놈을 교사했으니까. 그런데 교사한 게 맞는지는 잘 모르겠어요. 어쨌든 드미트리 형이 아니라 그놈이 맞다면 나도 살인자입니다."

카테리나는 잠자코 듣고 있다가 책상 앞으로 가더니 서랍에서 편지 한 장을 꺼내 왔다. 이반은 이것을 보고 나중에 드미트리가 범인이라는 결정적 증거가 있다고 알렉세이에게 말했던 것이다.

그것은 카테리나가 그루센카에게 모욕을 받았던 날, 드미트리가 알렉세이를 만난 후 술집에서 술에 취해 갈겨쓴 편지였다.

나의 숙명, 카테리나! 내일 당신의 삼천 루블을 꼭 돌려주겠어요. 분노의 여인이여, 이제 끝을 내자고요! 돈을 구하다가 실패하면, 아버지의 머리를 부수고 베개 밑에서 가져올 겁니다. 물론 이반이 떠나 줘야 가능하겠지요. 감옥살이를 하게 되더라도 삼천 루블은 꼭 돌려줄게요.

그러니 부디 나를 용서해 주길! 당신에게 땅에 머리가 닿도록 절합니다! 이 야비한 놈을 용서해 줘요, 카테리나! 아니, 차라리 용서하지 말아요. 나에게도 당신에게도 그게 더 나을지도 모릅니다. 당신의 사랑보다는 감옥살이가 나을 테니까요. 나는 다른 여인을 사랑하니까요.

오늘 그 여자의 실상을 당신도 잘 알게 됐잖아요. 그러니 당연히 나도, 그녀도 용서할 수 없을 겁니다. 내 돈을 훔쳐 간 그 늙은 도둑놈을 죽여 버리겠어요! 그다음에 당신들 모두를 잊고 동쪽으로 떠나는 겁니다. 그 여자도 더 이상 필요 없어요. 당신처럼 그 여자도 나를 괴롭히기만 하니까요. 그럼, 이제 안녕!

P. S. 내 비록 여기에 저주의 말을 썼지만 당신을 영원히 숭배합니다! 아, 차라리 내 심장을 절반으로 쪼갤 수 있다면! 이미 나는 죽기로 결심했으니, 먼저 저 늙은 수캐부터 죽여 버릴 겁니다. 그놈한테서 삼천 루블을 가져와 당신에게 보낼게요. 난 야비한 놈이긴 해도 도둑놈은 절대 아니니까!

삼천 루블을 기다리고 있어요, 카테리나! 저 이부자리 밑에 장밋빛 리본이 있어요. 나는 내 돈을 훔친 도둑놈을 죽이는 것뿐입니다. 그러니까 나를 경멸하지 말아요. 이 드미트리는 도둑놈이 아니라 살인자입니다! 당신의 오만함으로부터 벗어나기 위해, 그리고 당신을 사랑하지 않기 위해, 당당히 아버지를 죽이고 스스로를 파멸시키노라!

당신의 발에 입을 맞추노라, 안녕히! 카테리나, 사람들이 나한테 돈을 빌려 주도록 기도해 줘요. 그렇게 되면 내 손에 피를 묻히지 않아도 되니까요. 만약 아무도 안 빌려 준다면 어쩔 수 없습니다! 당신이 나를 죽여 주세요!

　　　　－당신의 노예이자 적, 드미트리 표도로비치 카라마조프

　이반은 편지를 읽고 나자 다시 확신에 찼다.

　'스메르쟈코프가 아니라 드미트리 형이구나. 그렇다면 나도 공범이 아니다.'

　이렇게 해서 이 편지는 드미트리를 죽였다는 결정적 증거가 되었다. 그 뒤로 이반은 드미트리의 유죄를 철석같이 믿게 되었다.

　다음 날 아침, 이반은 스메르쟈코프의 냉소가 떠올라도 더 이상 불안하지 않았다. 며칠 후에는 고작 스메르쟈코프 같은 놈 때문에 자신이 그토록 괴로웠다는 사실에 놀라기까지 했다. 이반은 그를 아예 잊어버리기로 마음먹었다.

　그렇게 한 달이 지나갔다. 이반은 더 이상 스메르쟈코프에 대해 관심을 갖지 않았다. 그러던 중에 누구에겐가 그가 몹시 아파서 제정신이 아니라는 말을 들었다. 의사는 스메르쟈코프가 미쳐 버릴지도 모른다고 말했다는 것이다.

　그 달의 마지막 주부터 이반의 건강도 급격히 나빠지기 시작했다. 재판을 앞두고 카테리나가 모스크바에서 의사를 데려왔을 때부터 이반은 진찰을 받으러 다녔다. 그 무렵 카테리나와 그는 사랑에 빠진 철천지원수 같았다. 너무도 쉽게 드미트리를 살인범이라고 단정을 지은 카테리나와, 그러한 그녀가 몹시 증오스러웠던 이반이 만날 때마다 아옹다옹했기 때문이다. 이반은 드미트리와 카테리나 둘 다 끔찍이 증오스러웠다.

그럼에도 불구하고, 이반은 드미트리에게 탈출할 것을 권유했다. 오랫동안 곰곰이 생각한 끝에 내린 결정이었다. 그가 드미트리의 탈출을 계획했던 이유는 여러 가지가 있었는데, 그중에서도 스메르쟈코프가 던진 말이 결정적이었다. 드미트리의 유죄가 확정되면 알렉세이와 자신에게 돌아올 유산이 사만 루블에서 육만 루블로 늘어날 것이라는 말이 뇌리에서 지워지지가 않았다. 그래서 형을 탈출시키는 데 삼만 루블을 사용하면 되겠다는 결론을 내리고는, 그 말을 전하기 위해 교도소로 드미트리를 찾아갔다.

그러나 드미트리를 만나고 온 뒤부터 그에게 걷잡을 수 없는 슬픔과 혼란이 찾아왔다. 자신이 드미트리를 탈출시키려 하는 이유를 정확히 알 수가 없었기 때문이다. 자신에게 돌아올 삼만 루블을 그런 식으로 소비해서 형을 돕겠다는 의도 말고 무언가 다른 꿍꿍이속이 자신의 마음속 어딘가에 있는 것처럼 느껴졌다. 이러한 느낌은 쉬이 사라지지 않고 줄곧 그의 가슴을 후벼 팠다.

알렉세이와 헤어지고 나서 곧장 집으로 향했던 이반이, 다시 스메르쟈코프를 찾아가기로 결심한 것은 순전히 카테리나 때문이었다. 그녀가 알렉세이가 있는 자리에서 자신에게 소리쳤던 말이 갑자기 떠올랐던 것이다.

"나는 얼마 전에 스메르쟈코프한테 갔었어요. 당신 아버지를 죽인 사람은 드미트리라고 당신 입으로 똑똑히 말했잖아요."

이반은 그녀 앞에서 드미트리가 살인범이라고 대놓고 주장한 적이 한 번도 없었다. 심지어 스메르쟈코프를 만나고 나서 그녀를 찾아갔을 때에는 자신이 범인이라고까지 했다. 그녀야말로 그에게 결정적 증거를 내놓으면서 드미트리가 틀림없다고 하지 않았던가! 그런데 그녀가 왜 직접 스메르쟈코프를 찾아갔던 거지? 그렇다. 그녀는 애초부터 드미트리에게 혐의를 두지 않고 있었던 것이다!

'스메르쟈코프, 그놈이 그녀에게 무슨 말을 했을까?'

이반의 심장은 분노로 이글이글 불타올랐다. 그는 그녀에게 스메르쟈코프에게서 무슨 말을 들은 거냐고 다그쳐 묻지 못한 것이 못내 후회가 되었다. 그래서 곧장 스메르쟈코프의 집으로 내달렸다. 그는 정신없이 뛰어가면서 '이번엔 진짜 그놈을 죽여 버릴지도 몰라.'라고 생각했다.

제 33 장

진실 게임

아침부터 차디찬 바람이 불면서 싸라기눈이 내리더니, 이윽고 눈보라가 몰아치기 시작했다. 이반은 그것도 모르고 어둠 속을 성큼성큼 걷고 있었다. 머리가 지끈거리고 손목이 떨렸다.

스메르쟈코프의 집이 얼마 남지 않았을 때, 술에 잔뜩 취한 농부와 마주쳤다. 그는 비틀거리며 걷다가 욕설을 퍼붓고는 금세 흥겨운 노래를 불러 대었다. 이반은 순간 농부를 흠씬 두들겨 패고 싶은 충동을 느꼈다. 그러던 차에 농부가 몸을 제대로 가누지 못하고 자기에게 부딪히자, 울화를 참지 못하고 난폭하게 밀쳐 냈다. 농부는 신음 소리를 내며 통나무처럼 쿵 쓰러졌다.

'곧 얼어 죽겠군!'

이반은 쓰러진 농부를 흘깃 보고는 다시 성큼성큼 걸음을 옮겼다.

초인종 소리를 듣고 달려 나온 마리야는, 스메르쟈코프가 몹시 아파 거의 제정신이 아니라고 속삭였다. 이반은 오두막 안으로 서둘러 들어섰다. 지난번과 달리, 낡은 가죽 소파 위에 깨끗한 잠자리가 마련되어 있었다. 스메르쟈코프는 몰라볼 정도로 살이 빠진 데다 얼굴빛이 아주 샛노랬다. 움푹 꺼진 두 눈두덩은 시퍼렇게 변해 있었다. 그는 이반의 갑작스런 방문에도 전혀 놀라는 기색이 아니었다.

"정말로 많이 아픈 거냐? 오래 있지 않을 테니 외투는 벗을 필요 없겠어."

이반은 의자를 탁자 쪽으로 끌어와 앉았다.

"왜 아무 말도 없이 쳐다보기만 하는 거냐? 꼭 듣고 싶은 얘기가 있어서 찾아왔어. 카테리나가 이곳에 찾아온 적이 있었어?"

"얼마 전에 다녀가시긴 했지만, 도련님과는 상관없는 일입니다. 이제 그만 좀 하십쇼."

스메르쟈코프는 손을 내저으며 얼굴을 돌렸다.

"아니, 계속해야겠어! 말해 봐! 언제 왔다 간 거지?"

"기억이 안 나요. 잊어버렸습니다."

스메르쟈코프는 별안간 씩 웃으며 이반을 빤히 쳐다보았다. 그가 혐오스러워 미칠 것 같다는 시선이었다.

"도련님도 편찮으신 모양이군요. 얼굴이 핼쑥해지셨어요."

"그런 건 네가 신경 쓸 것 없어. 묻는 말에나 대답해. 네가 말할 때까지 난 한 발자국도 움직이지 않을 테니까."

"왜 저를 이렇게 못살게 구십니까?"

스메르쟈코프가 잔뜩 일그러진 표정으로 물었다.

"묻는 말에 대답이나 해. 그러면 곧바로 사라져 줄 테니까."

"도련님한테 드릴 말씀은 한마디도 없어요."

스메르쟈코프는 이반을 흘겨보며 말했다.

"뭐가 그리 불안하십니까? 내일 열리는 재판이 두려우신 겁니까? 도련님한테는 아무 일도 없을 테니 염려하지 마십시오. 집에 가서 잠이나 푹 주무시라고요!"

"난 아무것도 두렵지 않아!"

"맞습니다. 도련님은 두려워할 게 전혀 없어요. 저는 도련님한테 조금이라도 불리한 진술은 절대로 하지 않을 거예요. 게다가 직접 죽이신 것도 아니잖습니까?"

이반은 갑자기 알렉세이가 떠올라 온몸을 오들오들 떨면서 버럭 소리를 질렀다.

"그렇게 당연한 사실 말고……, 다른 걸 말해 보란 말이야. 뭐든 전부 다! 이 독사같이 간사한 놈, 죄다 말하란 말이야!"

스메르쟈코프는 조금도 주눅이 들지 않고 그를 계속 흘겨보았다.

"그래요? 그렇다면 도련님이 죽인 거라고 합시다. 이제 제발 그만 좀 괴롭히세요. 아니, 볼 때마다 이게 뭐 하는 짓입니까? 서로를 대놓고 속이는 이 연극을 언제까지 계속해야 하나요? 도련님은 모든 걸 발뺌하고 나한테만 고스란히 덮어씌우시려고요? 도련님이 죽였어요. 당신이 주범이란 말입니다! 나는 그저 도련님의 앞잡이, 충실한 노예에 불과했어요. 도련님이 원하는 대로 움직였을 뿐이죠."

"뭐라고? 그럼 네가 죽였다는 거냐?"

순간 이반의 온몸이 싸늘해졌다. 이번엔 스메르쟈코프도 깜짝 놀라 눈을 동그랗게 떴다. 이반이 진정 아무것도 모르는 것 같았기 때문이다.

"정말로 모르셨습니까?"

잠시 후, 스메르쟈코프는 고개를 삐딱하게 기울이고 음흉하게 웃으며 물었다. 믿기지 않는다는 표정이었다.

"네가 죽였다는 건 거짓말이야! 의사 말대로 네놈이 미쳐 버린 게 틀림없어. 아니, 그냥 한번 나를 골리려는 거지?"

이반은 아예 넋이 나간 듯했다. 스메르쟈코프는 한동안 이반을 잠자코 바라보았다. 이반이 자기한테 죄를 몽땅 뒤집어씌우기 위해 연기를 하고 있다고 생각했던 것이다.

"잠깐만요!"

그는 힘없이 말한 후, 바지를 걷어 올렸다. 그리고 왼쪽 양말

깊숙이 손가락을 집어넣어 종이 뭉치를 끄집어내더니 탁자 위에 올려놓았다.

"자, 여기 있습니다! 확인해 보십쇼."

이반이 그것을 조심스럽게 펼치다가 멈칫하자, 스메르쟈코프가 대신 종이를 풀어헤쳤다. 백 루블짜리 지폐 세 묶음이 모습을 드러냈다.

"손끝 하나 안 대고 고스란히 보관하고 있었습니다. 세어 볼 필요도 없이 삼천 루블입니다. 가져가세요."

스메르쟈코프는 턱으로 돈을 가리키며 말했다. 이반은 그 자리에 털썩 주저앉으며 순식간에 얼굴이 하얗게 변했다.

"정말로 지금까지 모르셨단 말입니까?"

스메르쟈코프가 다시 한 번 물었다.

"몰랐어. 드미트리 형이라고 생각했지. 아, 형! 형!"

이반은 두 손으로 머리카락을 움켜쥐었다.

"너 혼자 죽인 거냐? 아니면 형이랑 함께한 짓이냐?"

"저는 오로지 도련님과 함께했을 뿐입니다. 드미트리 도련님은 아무 죄가 없어요."

"좋아, 좋아! 내 얘기는 나중에 하고……. 아, 그런데 왜 이렇게 몸이 떨릴까? 말도 제대로 못 하겠어."

"그때는 용감하게 '모든 것이 허용된다.'라고 하시더니, 이제 와서 무슨 일이십니까? 왜 갑자기 겁을 먹으신 거예요?"

스메르쟈코프가 놀랍다는 듯이 물었다.

"나한테 신경 쓰지 말고 어서 말해 봐. 그 일 말이다. 어떻게 해치운 거냐, 응?"

"저런, 땀을 뻘뻘 흘리시는군요. 외투가 땀에 절겠습니다. 이쪽에 벗어 놓으시죠."

이반은 외투를 벗어 의자 위로 던졌다.

"말해 봐, 제발! 어서 말해 달라고!"

"예, 예, 그러니까 말입니다. 아주 자연스러운 방법으로 해치웠지요. 도련님이 말씀하신 대로……."

"내 얘기가 아니라, 네가 어떻게 해치웠는지 말하라고! 그것만 말해, 순서대로 찬찬히! 하나도 빼먹지 말고 자세하게 얘기해 봐. 제발, 부탁이다."

"흠, 도련님이 떠나신 후 저는 지하 창고에서 굴렀습니다."

"진짜로 발작이 일어났던 거냐, 아님 연기를 했던 거냐?"

"당연히 연기였죠. 모든 것이 다 연기였어요. 계단의 맨 아래 칸까지 천천히 내려가서 얌전하게 누운 다음 크게 울부짖었죠. 사람들이 올 때까지 몸부림을 치면서 말입니다."

"그러면 병원에서도 연기를 한 거냐?"

"아닙니다. 다음 날 아침, 병원에 가기 전에 진짜로 발작이 시작됐죠. 그렇게 심한 발작은 처음 겪었습니다. 이틀 동안 완전히 의식을 잃었으니까요."

"계속해."

"모든 일이 제 예상대로 진행됐습니다. 저는 침대에 누워서 드미트리 도련님이 오기만을 기다렸죠."

"너한테 오기를 기다렸단 소리냐?"

"그 양반이 저한테 올 리가 있겠습니까? 주인 나리한테 오길 기다렸죠. 바로 그날 밤, 그분이 올 거라고 확신했거든요. 그분은 제가 잠시라도 소식을 전하지 않으면 담장이라도 뛰어넘을 태세였으니까요."

"만약 드미트리 형이 오지 않았다면?"

"그랬다면 아무 일도 안 일어났겠죠. 그분이 오지 않았다면 저도 결단을 내리지 않았을 겁니다."

"그리고?"

"저는 그분이 주인 나리를 죽이기만을 기다렸습니다. 제가 모든 걸 준비해 뒀으니 충분히 가능성이 있는 일이었죠."

"잠깐! 형이 아버지를 죽인다면 돈도 분명히 챙겨 갈 텐데, 그렇다면 네 손에 들어오는 건 아무것도 없지 않느냐?"

"그분이 돈을 찾을 리는 없었습니다. 제가 거짓 정보를 알려 줬거든요. 베개 밑에 삼천 루블이 있다는 건 새빨간 거짓말이었고, 돈뭉치는 성상 뒤에 숨겨져 있었습니다. 그러니까 드미트리 도련님이 주인 나리를 죽이는 데 성공하더라도 돈은 챙기지 못한 채 도망을 쳤거나 곧 붙잡혔을 겁니다. 그랬다면 저는 아무런 의심도 받지 않고 여유롭게 성상 뒤의 돈을 챙겼겠죠."

"형이 아버지를 죽이는 데 실패하면 어쩌려고 했지?"

"만약 드미트리 도련님이 죽이지 못하면 돈을 깨끗이 포기해야겠다고 마음먹었죠. 그분이 혹시라도 주인 나리를 죽지 않을 만큼 팼을 경우엔, 주인 나리가 정신을 차리기 전에 재빨리 돈을 빼돌리고 드미트리 도련님이 훔쳐 갔다며 속이려고 했고요."

"잠깐만! 좀 헷갈리는군. 그러니까 드미트리 형이 죽인 건 맞고, 너는 그저 돈만 슬쩍했다는 거냐?"

"그분은 죄가 없다니까요! 도련님이 정말로 이런 정황에 대해 아무것도 몰랐다 해도 살인에 대해서는 어느 정도 예감하셨잖습니까? 도련님은 저한테 살인을 하라고 지시한 거나 다름없는 상태에서 훌쩍 떠나셨어요. 그러니까 분명히 유죄입니다! 저는 오늘 도련님께 이 사건의 주범은 오직 당신 한 분뿐이라는 것을, 비록 제 손에 피를 묻히긴 했지만 저는 결코 주범이 아니라는 것을 증명하고 싶은 겁니다. 도련님이야말로 법적으로 살인범입니다!"

"말도 안 돼! 왜 나야? 왜?"

이반은 미친 듯이 소리를 질렀다.

"그러니까 나의 체르마쉬냐행을 살인에 대한 동의의 뜻으로 받아들였다는 거냐? 맙소사! 내 동의가 대체 왜 필요했는데?"

"그래야 삼천 루블을 깨끗이 저에게 양보할 거라고 생각했거든요. 행여, 경찰에서 저한테 혐의를 두거나 저를 드미트리 도련님과 공범으로 몬다고 하더라도 도련님께서 저를 변호해 주실 거라고 여긴 거예요. 어쨌거나 도련님은 제 덕분에 엄청난 유산을 챙기게 되실 테니까, 그 정도 보상은 해 주실 거라고 판단한 거죠."

"흥, 네놈은 나를 평생 동안 괴롭힐 작정이었어! 그때 떠나지 않고 네놈을 고발했어야 했는데!"

"그건 불가능한 일이었어요. 저는 결코 떠나라고 부추기지 않았습니다! 도련님은 얼마든지 선택하실 수 있었어요. 그냥 집에 계셨다면, 저는 도련님께서 살인을 원하지 않는구나 하고서 아무 일도 하지 않았을 겁니다. 그러나 결국 떠나셨으니, 저를 고발하지 않겠다는 뜻이 아닙니까? 또한 제가 그 삼천 루블을 갖는 것쯤은 눈감아 주신다는 뜻이기도 했고요.

도련님은 나중에도 저를 추궁하실 수 없었을 거예요. 제가 먼저 법정에서 모든 것을 얘기해 버리면 그만이니까요. 제가 훔쳤거나 죽였다고 얘기하는 것이 아니라, 도련님이 저한테 훔치고 죽이라고 시켰다고요. 저는 죽도록 하기 싫었는데, 억지로 시켜서 어쩔 수 없이 저지른 일이라고 할 생각이었거든요.

이제 아시겠습니까? 저한테 도련님의 동의가 필요했던 이유 말입니다. 도련님께 꼼짝없이 당할 순 없었던 거죠. 자, 도련님한테는 아무런 증거가 없습니다. 반면 저는 언제라도 도련님이 얼마나 주인 나리의 죽음을 원했는지 폭로할 수 있어요. 제가 입을 뻥긋하면 도련님은 평생 동안 고개도 못 들고 살게 되겠죠."

"내가 아버지의 죽음을 원했다는 거지? 그랬단 말이지?"

이반이 침통한 목소리로 물었다.

"틀림없이 그랬습니다! 그때 쪽문 앞에서 제가 그 일을 해치워도 좋다고 동의하셨어요."

스메르쟈코프는 확신에 차 있었다.

"계속해 봐. 그날 밤 얘기를 계속해 보란 말이다."

"한밤중에 그리고리 바실리예비치가 밖으로 나갔는데, 곧 울부짖는 소리가 들렸어요. 그러고 나서 한참 동안이나 잠잠하기에 바깥 상황이 궁금해서 참을 수가 없었지요. 그때, 주인 나리의 비명 소리가 들리더군요.

벌떡 일어나서 나가 봤더니, 주인 나리 방의 정원 쪽 창문이 열려 있었어요. 그리고 주인 나리가 발을 동동 구르며 뭐라고 소리를 지르더라고요. 그 양반이 살아 있었던 거예요. 저는 잔뜩 실망한 채 창문 밑으로 가서 '나리, 접니다.'라고 외쳤어요. 그러자 주인 나리가 '드미트리가 그리고리를 죽이고 달아나 버렸어.'라고 하셨죠.

정원 모퉁이로 가 봤더니, 피투성이가 된 그리고리 바실리예비치가 담벼락 옆에 쓰러져 있더군요. 드미트리 도련님이 정말로 왔다 간 거예요. 그야말로 기회라고 생각했습니다! 그리고리 바실리예비치가 살아 있다고 해도 의식은 없으니까 모든 걸 순식간에 해치워 버리자고 결심했죠. 마르파가 갑자기 깨어날지도 모른다는 생각이 들었지만, 얼른 일을 해치워야겠다는 욕망이 그 모든 것을 압도했습니다.

저는 다시 창문 밑으로 가서 '그분이 여기에 와 계십니다. 그루센카 아씨가 오셨다고요. 안으로 들어가시겠다는군요.'라고 말했죠. 그러자 주인 나리는 갓난애처럼 여린 목소리로 '어디? 어디에 있단 말이냐?'라고 하셨어요. 믿지 못하시는 눈치더라고요. 제가 '저기 서 계시니, 문을 열어 주십시오.'라고 말해도, 반신반의하면서 문 여는 것을 주저하셨습니다. 저를 두려워하신 거죠.

그때 갑자기 주인 나리의 신호대로 창틀을 두드려야겠다고 생각했어요. 우습게도 신호를 보내자마자 곧바로 쪽문을 여시더군요. 안으로 들어가려고 하자, 주인 나리는 떡하니 가로막고 서서 저를 안으로 완전히 들이지는 않으셨어요. '그 애는 어디에 있느냐? 어디에 있어?'라고만 물으시며 벌벌 떨고 계셨습니다. 생각보다 저를 너무 두려워하신 게 문제였어요. 주인 나리가 저를 방 안으로 들이지 않으면 어쩌나, 소리를 지르면 어쩌나, 마르파가 달려오면 어쩌나, 싶어서 다리의 힘이 쭉 빠지더라고요.

저는 그분께 속삭였어요. '저기요. 창문 밑에 와 계십니다. 아니, 나리는 못 보셨습니까? 그분은 무서워하고 계세요. 나리의 고함 소리에 놀라 관목 숲으로 몸을 숨기셨으니 직접 불러 보세요.'라고요. 그러자 그분은 얼른 창가로 달려가 창턱에 촛대를 세워 놓으셨어요. '그루센카, 그루센카, 어디 있는 게냐?'라고 외치시더군요. 소리를 치면서도 창밖으로 몸을 내밀지는 않으셨어요. 너무 무서워서 저한테서 떨어질 엄두를 못 냈던 거예요.

저는 '그분은 바로 저기에 계십니다.'라고 말하며 창밖으로 온몸을 쑥 내밀었어요. '저기 관목 숲에 계세요. 주인 나리를 보고 웃고 계시는데 안 보이시나요?'라고 했더니 그제야 제 말을 믿으시는 것 같았죠.

마침내 나리가 온몸을 창문 밖으로 쑥 내밀었을 때, 저는 책상 위에 있던 주철 서진(책장이나 종이쪽이 바람에 날리지 않도록 눌러두는 물건)을 거머쥐고 정수리를 내리쳤습니다. 세 번을 연거푸 내리쳤는데, 나리의 머리를 완전히 부숴 버렸다는 느낌이 들더군요. 주인 나리는 비명도 못 지르고 벌렁 나자빠졌어요. 물론 온통 피범벅이었죠.

저는 제 몸에 핏방울이 튀지 않았는지 꼼꼼히 살펴본 뒤, 서진을 닦아서 제자리에 놓았습니다. 그리고 성상 뒤로 가서 돈 봉투를 찾았어요. 돈만 챙기고 봉투와 장밋빛 리본은 마룻바닥에 내던졌죠. 그다음엔 정원으로 내려가 미리 눈여겨봐 두었던 사과나무의 구멍 안에 헝겊으로 싼 돈뭉치를 숨겼습니다. 그러니까 그 돈은 두 주 동안이나 그곳에 방치되었던 셈이죠. 제가 퇴원한 후에야 꺼냈거든요.

일을 해치우고 돌아와 자리에 누우니 공포가 밀려오면서 별의별 생각이 다 듭디다. 그러던 차에 그리고리가 죽기 전에 어서 빨리 구조되어야 한단 생각이 들었어요. 그 노인만이 드미트리 도련님이 왔다 갔다는 것을 증언할 수 있을 테니까요. 저 대신 살인죄를 뒤집어쓸 사람은 바로 드미트리 도련님이잖습니까? 그래서 마르파를 깨우겠다는 일념으로 일부러 끙끙 앓는 소리를 내기 시작했죠. 마침내 그녀가 일어나 저한테로 달려왔다가 그리고리 바실리예비치가 없다는 걸 알아차리곤 밖으로 나갔죠. 곧이어 정원에서 그녀의 비명 소리가 들렸어요. 뭐, 이렇게 모든 소동이 벌어졌던 것이죠."

이반은 꿈쩍도 하지 않고 침묵을 지키며 스메르쟈코프의 이야기를 듣고 있었다. 스메르쟈코프는 줄곧 다른 쪽을 바라보며 이야기했는데, 몹시 흥분한 듯 힘겹게 숨을 몰아쉬었다.

"잠깐만!"

이반은 납득할 수 없는 부분이 있었다.

"그럼 쪽문은? 만약 아버지가 너한테만 그 문을 열어 주었다면, 그리고리가 문이 열려 있는 것을 봤다는 건 뭐지? 그리고리는 너보다 먼저 열린 문을 보았다고 했잖아?"

이반은 아까와는 달리, 악의가 전혀 없는 평온한 어조였다.

"그리고리 바실리예비치가 그 문이 열려 있는 것을 보았다는 것은 그저 착각일 뿐입니다."

스메르쟈코프가 피식 웃으며 대답했다. 이반은 그 순간 무수히 떠오르는 질문들로 혼란스러워하며 말을 이었다.

"너한테 물어보고 싶은 게 너무 많지만, 우선 왜 돈이 들어 있던 봉투를 뜯은 다음 마룻바닥에 팽개쳐 둔 건지부터 말해 봐."

"물론 그럴 만한 이유가 있었죠. 가령 저처럼 직접 돈을 그 봉투에 집어넣고 그것을 봉하는 것까지 봤던 사람이 살인을 저질렀다면 어땠겠습니까? 그렇게 황급한 상황에서라면 봉투째 그냥 주머니에 쑤셔 넣고 줄행랑을 쳤을 겁니다. 하지만 드미트리 도련님이라면 사정이 달라지죠. 그분은 봉투에 대한 소문만 들었을 뿐 직접 본 건 아니었어요. 그러니 봉투를 그 자리에서 뜯어 정말로 돈이 들어 있는지부터 확인했을 테죠.

그분은 봉투가 불리한 증거로 남을지 어떨지 판단할 겨를도 없이 그 자리에다 버렸을 겁니다. 그분은 귀족으로 태어나 뭘 훔쳐 본 경험이라곤 없는 샌님이잖아요. 게다가 주인 나리의 돈을 훔치는 것은 자기 것을 되찾는 것뿐이라고 떠들고 다녔으니까요. 심문을 받을 때 이런 내용을 슬쩍 흘려 주었더니, 아니나 다를까 검사 나리가 바로 군침을 흘리더라고요."

이반은 가슴속으로 파고드는 분노를 이기지 못하고 자리에서 벌떡 일어나 고함을 질렀다.

"이 썩을 놈아! 내가 지금 네놈을 죽이지 않는 건 오로지 내일 법정에서 증언을 시켜야 하기 때문이야. 하느님이 보고 계시다는 걸 잊지 마라! 어쩌면 나도 유죄일지도 몰라. 정말로 아버지가 죽기를 바라고 있었을 테니까. 하지만 맹세코 나는 네놈이 생각하는 만큼 그렇게 큰 죄를 짓진 않았어. 내가 네놈을 교사한 게 아닐 거야. 그래, 교사 같은 건 하지 않았어! 하긴 이러나저러나 매한가지군.

나는 내일 법정에서 나 자신을 고발하겠어. 결정했다! 나는 모든 것을 말할 테다. 하지만 네놈도 나와 함께 출두해야 할 거다. 네놈이 법정에서 나에 대해 무슨 말을 떠들든 모두 다 받아들이겠어. 네놈 따윈 무섭지 않으니까. 오히려 내가 나서서 모든 것을 확증해 줄 테다. 명심해라! 네놈도 법정에서 자백을 해야만 해. 우리는 함께 가는 거다! 반드시 그렇게 되어야 해!"

"그런 일은 절대로 없을 겁니다. 도련님은 안 가실 테니까요."

스메르쟈코프가 단호한 어조로 잘라 말했다.

"그런 일은 있을 수 없죠. 도련님은 영리하십니다. 또 돈을 좋아하시잖아요. 제가 아는 도련님에 대해 모두 말해 볼까요? 도련님은 오만하시기 때문에 남한테 존경받고 싶어 하십니다. 여자도 굉장히 좋아하시죠. 그보다 아무한테도 머리를 숙이지 않고, 고고한 자기만족 속에 사는 것을 더 좋아하십니다.

고작 이런 문제로 본인의 인생을 영원히 망쳐 버리진 않으실 거라고요. 도련님은 주인 나리와 똑같아요. 자식들 중에서 아버지를 제일 많이 닮으셨어요. 그분과 똑같은 영혼을 지니셨으니까요.

모든 수치를 감수하고서 자백하신들 소용없는 일이 될 겁니다. 왜냐하면 저는 도련님한테 아무 말도 한 적이 없다고 잡아뗄 생각이거든요. 도련님이 병이 나서, 혹은 형님 대신 희생하겠다는 마음에서 저한테 뒤집어씌우는 거라고 우기죠, 뭐. 그러면 과연 어떻게 될까요? 도련님한테 쓸 만한 증거가 하나라도 있습니까?"

"저 돈이 있지 않느냐?"

스메르쟈코프는 한숨을 푹 쉬면서 돈뭉치를 내밀었다.

"그럼, 이 돈은 도련님이 챙기시지요. 가져가시라고요."

"이것 때문에 살인을 해 놓고선 왜 나한테 주는 거냐?"

"저한텐 필요 없는 돈이니까요."

스메르쟈코프가 한 손을 내저으며 떨리는 목소리로 말했다.

"사실은 이 돈으로 모스크바, 아니 외국으로 가서 인생을 다시 시작하고 싶은 생각이 있었습니다. 도련님의 '모든 것이 허용된다.'라는 말씀 때문에 그런 꿈을 꾸었죠. 그때 도련님은 무한한 존재인 신이 없다면 선행도 없다, 아니 그런 건 아예 필요가 없다고 말씀하셨잖아요. 그 생각을 따르고 싶었어요."

"네놈의 머리로 그렇게 진지한 결론을 내렸다고?"

이반이 삐뚜름하게 웃으며 비꼬았다.

"도련님의 가르침 덕분이었죠."

"그럼 다시 하느님을 믿게 돼서 돈을 내놓는 거냐?"

"아니요, 그건 아닙니다."

스메르쟈코프가 속삭였다.

"그럼 왜 내놓는 거지?"

"됐어요! 말할 가치도 없어요."

스메르쟈코프는 다시 한 손을 내저었다.

"네놈은 멍청하지 않아!"

이반이 한 대 얻어맞은 듯 얼이 빠진 얼굴로 말했다.

"전엔 네놈이 멍청하다고 생각했어. 이제 보니 네놈은 정말 영리하구나!"

"제가 멍청하다고 생각하셨던 건 도련님이 오만하셨기 때문입니다. 돈이나 가져가시지요."

이반은 지폐 세 묶음을 주머니에 쑤셔 넣으며 말했다.

"내일 이걸 법정에서 보여 주겠다."

"그래 본들 아무도 도련님 말을 믿지 않을 거라니까요. 도련님은 본래 부자시니까 자기 돈을 가져왔다고 생각할 거예요."

"다시 한 번 말하는데, 지금 네놈을 죽이지 않는 건 오로지 내일 법정에서 네놈이 필요하기 때문이야. 이 점을 명심해 둬. 절대로 잊지 말라고!"

그러자 스메르쟈코프가 이반을 노려보며 울부짖었다.

"차라리 지금 죽이십쇼. 죽여 보시라고요. 그럴 엄두도 못 내시면서……. 도련님은 아무 일도 못 하실 게 뻔해요. 쯧쯧, 전에는 그렇게 용감하시던 양반이!"

"내일 보자!"

이반은 다짜고짜 소리치면서 일어설 채비를 했다.

"잠깐만요. 그걸 한 번만 더 보여 주십시오."

스메르쟈코프는 이반에게 준 돈뭉치를 한 번 더 보고 싶어 했다. 그는 잠깐 동안 돈뭉치를 바라보다가 이반을 놓아 주었다.

"이제 가 보시지요."

그런데 스메르쟈코프가 현관문 쪽으로 걸어가는 이반을 다시 불러 세웠다.

"이반 표도로비치 카라마조프!"

"왜?"

"안녕히 가십시오!"

"내일 보자!"

이반이 스메르쟈코프의 오두막에서 나왔을 때도 눈보라는 여전히 계속되고 있었다. 그는 활기차게 걸음을 옮기다가 갑자기 다리를 휘청하는 듯싶었다.

'몸 어딘가가 단단히 고장이 난 모양이군.'

그는 이렇게 생각하면서 피식 웃었다. 불현듯 그의 영혼에 기뿜이 가득 차올랐다. 그는 자신의 내부에 확고한 무엇이 생긴 것을 느꼈다. 최근 그를 끔찍하게 괴롭혀 온 동요는 이제 모두 끝났다.

'더 이상 바뀌지 않을 것이다.'

이반은 행복감에 젖어 생각했다. 그 순간 그는 하마터면 넘어질 뻔했다. 아까 자기가 밀쳐서 넘어뜨린 농부가 그 자리에 그대로 쓰러져 있었기 때문이다. 이반은 농부를 등에 업다시피 하여 끌기 시작했다. 그러고는 오른편에 있는 작은 집으로 가서 도움을 청했다. 집주인에게 쓰러진 농부를 파출소까지 함께 데려가 달라고 부탁하며 삼 루블을 주겠노라고 약속했다.

이렇게 이반은 그 농부를 파출소에 데려다 주느라 꼬박 한 시간을 소비했다. 그뿐만 아니라 의사를 불러다 검진을 받도록 하느라고 꽤 많은 비용을 치렀다. 이반은 파출소를 나서며 자신이 한 일을 몹시 만족스러워했다.

'만약 내일 있을 재판에 대한 결단이 서지 않았더라면 꼬박 한 시간 동안이나 농부를 돌보는 데 매달리지 않았을 거다. 그가 얼어 죽든 말든 침이나 탁 뱉으며 지나갔겠지. 그건 그렇고 나는 이렇게 나 자신을 완벽히 통제하고 있는데, 사람들은 왜 내가 미쳐 가고 있다고 하는 걸까? 이거야, 원!'

집 앞에 다다랐을 때, 이반은 느닷없이 걸음을 멈추었다.

'지금 당장 검사를 찾아가서 모든 걸 밝혀야 되지 않을까?'

그는 집 안으로 걸어 들어가면서 나름대로 고민에 대한 답을
내렸다.

'내일 한꺼번에 처리하자!'

그러자 그의 기쁨과 만족감이 한순간에 사라져 버렸다.

제 34 장

미망의 늪

방으로 들어서자 얼음덩어리 같은 섬뜩함이 이반의 심장에 느껴졌다. 그것은 고통스럽고 혐오스러운 뭔가를 떠올리게 만들었다. 피곤한 나머지, 그는 소파에 털썩 주저앉았다. 시중드는 노파가 찻잔에 뜨거운 물을 내왔지만 입도 대지 않았다. 그리고 노파에게 내일까진 일이 없으니 오지 않아도 좋다고 말했다.

그는 가만히 앉아만 있는데도 현기증이 일었다. 온몸이 쑤시면서 영 힘이 없었다. 잠이 쏟아졌지만, 불안한 마음이 들어서 눈을 붙일 수가 없었다. 순간순간 그는 자신이 미망에 사로잡혀 있는 게 아닐까, 하고 생각했다. 어쨌든 뭔가가 그를 점령하고 있는 것만은 확실했다. 그는 뭔가를 찾아내려는 듯 주위를 둘러

보기 시작했다. 그것도 몇 번이나!

마침내 이반의 시선이 한 지점에 고정되었다. 분노에 찬 그의 얼굴이 붉게 물들었다. 그는 두 손으로 머리를 받친 채 오랫동안 자리에 앉아 있었다. 그러면서 여전히 아까의 그 지점을, 즉 맞은편에 놓인 소파를 흘겨보고 있었다. 그곳에 있는 어떤 대상이 그의 짜증을 한껏 돋우며 불안하게 만들었다.

나는 의사가 아니지만, 이쯤에서 이반이 앓고 있는 병에 대해 한마디 하려고 한다. 그의 병명은 '섬망증'이었다. 그 병은 오래 전부터 이반의 정신을 야금야금 갉아먹어 오다가, 마침내 그를 완전히 점령해 버렸다.

의학에 대해선 문외한인 내가 감히 덧붙이자면, 그는 강력한 의지력을 발휘하여 잠깐 동안 병을 쫓아내는 데 성공했다. 아마도 그때는 그에게 병을 극복하려는 의지가 컸던 듯싶다. 그는 비록 자신이 강인하진 않아도, 일생일대의 사건에 대해 담대하게 말할 기회를 잃고 싶지 않았다. 스스로의 정당성을 밝혀야 하는 숙명적인 순간에 병자가 되는 것만큼은 피하고 싶었던 것이다.

언젠가 그는 직접 의사를 찾아가기도 했다. 앞에서 언급한 적 있는, 카테리나가 거금을 들여 모스크바에서 모셔 온 의사에게 말이다. 의사는 이반을 진찰하고는 뇌가 손상된 것 같다고 말했다. 이반이 마지못한 얼굴로 몇 가지 증상을 고백하자, 그는 곧장 자신의 진단을 확신했다.

"상태가 아주 안 좋습니다. 이 정도면 환각도 충분히 일어날 수 있어요. 검사를 해 봐야 알겠지만 당장 본격적인 치료에 들어가야 합니다. 안 그러면 상태가 걷잡을 수 없이 나빠질 테니까요."

하지만 이반은 의사의 조언을 그대로 무시해 버렸다.

'멀쩡하게 걸을 수도 있고 힘도 넘치는걸, 뭐. 진짜로 뻗어서 바닥에 나뒹굴게 되면 그때 가서 아무한테나 치료를 받으면 되겠지.'

그는 그렇게 치료를 거부한 채 지금까지 버텨 왔다.

이반은 맞은편 소파를 집요하게 노려보았다. 거기에는 어떻게 들어왔는지 알 수 없는 남자가 앉아 있었다. 귀족 신분의 러시아 신사로 쉰 살쯤 된 듯했다.

머리숱은 많았지만, 드문드문 새치가 보였으며, 턱수염은 짧게 깎았다. 재킷은 최고급이었으나 이미 다 해진 데다 유행이 한참 지난 스타일이었다. 와이셔츠에 스카프처럼 생긴 넥타이를 매어서 한껏 멋을 부렸지만 그것들 역시 몹시 낡아 있었다. 한땐 훌륭했을 체크무늬 바지도 색감이 너무 밝고 폭이 좁아서 한물간 디자인이었다. 하얀 털모자 또한 계절에 맞지 않았다. 전체적으로 없는 형편에 체면치레를 하느라 억지로 차려입은 모습이었다.

이반은 표독스러운 표정으로 그를 지켜보았다. 낯선 손님은 주인이 입을 열기를 기다리다 지쳤는지 불쑥 먼저 말을 건넸다.

"내 말 좀 들어 보게나. 미안하네만, 꼭 해 줄 말이 있어서 말이야. 자네가 스메르쟈코프를 찾아간 건 카테리나가 그에게서 무슨 말을 들었는지 궁금해서였는데, 정작 아무것도 알아내지 못한 채 그냥 나와 버렸잖아. 무엇 때문에 갔는지 깜빡했던 모양이지?"

이반은 얼굴이 금세 어두워지더니 혼잣말처럼 중얼거렸다.

"아, 그렇군! 깜빡 잊었어. 하지만 이젠 상관없어. 어차피 내일이면 모든 게 끝날 테니까. 그런데 말이야, 네가 웬 참견이지? 뭐, 대단한 사실이라도 알려 준 것처럼 믿게 하려고?"

"그건 아니야."

신사는 상냥하게 웃으며 말했다.

"믿음을 억지로 강요할 순 없지. 그럴듯한 증거가 눈앞에 있어도 믿음에는 별반 도움이 되지 않는 법이거든. 특히 물적 증거는 말이야. 음, 강신술(기도나 주문으로 신을 내리게 하는 술법)을 하는 사람을 예로 들까? 그들은 자신들이 유익한 존재라고 생각해. 악마들이 저세상에 존재한다는 물적 증거가 바로 자신들이라고 생각하는 거지. 하지만 악마의 존재가 증명되었다고 해서 신의 존재까지 증명되는 것은 아니잖아? 나는 관념론자들의 모임에 가입할 생각이야. 그들의 논리를 제대로 반박하기 위해서 말이야."

"그런 시답잖은 소리는 집어치우고, 우선 내 말부터 들어 봐."

이반이 별안간 소리쳤다.

"나는 지금 미망에 사로잡힌 것 같아. 그래, 미망에 들떠 있지. 네가 아무리 지껄여도 나를 흥분시키지는 못할 거다. 아, 나는 다만 조금 부끄러울 뿐이야. 방 안이라도 걸어 다녀야겠군. 네가 눈에 보이지 않아도, 네가 무슨 소리를 할지 다 알 수 있어. 왜냐하면 네가 곧 나 자신이니까! 전에도 널 본 적이 있는 것 같아. 꿈이었을까, 생시였을까? 그래, 수건을 찬물에 적셔 머리에 올려 두면 네가 증발해 버릴지도 모르겠군."

이반은 찬물에 적신 수건을 머리 위에 얹은 채 방 안을 왔다 갔다 했다.

"우리가 대번에 너나들이를 하게 돼서 좋군."

신사는 한참 만에 입을 열었다.

"바보 같은 자식."

이반은 입가에 미소를 띠며 빈정거렸다.

"그럼, 내가 너한테 존댓말이라도 쓸 줄 알았단 말이야? 아, 기분은 좋은데 관자놀이가 아프군, 정수리도……. 그러니까 지난번처럼 골치 아픈 철학 얘기는 늘어놓지 말아 줘. 뭐든 즐거운 얘기를 못 하겠으면 그냥 이대로 꺼지란 말이야. 항간에 떠도는 소문도 좋아. 너는 어차피 떠돌이 식객이니까 그런 얘기를 많이 알고 있겠지? 난 네가 조금도 무섭지 않아. 나는 너를 극복할 거야. 어떤 일이 있어도 정신 병원에 끌려가진 않을 거라고!"

"식객이란 표현, 참 매력적이군. 그나저나 참 놀라운걸. 아무래도 네가 나를 실제로 존재하는 사람으로 받아들이는 듯해서 말이야. 지난번엔 네 자신의 환상에 불과하다고 그렇게 우겨 대더니……."

"단 한순간도 너를 실재하는 존재로 받아들인 적 없어."

이반이 화가 난 목소리로 말했다.

"너는 거짓이고, 나의 병일 뿐이야. 너는 환영에 지나지 않아. 너를 없애고 싶지만 그 방법을 모르니 얼마 동안은 고통을 받을 테지. 너는 고작 나의 한 측면, 그것도 나의 사상과 감정 중에서 제일 역겹고 어리석은 부분의 구현일 뿐이라고."

신사가 부드럽게 웃으며 말했다.

"이봐, 미안하지만 나는 이미 모든 걸 알고 있어. 아까 가로등 아래에서 너는 알렉세이한테 '그놈한테서 알아냈구나! 어떻게 그놈이 나한테 온다는 걸 알아냈지?'라고 외쳤지? 그렇다면 아주 짧은 순간이나마 내 존재를 믿었다는 소리잖아."

"그래, 그게 나란 인간의 맹점이긴 하지. 그래도 너를 믿을 순 없어. 지난번엔 분명히 너를 꿈속에서 봤을 거야. 생시에서 봤을 리가 없어."

"그럼 왜 알렉세이한테 그렇게 못되게 굴었어? 너무도 사랑스러운 아이한테 말이야."

"그만해! 한낱 하인놈 주제에 감히 겁도 없이 알렉세이를 입에 올리다니!"

이반은 난데없이 웃기 시작했다.

"욕을 하면서도 웃을 수 있다니 좋은 징조야. 오늘은 지난번보다 훨씬 상냥하게 구는군. 그 위대한 결단 때문……."

"결단 얘기는 하지도 마!"

이반이 거칠게 소리쳤다.

"알았어, 알았어. 그건 고귀하고 매력적인 일이지. 너는 형을 위해 스스로를 희생하려는 모양이지만, 그러면서도 선행의 가치를 높이 여기진 않잖아. 바로 그 때문에 네가 괴로운 거야."

"입 다물어! 네놈을 발로 확 걷어차 버리기 전에!"

"환영을 보고 발길질을 하진 않지. 발길질을 한다는 건 내가 실재하는 존재라고 믿는다는 소리지? 자, 농담은 그만해. 나한테 욕설을 퍼부어도 상관없지만, 최소한의 예의는 갖추지 그래? 바보니 하인놈이니 같은 험한 말도 되도록 삼가고."

"너를 욕하는 건 곧 나 자신을 욕하는 거야!"

이반은 또다시 웃었다.

"너는 나야! 얼굴이 달라도 넌 나 자신이라고. 너는 내 생각을 말로 표현해 주는 꼭두각시에 불과해. 절대로 새로운 말은 하지 못한다고!"

"우리의 생각이 일치한다면 나로선 그저 영광일 따름이지."

신사가 우아하게 대꾸하자 이반은 이를 바드득 갈았다.

"너는 내 생각들 중에서 가장 더럽고 멍청한 것들만 취하고 있어. 너는 멍청한 속물이야. 멍청해도 너무 멍청해! 나는 너를 참지 못하겠어. 어쩌면 좋을까? 어쩌면!"

"나의 벗이여! 난 어쨌거나 신사가 되고 싶고 또 신사 대접을 받았으면 해. 사람들은 나를 타락한 천사로 받아들이곤 하지. 내가 언제 어떻게 천사가 됐는지는 잘 모르겠어. 너무 오래전의 일이어서 말이야. 지금은 그저 점잖은 사람이라는 평판을 듣고 싶을 뿐이어서, 유쾌하게 지내려고 노력하면서 살고 있지. 나는 사람들을 진정으로 사랑하는데도 억울하게시리 늘 중상모략에 시달리지!

가끔씩 이 세상으로 오면, 내 삶이 실제로 존재하는 것처럼 느껴져서 마음에 든단 말이야. 나는 환상적인 것보다 실제로 존재하는 걸 좋아하거든. 나는 이 세상을 거닐며 몽상에 잠기곤 해. 지상에 있으면서 미신을 믿게 됐지 뭔가? 비웃지 말라고, 제발! 나는 미신을 믿게 된 것이 아주 마음에 드니까. 요즘은 이 세상 사람들의 관습을 전부 받아들이고 있어. 이를테면, 공중목욕탕에서 땀을 푹 내는 것 따위 말이야.

내 꿈이 뭔 줄 알아? 뚱뚱한 장사꾼 아줌마로 변신해서 그 아줌마가 신봉하는 것들을 모두 믿는 거야. 아줌마의 모습을 하고서 순결한 마음으로 성당의 촛불을 밝히는 거지. 그러면 내 고통도 끝날 수 있을 텐데……. 그리고 의술도 좋아하게 됐어. 지난봄에 천연두가 돌았을 땐 양육원에 가서 예방 접종을 했는데, 얼마나 기분이 좋던지! 음, 넌 내 말을 듣지 않는구나. 이봐, 기분이 우울하기라도 한 거야? 넌 어제 그 의사한테 다녀왔지?"

"바보 같은 자식!"

이반은 벌컥 화를 냈다.

"넌 참 영리해. 그런데 또 욕이나 퍼부으려고? 나도 딱히 관심이 있어서 물은 건 아니야. 대답하기 싫으면 관둬. 그나저나 요즘은 류머티즘이 또다시 기승을 부린다지?"

"바보 같은 자식!"

이반이 같은 말을 반복했다.

"사실 나도 작년에 류머티즘으로 얼마나 고생했는지……, 지금도 기억이 생생해."

"악마도 류머티즘에 걸리나?"

"왜 안 걸리겠어? 내가 이따금씩 사람으로 변신하는 이상 받아들일 건 받아들여야지. 나는 사탄이지만 인간적인 현상을 모두 이해해."

"뭐라고? 사탄? 인간적인 현상? 이런 말을 하다니 악마치고는 제법이군!"

"이제 기분이 좀 풀어진 거야?"

이반은 충격을 받은 듯 잠시 멈칫했다.

"그건 내 생각이 아니야. 난 그런 생각을 한 적이 없는데……, 참 이상하군!"

"제법 참신한 발언이었지? 지금까지 네 머릿속에 떠오른 적이 없는 독창적인 것들을 말하고 있잖아. 그런데도 네 생각을 반복해서 말하는 꼭두각시라고? 내가?"

"거짓말하지 마! 너는 내 꿈에 불과해. 절대로 독자적인 존재가 될 수 없다고."

"자, 친구! 내가 오늘은 특별한 방법을 택했는데 나중에 그 이유를 찬찬히 설명해 주겠어. 나는 감기에 걸리고 말았어. 이곳에 오기 전에, 그러니까 아직 저기에 있을 때……."

"저기가 어딘데? 너는 나의 세계에 얼마나 머물 생각이야? 떠날 생각은 없어?"

이반은 절망에 빠져 소리쳤다. 그는 소파에 앉은 뒤 탁자에 팔을 괴고 두 손으로 머리카락을 꽉 움켜잡았다. 그러고는 머리에서 물수건을 걷어 내서 의자 위로 획 집어 던졌다. 두통을 없애는 데 별 도움이 되지 않았던 것이다.

"너는 완전히 엉망이 됐어."

신사가 날카롭게 꼬집었다.

이반은 상대에게 지배당하지 않기 위해, 광기에 완전히 빠져들지 않기 위해 안간힘을 쓰며 소리쳤다.

"너는 멍청해. 아주 바보 천치야!"

이반은 악을 바락바락 썼다.

"거짓말을 하려면 좀 그럴싸하게 해. 너는 나한테 네가 존재한다는 것을 확신시키고 싶겠지만, 나는 네가 존재한다는 것을 믿지 않아! 절대로 믿지 않겠어!"

"나는 거짓말을 하는 게 아냐. 모든 게 진실이라고! 유감스럽지만, 진실은 언제나 싱겁게 마련이잖아. 보아하니 너는 나한테 뭔가 위대하고 아름다운 걸 기대하는 모양인데, 거참 미안하게 됐군. 나는 이것밖에 줄 수 없으니까."

"그따위 철학적인 얘기는 집어치워, 이 당나귀 같은 놈!"

"철학은 무슨 철학! 지금 오른쪽이 마비되어 죽을 판인데……. 의사란 의사는 모두 찾아가 봤지만, 제대로 치료할 줄을 모르더라고. 요즘 의사들 사이에선 환자를 종합 병원으로 보내는 것이 유행이지. '우리는 간단한 진료만 할 수 있으니 아무개 종합 병원으로 가 보시오.' 하고 말이야. 모든 병을 치료해 주던 옛날 의원들은 깡그리 사라져 버렸어.

그래서 나는 민간요법에 의존하기로 했지. 어느 독일 인 의사가 내게 소금과 꿀을 섞어 몸에 문지르라고 충고하더군. 그래서 목욕탕에 앉아서 온몸에 꿀을 칠해 봤는데, 그것마저 효과가 전혀 없었어. 절망한 끝에 밀라노에 있는 한 백작에게 편지를 썼어. 그랬더니 그가 책과 물약을 보내 줬는데, 맥아추출물(엿기름의 즙을 농축한 것)이 좋다더군. 우연한 기회에 한 병 사서 마셨더니, 춤을 출 수도 있을 만큼 싹 나았지. 어찌나 고맙던지, 신문에다 감사의 글을 꼭 싣고 싶었어.

그런데 전혀 생각지 못한 문제가 생겨 버린 거야. 모든 신문사에서 내 글을 거부하더군. '아무도 악마의 존재를 믿지 않을 테니 차라리 익명으로 실으시지요.'라면서 말이야. 익명으로 실으면 아무 의미가 없잖아. 그래서 결국 싣지 않았어. 내가 악마라는 이유로 나의 풍부한 감수성과 타인에게 고마워하는 마음마저도 인정받지 못하는 건 용납할 수 없으니까."

"또 철학자 양반이 납시었군!"

이반은 증오스럽다는 듯 이를 갈다가 뜬금없는 질문을 던졌다.

"네가 이렇게 진지하게 나오니까 하나 묻겠는데……. 신은 있는 거야, 없는 거야?"

"아, 정말 진지한 질문이로군. 그걸 내가 무슨 수로 알겠어?"

"모른다면서 신을 본다고? 다시 한 번 말하지만, 너는 독자적인 존재가 아니야! 너는 나의 환각일 뿐이라고! 너는 내 환상의 걸레쪽이야!"

"네 맘대로 판단해. 이편이 공평할 거야. 나를 에워싸고 있는 모든 것들, 신은 물론이고 나 자신이 속한 악마에 이르기까지 증명된 것은 아무것도 없어. 그러니까 내가 독자적으로 존재하는 것인지 아닌지 그 누구도 알 수 없지. 이제 그만해야겠군. 이러다 너한테 한 대 맞을 것 같아."

"차라리 재미나는 일화 같은 걸 들려줘!"

이반이 간절히 부탁했지만, 신사는 자신의 주장을 굽히지 않았다.

"나를 거부하려고 이렇게 열을 올리다니, 확실히 나의 존재를 믿기 때문인 거 아니야?"

"절대로 아니야!"

"믿는 게 확실한걸. 슬슬 고백하시지 그래? 믿는다고 말이야. 원래 가장 치명적인 것일수록 양이 적은 법이야. 하다못해 만분의 일이라도……."

"눈곱만치도 믿지 않아!"

이반은 격분하다 말고 이렇게 웅얼거렸다.

"나는……, 어쩌면 너를 믿고 싶은지도 몰라!"

"어라, 이제야 제대로 고백을 하시는군! 사실은 네가 나의 정체를 꿰뚫은 게 아니라 내가 너의 정체를 간파한 거야!"

"거짓말! 여태껏 네가 존재한다는 것을 믿게 하려고 그 난리를 폈으면서."

"그러긴 했지. 하지만 넌 어떤 사람이지? 너처럼 양심이 있는 사람은 믿음과 불신 사이에서 고통을 느끼느니 차라리 목을 매는 것이 낫다고 생각하잖아. 나는 네가 믿음과 불신 사이를 왔다 갔다 하도록 이끄는 거야. 여기에는 나만의 목적이 있거든. 나에 대한 믿음을 완전히 버리는 순간, 너는 내가 꿈이 아니라 실재한다는 것을 증명해야 할 테니까. 내가 너에게 아주 작은 믿음의 씨앗을 뿌려 놓으면, 너는 당장 수도 생활을 하기 위해 황야로 떠나고 말걸."

"이 개망나니 같은 놈! 네가 감히 내 영혼을 구원하겠다고?"

"또 성질을 버럭 내는군. 눈만 마주쳐도 성질을 내니, 원!"

"나를 좀 내버려 둬! 네놈은 찰거머리처럼 내 뇌 속에 붙어서 연방 꿈틀거리고 있어."

이반은 맥이 빠져 신음하듯이 말했다.

"너하고 있는 것이 지루해서 참을 수가 없어! 네놈을 쫓아낼 수만 있다면 무슨 짓이든 다 하겠다고."

"다시 한 번 말하지만 나한테서 뭔가 '위대하고 아름다운 것'을 요구하지 않는다면, 우린 서로 다정하게 지낼 수 있을 거야."

신사는 훈계조로 말하기 시작했다.

"너는 지금 골이 잔뜩 나 있겠지? 내가 악마답게 불타 버린 날개를 단 채로 나타난 것이 아니라, 이렇게 초라한 몰골로 네 눈앞에 등장했다고 말이야. 그래서 자존심이 상했을 테지. 나같이 위대한 사람한테 이렇게 볼품없는 악마가 찾아들다니, 하면서……. 뭐야? 혹시 잠든 거야?"

"그럴 리가 있나?"

이반은 끙끙 앓는 소리를 내고 있었다.

"뻔한 소리를 새 소식이라도 되는 양 또다시 지껄이고 있군."

"이번에도 네 입맛을 맞추는 데 실패했나 보군."

이반은 양손으로 귀를 틀어막고 온몸을 부들부들 떨기 시작했다. 그래도 신사의 목소리는 또렷이 들렸다.

"나의 젊은 사상가 친구! 이제 문제는 우리의 시대가 언제 도래할까, 하는 것이야. 지금이라도 진리를 의식하고 있는 사람이라면 누구든지 너의 원칙에 따라 새로운 세계를 건설할 수 있어. 이런 의미에서 사람들에게 모든 것이 허용되는 것이지. 어쨌거나 신과 불멸은 없어. 내가 나타날 곳, 그곳이 곧 제일가는 자리가 될 거야. 모든 것이 허용된다! 이것으로 끝이야! 러시아의 젊은 청년이라면 다 이렇게 생각하겠지, 뭐."

신사는 자신의 뛰어난 웅변 실력에 도취된 나머지 점점 더 목소리를 높였다. 하지만 말을 다 끝내기도 전에, 이반은 찻잔을 집어서 그에게로 홱 던져 버렸다.

"뭐야, 이렇게 바보같이 굴다니!"

신사는 자리에서 벌떡 일어나 물방울을 툭툭 털어 내면서 소리쳤다. 그러고는 이반에게 이렇게 소리를 질렀다.

"나는 그저 환각에 불과하다더니, 환각을 향해 찻잔을 집어던지기도 하나? 내 이럴 줄 알았어. 귀를 틀어막는 척하면서 다 듣고 있었던 거지?"

그때 누군가가 창문을 쾅쾅 두드렸다. 그러자 신사가 그에게 소리를 질렀다.

"저 소리 안 들려? 어서 문을 열어 봐. 네 동생 알렉세이가 아주 흥미진진한 소식을 갖고 왔거든. 스메르쟈코프가 목을 매달 았군."

"입 닥쳐, 이 거짓말쟁이야! 밖에 알렉세이가 찾아왔다는 건 나도 이미 눈치챘으니까. 녀석이 올 것 같은 예감이 진즉 들었 단 말이야. 물론 녀석이 그냥 올 리는 없지. 무언가 소식을 전하 려고 왔겠지!"

"얼른 열어 줘. 밖엔 눈보라가 몰아치고 있고, 그 애는 네 귀여 운 동생이잖아. 봐, 날씨가 어떤지……. 이런 날씨엔 개도 바깥 에 내놓지 않는 법인데."

제 35 장

스메르쟈코프의 자살

노크 소리는 계속되었다. 이반은 창문으로 달려가고 싶었지
만, 팔다리가 묶여 버린 것만 같았다. 안간힘을 쓰며 버둥거려도
움직일 수가 없었다. 창문을 두드리는 소리가 점점 더 커졌다.
그러다 갑자기 보이지 않는 족쇄가 끊긴 것처럼 이반은 자리에
서 벌떡 일어났다.

주위가 온통 생경스럽게 보였다. 양초 두 자루는 거의 다 타
버렸고, 신사에게 집어던졌던 찻잔은 탁자 위에 얌전히 놓여 있
었다. 물론 맞은편 소파에는 아무도 없었다. 창문을 두드리는 소
리가 집요하게 계속되었지만, 마치 꿈속인 양 그리 요란하게 들
리지는 않았다.

"이건 꿈이 아니었는데…… . 분명히 실제로 있었던 일이야!"

이반은 이렇게 소리치면서 창문을 활짝 열어젖혔다.

"알렉세이, 오지 말라고 했던 거 잊었어?"

그는 포악하게 소리쳤다.

"간단히 말해! 왜 찾아온 거야?"

"한 시간 전에 스메르쟈코프가 목을 맸어."

알렉세이가 마당에서 대답했다.

"현관 쪽으로 와. 문을 열어 줄게."

알렉세이는 방 안으로 들어오자마자 이반에게, 한 시간 전에 마리야가 자기 집으로 달려와 스메르쟈코프의 자살을 알렸다고 전했다. 그 소식을 듣자마자 알렉세이는 곧장 오두막으로 달려갔다. 정말로 스메르쟈코프가 벽에 박힌 못에 끈을 걸어 목매달았고, 탁자 위에는 쪽지 한 장이 놓여 있었다.

아무에게도 죄를 돌리지 않기 위해 나 스스로 목숨을 끊는다.

알렉세이는 이 쪽지를 탁자 위에 내버려 둔 채 곧장 경찰 서장에게 달려가 신고를 마치고 오는 길이라고 하였다. 그는 이 이야기를 하면서, 이반의 표정을 내내 주의 깊게 살폈다.

"형!"

알렉세이가 애틋한 목소리로 이반을 불렀다.

"형은 아픈 게 분명해! 나를 쳐다보면서도 무슨 말인지 도통 모르겠다는 표정이잖아."

"너, 참 잘 왔다!"

이반은 알렉세이의 말이 전혀 들리지 않는 듯한 태도였다.

"그놈이 목을 맸다는 건 진즉 알고 있었어."

"누구한테 들었어?"

"누구인지는 몰라. 하지만 이미 알고 있었어. 아니, 그냥 나 혼자서 알아차린 건가? 아냐! 그놈이 말했어. 그놈이 방금 전에 나한테 말해 주었지."

이반은 방 한가운데에 서서 방바닥을 내려다보며 말했다.

"그놈이 대체 누구야?"

알렉세이는 저도 모르게 주위를 둘러보았다.

"그놈은 너한테 겁을 집어먹고서 슬그머니 꽁무니를 빼 버렸어. 넌 순결한 천사니까. 드미트리 형은 언제나 너를 천사라고 부르지."

"형, 앉아! 소파에 앉으란 말이야, 제발! 형은 헛소리를 하는 거야. 자, 좀 눕는 게 낫겠다. 머리 위에 물수건을 얹어 줄까? 그러면 조금 좋아질지도 모르잖아."

"그래, 물수건은 의자 위에 있어. 내가 조금 전에 그리로 던졌거든."

"의자에는 없는데? 아무려면 어때? 신경 쓰지 마. 내가 찾아볼

게. 아, 저기 있다."

알렉세이는 한쪽 구석에 곱게 개어 놓은 수건을 발견했다. 이반은 그 수건을 뚫어져라 바라보았다. 그는 순식간에 모든 기억이 되살아난 듯한 기분이 들었다.

"잠깐! 나는 조금 전에 바로 이 수건을 물에 적셔서 머리 위에 얹어 놓고 있다가 저기 의자 위로 획 집어던졌어. 그런데 어떻게 이렇듯 바싹 마른 채로 있을 수 있는 걸까? 수건은 이것 한 장뿐이었는데……."

"이 수건을 머리에 얹고 있었어?"

알렉세이가 되물었다.

"그래, 젖은 수건을 머리에 얹고서 방 안을 서성였어. 아까 분명히 그랬는데……. 양초는 언제 이렇게 다 타 버렸지? 지금 몇 시나 된 거니?"

"곧 열두 시야."

"아니야, 아니야, 아니라고!"

이반이 갑자기 소리쳤다.

"진짜로 그놈이 왔었어. 네가 창문을 두드렸을 때 나는 저기 저 소파에 있던 그놈에게 찻잔을 집어던졌어. 바로 이 찻잔을……. 잠깐만! 전에도 이런 적이 있었는데! 알렉세이, 나는 요즘 꿈을 자주 꿔. 하지만 아까는 꿈이 아니었어. 나는 방 안을 걸어 다니면서 그놈과 얘기를 나눴어. 자면서 그럴 순 없잖아? 어

쨌거나 그놈이 내 방에 왔었어. 여기 앉아 있었단 말이야, 바로
이 소파에……. 그놈은 진짜로 멍청해. 얼마나 멍청한지 몰라!"

이반은 웃음을 터뜨리며 방 안을 성큼성큼 걷기 시작했다.

"누가 멍청하다는 거야? 누굴 두고 하는 얘기야, 형?"

알렉세이가 수심에 잠겨 물었다.

"악마야! 그놈이 내 방에 두 번이나 왔었지. 아니, 세 번인가?
그놈은 나를 약 올렸어. 자기가 불타 버린 날개를 달지 않고 초
라한 몰골로 왔기 때문에 내가 화를 낸다면서……. 그놈은 그저
시시껄렁하고 하찮은 악마일 뿐이야. 알렉세이, 눈 속을 걸어왔
으니 몸이 꽁꽁 얼었겠구나. 차 좀 마실래? 식었나? 이런 날씨엔
개도 바깥에 내놓지 않는 법인데."

알렉세이는 얼른 세면대로 달려가 수건을 물에 적셨다. 그리
고 이반을 소파에 앉힌 뒤 물수건을 머리에 얹어 주었다.

"아까 네가 리즈에 대해 무슨 말을 했더라?"

이반은 몹시 수선스럽게 화제를 돌렸다.

"나는 리즈가 마음에 들어. 혹시라도 내가 그 애를 모욕했다면
그건 진심이 아니야. 난 그 애가 정말 마음에 들거든. 나는 카테
리나 때문에 재판이 무척 걱정돼. 그녀가 내일 나를 무참히 짓
밟을 것만 같아. 내가 자기 때문에 질투에 사로잡힌 나머지, 드
미트리 형을 파멸시키려는 줄 알고 있거든. 하지만 절대로 아
니야! 내일은 십자가의 날이지, 교수대의 날은 아니거든. 난 목

을 매지 않을 거야. 알고 있니? 나는 자살 따윈 절대로 할 수 없는 놈이야, 알렉세이! 비열하기 때문에 그럴까? 겁쟁이는 아닌데……. 그래, 맞아. 살고 싶은 욕망 때문이야! 그런데 스메르쟈코프가 목을 맸다는 걸 내가 어떻게 알고 있었을까? 아, 그놈이 말해 줬지."

"형은 조금 전에 누군가가 여기에 왔었다고 믿는 거야?"

알렉세이가 물었다.

"저기 소파에 앉아 있었다니까. 너라면 그놈을 쫓아낼 수 있었을 거야. 하긴 네가 쫓아낸 거나 다름없지. 네가 나타나자마자 그놈이 사라졌거든. 나는 네가 좋아, 알렉세이. 그런데 그놈이 바로 나란다, 알렉세이. 바로 나 자신이라고! 내 안의 비열하고 경멸스러운 것들을 똘똘 뭉쳐 놓은……."

이반은 비밀이라도 털어놓으려는 듯 진지하게 말했다.

"나는 그놈이 내가 아니길 얼마나 바랐는지 몰라!"

"그놈이 정말 형을 못살게 군 모양이구나. 형, 그런 놈은 밖으로 던져 버려. 그놈을 내동댕이쳐 버리고 까맣게 잊어버리는 거야. 그놈더러 형이 지금 저주하는 모든 것을 가져가라고 해. 다신 얼씬도 못 하게 말이야!"

"그놈은 아주 못됐어. 시건방지게 나를 비웃었어, 알렉세이! 아버지를 죽인 게 나라고 했어."

이반은 어찌나 분한지 몸을 부르르 떨면서 말했다. 알렉세이는 어떻게든 이반을 진정시키려고 애를 썼다.

"제발 진정해, 형. 형은 아무 잘못이 없잖아. 그건 사실이 아니니까!"

"그놈이 그렇게 말했다니까. 그놈은 모든 것을 알아. '너는 형을 위해 스스로를 희생하려는 모양이지만, 그러면서도 선행의 가치를 높이 여기진 않잖아. 바로 그 때문에 네가 괴로운 거야.'라고 했거든."

"그건 형의 생각일 뿐이잖아, 그놈의 말이 아니라! 형은 병 때문에 미망에 들떠서 그런 헛소리를 하면서 스스로를 괴롭히는 거라고!"

알렉세이가 우겨 봐도 이반은 계속 막무가내였다.

"아니야! 그놈은 자기가 무슨 말을 하는지 잘 알아. 내가 자존심 때문에 모든 것을 밝히려 한다고 했어. 내가 사람들의 칭찬을 받고 싶어서 그러는 거래. 내가 비록 살인자이긴 하지만 그나마 관대한 성격이라서 형을 구하려고 모든 것을 자백한다고 말이야. 하지만 그건 새빨간 거짓말이야, 알렉세이!"

"형, 진정해! 이제 제발 그만하란 말이야!"

알렉세이가 간절히 애원해도 소용이 없었다.

"그놈한테는 사람을 못살게 구는 재주가 있어. 정말이지 잔인한 놈이야!"

그는 벌떡 일어나 수건을 바닥에 던져 버리고 안절부절못하며 방 안을 서성거렸다.

알렉세이는 오랫동안 이반의 곁을 떠나지 않았다. 그에게 당장 의사의 진찰이 필요하다는 생각이 들었지만, 방 안에 혼자 남겨 둘 수가 없었다.

이반은 완전히 제정신이 아닌 듯했다. 그는 잠시도 쉬지 않고 앞뒤가 맞지 않는 말을 늘어놓았다. 게다가 몸을 가누지 못하고 심하게 비틀거리기까지 했다. 알렉세이가 그를 부축해 침대까지 데려가 누인 다음, 두 시간 정도 그 곁을 지켰다. 마침내 이반은 고르게 숨을 쉬며 죽은 듯이 잠들었다.

알렉세이는 지친 나머지 옷을 입은 채 소파에 드러누웠다. 그는 잠들기 전에 드미트리와 이반을 위해 기도했다. 이반의 병이 어느 정도인지 조금은 이해할 수 있을 듯했다. 하느님을 믿지 않는 이반의 오만한 양심을 하느님의 진리가 점령해 버린 것 같았다.

'이반 형이 자기가 살인범이라고 증언해도, 스메르쟈코프가 죽어 버린 이상 아무도 믿지 않을 거야. 하지만 형은 끝까지 증언하려 들겠지!'

알렉세이는 조용히 미소를 지었다.

'하느님이 승리하실 거야! 형은 진리의 빛 속에서 부활하든지, 아니면 자기 자신도 믿지 않는 것을 섬겼다는 이유로 파멸하든지, 둘 중 하나가 되겠지.'

알렉세이는 이런 생각에 잠기며 다시 한 번 이반을 위해 기도
했다.

제 36 장
재 판

　다음 날 아침, 마침내 드미트리 표도로비치 카라마조프에 대한 재판이 시작되었다. 우리 마을의 법정은 제법 훌륭한 시설을 갖추고 있었다. 실내가 넓은 데다 천장이 높아서 소리가 아주 잘 울려 퍼졌다. 중앙에 마련된 단상에는 재판장석이 있었고, 오른편에는 배심원석이, 왼쪽에는 피고석과 변호인석이 있었다.

　재판장석 가까이에는 증거물이 놓인 책상이 있었다. 거기에는 표도르 파블로비치의 피범벅이 된 실내복과 살인에 사용되었으리라고 추정되는 놋쇠 공이, 소매에 피가 묻은 드미트리의 루바쉬카, 뒤쪽 호주머니 부분에 핏방울이 묻어 있는 프록코트, 피범벅이 된 채로 바싹 말라 이제는 완전히 노래진 손수건, 드미트리가 자살하기 위해 장전해 둔 권총, 삼천 루블이 들어 있던 봉투, 그 봉투를 묶었던 가느다란 장밋빛 리본 등이 있었다. 방청석 앞에는 증인들을 위한 의자가 몇 개 놓여 있었다.

오전 열 시가 되자 재판장과 배심원, 치안 판사로 구성된 재판진이 나타났다. 검사도 곧 자리했다. 재판장은 작은 키에 탄탄하고 다부진 체격이었으며 쉰 살쯤 되어 보였다.

마침내 재판장이 "퇴역 9등 문관 표도르 파블로비치 카라마조프 살해 사건의 심리에 들어갑니다."라고 선언했다. 이어서 집행관에게 피고를 데려오라는 명령이 떨어졌고, 잠시 후 드미트리가 등장했다.

법정 안은 찬물을 끼얹은 듯 조용해졌다. 드미트리는 새로 맞춘 프록코트와 와이셔츠를 차려입고 까만 염소 가죽으로 된 장갑을 손에 끼고 있었다. 그는 앞을 똑바로 보며 성큼성큼 걸어서 태연히 자기 자리에 앉았다.

그러자 곧장 저명한 변호사 페츄코비치가 나타났다. 그의 등장으로 법정 안이 잠시 술렁였다. 그는 후리후리하고 깡마른 편이었으며, 나이는 마흔 살쯤 된 듯했다. 그의 두 눈 사이는 지나치게 좁아서 길고 가느다란 콧대가 그 아래에 간신히 들어앉은 것처럼 보였다.

재판장은 일단 드미트리에게 이름과 지위를 물었다. 드미트리는 어처구니없을 만큼 큰 소리로 대답해서 재판장을 깜짝 놀라게 했다. 그다음에는 재판의 심리에 호출된 증인들과 감정인들의 명단이 낭독되었다. 재판에 참석하지 못한 증인들도 여럿 있었다. 표도르 알렉산드로비치 미우소프는 프랑스 파리에 있었고, 호흘라코바 부인과 지주 막시모프는 지병 때문에 참석하지 못했다. 스메르쟈코프는 별안간 죽어 버렸기 때문에 출석하지 못했다. 스메르쟈코프의 죽음에 대한 소식이 알려지자 법정에는 심하게 동요가 일었다.

이윽고 서기가 기소장을 낭독하였다. 그것은 드미트리가 연행되어 재판에 회부된 이유만 일목요연하게 기술하고 있었다. 낭독이 끝나자마자 재판장이 드미트리에게 위압적으로 질문을 던졌다.

"피고, 피고는 본인의 죄를 인정합니까?"

드미트리는 자리에서 벌떡 일어났다.

"술을 마시고 방탕하게 산 것은 유죄라고 인정합니다."

그는 이번에도 어처구니없을 만큼 크게 대답했다.

"게으름을 부리고 난동을 일삼은 것에 대해서도요. 하지만 아버지의 죽음에 대해선 무죄입니다. 또 강도질에 대해서도 무죄입니다. 드미트리 표도로비치 카라마조프는 야비한 놈이긴 하지만 도둑놈은 아니니까요!"

답변을 마친 그는 온몸을 부들부들 떨며 자리에 앉았다.

재판장은 묻는 말에만 명확히 대답하라며 주의를 준 뒤, 이어서 재판 심리로 들어가라고 지시했다. 모든 증인들이 선서를 했는데, 피고의 동생들은 선서 없이 증언하는 것이 허용되었다. 증인들은 될 수 있는 한 따로 앉게끔 자리를 배정받았다. 이윽고 증인들이 한 명씩 불려 나왔다. 먼저 검사 측 증인들의 심문이 시작되었다.

재판은 처음부터 원고 측이 피고 측보다 유리한 위치에 있었다. 온갖 거짓과 사실이 한데 버무려진 채 이 법정에서 집약적으로 모아지기 시작했다. 사건의 전모가 수면 위로 떠오르는 순간, 그 자리에 참석한 모든 사람이 이 사실을 깨달았다. 변론은 그저 형식적인 절차에 불과했다. 재판의 모든 과정은 마치 드미트리가 범인이라는 전제하에서 이루어지는 것 같았기 때문이다. 단지 방청석의 여인들은, 설령 드미트리가 유죄라 하더라도 인도주의에 입각하여 무죄 판결을 내려 주길 기대했다. 반면에 신사들은 검사와 변호사의 진실 공방에만 관심을 기울였다.

변호사 페츄코비치가 제아무리 뛰어나다고 해도 이미 판결이 내려진 것과 진배없는 재판을 뒤집는 것은 불가능해 보였다. 그래도 모두들 긴장을 늦추지 않은 채 변호사의 활약을 지켜보았다. 그는 모종의 계획이 있는지 시종일관 자신이 넘치는 모습이었다.

맨 처음에 호명이 된 그리고리는 당황하는 기색 없이 위풍당당한 모습으로 증인석에 섰다. 평소보다 공손했다는 점만 빼면,

아내와 대화할 때처럼 자신감이 지나칠 정도로 넘쳐흘렀다. 검사는 그에게 카라마조프 집안의 세세한 가정사를 캐물었다. 한 가정의 크고 작은 역사가 고스란히 수면 위로 떠올랐다. 그의 정언은 누가 봐도 솔직하고 공평했다.

그리고리는 자신이 전 주인 표도르 파블로비치를 깊이 존경했음에도 불구하고, 그가 큰아들 드미트리에게는 매우 불공평하게 대했음을 인정했다.

"주인 나리는 자식들에게 별로 관심이 없었습니다. 드미트리 도련님이 핏덩어리였을 때 내가 거두지 않았다면, 저분은 틀림없이 득실거리는 이한테 갉아 먹혔을 겁니다. 게다가 아버지로서 아들의 명의로 되어 있는 재산을 빼돌려 드미트리 도련님을 농락한 것은 큰 잘못이라고 생각합니다."

검사는 냉담한 목소리로 물었다.

"표도르 파블로비치가 돈 문제로 아들을 농락했다는 증거가 있습니까?"

그리고리는 이 대목에서 아무런 답변을 하지 못했다. 그러면서도 표도르 파블로비치가 드미트리에게 몇 천 루블은 더 챙겨 주었어야 옳다는 주장은 굽히지 않았다.

"그랬다면 드미트리 도련님이 찾아와 아버지를 두들겨 패면서 다음번에는 꼭 죽이겠노라고 협박하는 일은 일어나지 않았겠지요."

순간 법정 안에 음산한 분위기가 감돌았다. 그리고리가 군더더기 하나 없이 차분하게 설명했기 때문에, 모든 것이 사실보다 더 무섭게 전달되었다. 그는 그때 드미트리가 자기를 넘어뜨리기도 했지만, 지금은 다 용서한 일이라고 덧붙였다.

다음으로 죽은 스메르쟈코프에 대한 질문이 이어지자, 그는 먼저 성호부터 그었다.

"요리에 남다른 재능이 있어서 주인 나리가 모스크바로 유학까지 보냈지만, 몹시 어리석은 데다 체력이 약해서 곧잘 발작을 일으켰습니다. 무엇보다 신을 믿지 않는 녀석이었지요."

그리고리는 여기서 짐짓 목소리에 힘을 주었다. 그러고는 녀석이 그렇게 삐뚤어진 데에는 표도르 파블로비치와 드미트리의 행실이 바람직하지 않았기 때문이라고 밝혔다.

"하지만 거짓말이라곤 전혀 할 줄 모르는 아이였습니다. 언젠가 주인 나리가 마당에 떨어뜨린 돈을 주워다 고스란히 갖다 드린 적도 있는걸요. 그건 그렇고, 다시 한 번 말씀드리지만 주인 나리가 돌아가시던 날, 쪽문이 열려 있는 것을 내가 이 두 눈으로 똑똑히 보았습니다요."

이윽고 변호사가 질문할 차례가 되었다.

"당신은 표도르 파블로비치가 '모 여인'을 위해 챙겨 두었다는 삼천 루블을 본 적이 있습니까?"

"직접 보지는 못했습니다. 이 사건이 일어나기 전까지는 그런 돈이 숨겨져 있는지도 몰랐는걸요."

변호사는 돈 봉투에 대한 질문을 다른 증인들에게도 똑같이 던졌다. 대부분의 사람들은 돈 봉투에 대해 듣긴 했지만 직접 보지는 못했다고 대답했다.

변호사는 그다음 질문을 던졌다.

"그날 당신이 복용한 물약의 성분은 무엇이었습니까?"

"여러 가지 약재를 알코올에 담갔다가 뺀 것이었습니다. 한 잔 가득 마셨습지요."

"그걸 마신 후, 당신은 누가 업어 가도 모를 만큼 깊은 잠에 빠졌습니다. 이틀은 내리 잘 수 있는 농도였다지요? 그런 상태에서 정원의 쪽문이 열려 있었다고 주장하는 것은 신빙성이 전혀 없습니다. 그리고리 바실리예비치, 지금이 서기 몇 년입니까?"

"아, 그건 저……. 저 같은 아랫것이 그런 것까지 어떻게 알겠습니까요?"

"보십시오. 그리고리는 지금이 서기 몇 년인지도 모르는 무식한 자입니다. 이 사람의 증언을 우리가 어디까지 믿어야 할까요? 이상입니다."

변호사는 증인으로 나온 라키친을 심문할 때에도 탁월한 솜씨를 발휘했다. 반면에, 검사는 라키친을 아주 유력한 증인으로 간주하며 몹시 아꼈다. 놀랍게도 그가 카라마조프 집안에 대해 매우 많은 것을 알고 있었던 것이다. 그는 그동안 보고 들었던 드미트리의 언행을 상세하게 묘사해 주어 드미트리의 명예에 제대로 흠집을 내 주었다. 퇴역 대위 스네기료프의 수세미 사건에 대해서 얘기한 사람도 그였다.

라키친에게도 표도르 파블로비치가 드미트리에게 얼마를 더 줘야 옳았겠느냐는 질문이 던져졌다. 그는 답변 대신 이렇게 되물었다.

"카라마조프 집안 사람들 모두가 끔찍한 죄인인데, 누가 누구한테 빚을 졌다는 겁니까? 이 사건은 낡아 빠진 농노제와 혼란에 휩싸인 어릿광대가 낳은 비극이라고 생각합니다."

라키친의 진술이 끝나자, 방청석에서 박수갈채가 쏟아졌다. 그런데 그루센카에 관한 질문에 대답하면서 작은 실언을 해 버렸다. 그녀를 '상인 삼소노프의 정부'라고 하면서 다소 경멸 어린 표현을 쓰고 말았던 것이다. 이것을 빌미로 변호사는 라키친의 덜미를 잡았다.

"다시 질문하겠습니다."

변호사는 아주 친절하고 공손하기까지 한 미소를 지으며 말을 이었다.

"당신은 그루센카와 매우 가까운 사이인가 보군요."

"내가 알고 있는 모든 사람을 가깝다고 여길 수는 없지 않겠습니까?"

라키친이 발끈했다.

"물론 그렇습니다!"

변호사는 당혹스러워하며 서둘러 그의 말을 인정했다.

"하지만 의문점이 있어서요. 두 달쯤 전에 그루셴카는 당신에게 카라마조프 집안의 셋째 아들인 알렉세이를 그녀의 집에 데려오기만 하면 이십오 루블을 주겠다고 약속했다지요? 모두 알다시피 참극이 발생한 바로 그날 저녁에 당신은 알렉세이를 그루셴카의 집으로 데려갔고요. 그때 그루셴카에게 사례금 조로 이십오 루블을 받았다던데, 이 얘기를 당신에게서 직접 들을 수 있을까요?"

"그건 그저 장난이었습니다. 왜 그런 일에 관심을 갖는지 모르겠군요. 그 돈은 그저 장난삼아 받았던 것뿐입니다. 나중에 다시 돌려주려고……."

"그렇다면 받긴 받았다는 거로군요. 정말 돌려주셨습니까?"

"이런 하찮은 일을 가지고……, 물론 돌려줄 테지만……. 저는 이런 질문에는 대답할 수 없습니다."

변호사는 이걸로 라키친에 대한 심문을 끝마쳤다. 라키친은 체면이 다소 깎인 채 증인석에서 퇴장했다. 지적이고 능력 있는 청년의 증언은 능수능란한 변호사에 의해 한순간에 망가지고 말았다.

다음은 퇴역 대위 스네기료프의 증언이 이어졌다. 그는 완전히 거지꼴을 하고 나타났는데, 술에 잔뜩 취해 있기까지 했다.

스네기료프는 거의 제정신이 아닌 듯했다. 검사가 드미트리에게 받은 모욕에 관해 물었을 때에도 그는 별다른 말을 하지 않았다.

"하느님이 그분과 함께하시길! 일류샤가 아무 말도 하지 말라고 명령했습니다. 하느님만이 나에게 보답해 주실 것입니다."

"누가 당신에게 명령했다고요?"

"일류샤! 귀여운 내 아들 녀석이죠. 지금은 죽어 가고 있습니다."

스네기료프는 별안간 엉엉 울면서 재판장의 발밑에 털썩 쓰러졌다. 방청석에서는 여기저기서 웃음소리가 새어 나왔다. 그는 결국 집행관에게 이끌려 퇴장을 당했다.

변호사는 모든 수단을 동원해서 검사를 곤경에 빠트렸다. 그렇지만 트리폰의 증언은 법정에 극히 강한 인상을 남겼다. 뿐만 아니라 드미트리에게 굉장히 불리하게 작용했다. 트리폰은 참극이 있기 한 달 전, 드미트리가 모크로예에 처음 왔을 때 쓴 돈이 최소한 삼천 루블은 된다고 못 박았다. 그는 드미트리의 지출 내역을 죄다 읊으면서 셈을 해 보였다. 그 결과 드미트리가 쓴 돈은 천오백 루블이었고, 나머지는 부적 주머니에 넣어 두었다는 주장은 설득력을 잃게 되었다.

변호사는 이번에도 여유롭게 맞섰다. 그는 증인이 한 말을 일일이 논박하려고 하지 않고 짐짓 다른 이야기를 꺼냈다. 드미트리가 모크로예에서 처음으로 술판을 벌이던 날, 술에 취한 그는 현관 바닥에 백 루블을 떨어뜨렸다. 그때 마부 치모페이와 또 다른 누군가가 돈을 주워 트리폰에게 내밀었고, 그는 그 대가로 그들에게 각각 일 루블씩을 주었다. 그런데 변호사가 이 사실을 용케 알고 있었던 것이다.

"당신은 그 백 루블을 드리트리에게 돌려줬습니까?"

트리폰은 말을 빙빙 돌리며 발뺌을 하다가 결국 사실대로 자백했다. 그는 그 돈을 바로 돌려주었지만, 드리트리가 워낙 취해 있었기 때문에 이 일을 기억할 수 있을지 모르겠다고 하였다. 그러나 그가 처음에는 백 루블을 발견한 사실을 잡아뗐기 때문에 그의 증언 자체에 대한 의혹이 일었다.

폴란드 인들도 똑같은 신세가 됐다. 그들은 드미트리가 자신들의 명예를 매수하기 위해 큰돈을 제안했으며, 그때 돈뭉치를 자기들 눈으로 똑똑히 보았다고 증언했다. 그들은 간간이 폴란드 어를 섞어 말하다가 마침내는 기세등등하게 모조리 폴란드 어로 말하기 시작했다.

변호사는 이들마저도 쥐락펴락했다. 트리폰이 다시 불려 나와 폴란드 인들이 카드 패를 슬쩍 바꿔 속임수를 썼다는 것을 자백하게 만든 것이었다. 이러한 증언에 칼가노프마저 힘을 실어 주어, 두 폴란드 인은 톡톡히 창피를 당하고 물러났다.

드미트리에게 치명적일 수 있었던 증인들 모두가 거의 같은 신세가 되었다. 변호사는 그들 각각의 도덕적인 위신에 먹칠을 하고 콧대를 단단히 꺾어 놓은 다음에야 놓아주었다. 그렇다고 해서 드미트리의 결백이 입증된 것은 아니었다. 오히려 그가 살인범이라는 심증은 더 짙어지는 것 같았다.

하지만 시종일관 차분한 태도를 유지하고 있는 변호사에 대해 다들 기대감을 버리지 못했다. 이렇게 위대한 사람이 상트페테르부르크에서 여기까지 괜히 왔을 리가 없을뿐더러, 절대로 빈손으로 돌아갈 사람도 아니라는 추측이었다.

의학적 감정도 드미트리에게 별로 도움을 주지 못했다. 변호사는 애초에 그것에 별다른 기대를 걸지 않은 듯했다. 굳이 감정을 하게 된 것은 모스크바에서 몸소 의사를 불러온 카테리나의 고집 때문이었다. 사실 의학적 감정을 받는다고 해서 손해가 날 리는 없었고, 운이 좋으면 뭔가 이득을 볼 수도 있었다.

하지만 의사들 사이의 견해가 일치하지 않아서 조금 우스꽝스러운 결과를 낳고 말았다. 감정인은 모스크바에서 온 그 유명한 의사와 우리 마을 의사인 게르첸슈투베, 그리고 젊은 공의 바르빈스키였다. 게르첸슈투베와 바르빈스키에게는 검사가 증인 자격까지 부여해 주었다.

감정인들 중 처음 질문을 받은 사람은 의사 게르첸슈투베였다. 일흔 살인 그는 백발이 성성했지만 중키에 체격이 건장했다. 인정이 많아서 가난한 환자나 농부는 공짜로 치료해 주곤 하였다. 몸소 누추한 오두막까지 왕진을 다닐 뿐 아니라 약값을 되레 놓고 오기도 하는 선량한 사람이었으나 지독한 고집불통이었다. 일단 한 가지 생각이 그의 머릿속에 자리를 잡으면 그것을 번복하기란 거의 불가능했다.

모스크바에서 온 그 명망 있는 의사는 우리 마을에 온 지 이삼일 정도 되자, 여기저기에서 게르첸슈투베를 모욕하고 다녔다. 그 바람에 환자들은 꽤 비싼 왕진료를 지불하며 앞다퉈 모스크바 의사에게 진찰을 받았다. 그때마다 그 의사는 게르첸슈투베의 험담을 늘어놓으며 그의 치료법을 비웃고 다녔다. 심지어 환자에게 게르첸슈투베가 당신 몸을 더욱 망쳐 놓았다고도 했다. 게르첸슈투베도 이 사실을 곧 알게 되었다. 이런 상황에서 세명의 의사가 한자리에 모였으니 의견이 맞을 리가 없었다.

게르첸슈투베는 피고의 지적 능력이 비정상적이라며 운을 뗐다. 그 근거를 다음과 같이 들었다. 드미트리는 여자라면 사족을 못 쓰기 때문에 법정 안에 들어설 때 여인들이 앉아 있는 쪽을 보는 것이 마땅한데, 정면을 똑바로 응시하며 등장하는 이상한 행동을 보였다는 것이다.

우리 마을의 선량하디선량한 의사 게르첸슈투베의 독특한 결론을 듣자 방청객들은 장난스럽게 수군거렸다. 특히 감상적인 여인들은 일시적이나마 평생을 숫총각으로 살아온 이 노인을 매우 사랑하게 되었다. 그러나 그의 엉뚱한 주장에 공감을 하지는 않았다.

모스크바에서 온 의사 역시 피고의 지적 상태가 극히 비정상이라고 딱 잘라 말했다. 그는 정신 착란과 조증에 대한 지식을 늘어놓으면서 유식함을 뽐냈다. 그러고는 피고가 범행 당시 틀림없이 끔찍한 정신 착란 상태였을 거라는 결론을 내렸다. 또한 드미트리의 조증에 대한 소견도 덧붙였다.

그의 말에 따르면, 조증은 광기로 이어지는 지름길이라는 것이었다. 드미트리의 모든 행위는 상식과 논리에 어긋나며, 특히 한곳만 뚫어져라 쳐다보거나 시도 때도 없이 웃음을 터뜨리는 것은 조증의 전형적인 증상이라고 설명했다.

모스크바 의사는 자신이 드미트리의 조증을 확신하는 이유로, 피고가 자신의 다른 문제에 대해서는 모두 기억해 내고 말도 잘 하는 데 반해 그 삼천 루블에 대해서는 한마디도 하지 못한다는 점을 들었다. 드미트리는 삼천 루블이란 말만 들어도 광적인 흥분 상태에 빠지곤 했던 것이다.

"게르첸슈투베는 방금 피고가 법정으로 들어설 때 정면이 아니라 여인들 쪽을 보아야 했다고 피력했지만, 나는 이와 같은 결론이 완전히 잘못된 것이라는 점을 말씀드리겠습니다. 물론 그토록 집요하게 정면만 바라본 것이 정상이라고 생각하진 않지만, 지금으로선 자신에게 유일하게 힘이 되어 줄 오른편의 변호사 쪽을 바라볼 수밖에 없다고 생각됩니다. 여인들이 있는 왼쪽보다는……."

두 감정인들의 의견이 일치하지 않는 가운데, 끝으로 바르빈스키가 등장해 뜻밖의 주장을 펼쳤다. 그는 피고가 이전부터 지금까지 극히 정상적인 상태라고 주장했다. 피고가 체포될 당시 신경질적이고 이상한 행동을 보였던 것은 순간적인 분노와 과음 때문일 뿐, 정신 착란 같은 증세는 찾아볼 수 없었다는 것이다.

그는 피고가 법정 안으로 들어서면서 왼쪽이나 오른쪽을 보지 않고 정면을 똑바로 본 것 역시 지극히 정상적인 행동이라고 밝혔다. 자신의 운명을 거머쥐고 있는 재판장과 배심원이 정면에 앉아 있는데, 그 누구라도 딴 곳에 시선을 둘 겨를은 없다는 것이었다. 따라서 정면을 똑바로 바라보는 것이야말로 자신의 정신 상태가 극히 정상이라는 점을 입증한 것이라고 열을 올리면서 진술을 마무리 지었다.

"브라보, 의사 양반!"

드미트리가 자리에서 환호성을 질렀다. 이 젊은 의사의 견해는 재판장과 배심원, 그리고 방청객에게 가장 강력한 영향력을 행사했다.

다음은 게르첸슈투베가 감정인이 아닌 증인으로서 심문을 받았다. 그런데 그가 완전히 예상을 뒤엎고 드미트리에게 이득이 되는 진술을 했다. 오래전부터 카라마조프 집안을 잘 알고 있었던 그는 검사의 질문에 간단히 답변한 후, 다음과 같은 말을 덧붙였다.

"저 가엾은 청년은 사실 그 누구보다 행복한 운명을 누릴 수도 있었습니다. 어릴 때부터 마음 씀씀이가 참 고왔거든요. 이건 내가 똑똑히 알고 있습니다. 저 사람은 은혜를 갚을 줄 아는 청년이었습니다. 오, 저 사람이 어렸을 때가 기억나는군요. 집 뒤뜰에 홀로 내팽개쳐져 있던…… 신발도 신지 않은 채 단추 하나만 달랑 달린 바지를 입고서 뛰어다니고 있었지요."

노인의 정직한 목소리가 떨려 왔다. 변호사 페츄코비치는 뭔가 좋은 징조를 느끼면서 노인의 말에 귀를 기울였다.

"그때 나는 그 아이가 하도 가여워서 호두 한 봉지를 사 주었습니다. 그 아이는 그 전까지 호두를 한 번도 선물받은 적이 없었던 듯합니다.

그러고 나서 이십삼 년이 흐른 후였습니다. 어느 날 아침, 서재에 앉아 있는데 혈기 왕성한 청년이 불쑥 들어오더군요. 나는 누구인지 정말 몰랐습니다. 그런데 그가 '도착하자마자 곧장 호두 한 봉지에 보답하려고 왔습니다.'라며 다가왔습니다. 나는 '자네는 은혜를 아는 청년이구먼. 어렸을 때 받은 호두 한 봉지를 여태껏 기억하고 있으니 말일세.'라며 그를 안아 주고 축복해 주었지요. 나는 그만 눈물이 났습니다. 그는 웃었지만, 또 울기도 했지요. 그런데 지금은……, 아!"

"지금도 울고 있어요, 선생님. 당신은 하느님의 사람입니다!"

드미트리가 감격에 겨워 소리쳤다. 이 일화는 방청석에 제법 좋은 인상을 남겼다. 변호사가 소환한 증인들이 차례대로 나오면서 운명은 드미트리에게 미소를 보내는 듯했다. 이는 변호사조차 예상하지 못한 상황이었다.

이윽고 알렉세이가 증언대에 올랐다. 검사 측이건 변호사 측이건 모두 그에게 부드럽고 친절했다. 알렉세이는 시종일관 겸손했으며, 그의 증언 속에는 불운한 형에 대한 애정이 가득했다. 그는 자기 형이 지나치게 감정적이라 쉽게 흥분하기는 해도 남을 위해 자신을 희생할 만큼 관대한 사람이라고 설명했다.

최근에 드미트리가 그루센카 때문에 아버지를 지나치게 질투했음은 그도 인정하였다. 삼천 루블의 노예가 되어 '삼천'이라는 말만 들어도 미친 사람처럼 굴었다는 것 역시 인정할 수밖에 없었다. 그래도 형이 고작 돈을 훔치려고 아버지를 죽였을 리는 없다며 격분했다. 알렉세이는 검사가 궁금해 하는 그루센카와 카테리나의 관계에 대해서는 짐짓 말을 아꼈다. 때때로 아예 대답을 하지 않으려고도 했다.

알렉세이에 대한 변호사의 심문이 시작되었다. 피고가 알렉세이에게 아버지를 죽일지도 모르겠다고 한 게 언제였는지를 묻는 질문에 답하면서, 알렉세이는 별안간 뭔가가 떠오른 듯 몸을 부르르 떨었다. 우연히도 결정적인 정황을 떠올리게 됐던 것이다.

"까맣게 잊을 뻔했던, 한 가지 납득할 수 없었던 일이 막 떠오르는데……, 그땐 도무지 알 수 없었지만 지금은……."

알렉세이는 두 달 전, 수도원에 가다가 가로수 밑에서 드미트리와 마지막으로 만났을 때의 기억을 열심히 더듬었다. 그때 드미트리가 자신의 가슴팍을, 정확히 가슴의 위쪽 부분을 마구 치면서 '나를 잘 보렴. 바로 여기에 아주 무서운 치욕이 도사리고 있단다.'라고 했던 것이 떠올랐다.

"나는 그때 형님이 가슴팍을 두드리며 자기 마음을 가리키는 것이라고 생각했습니다."

알렉세이는 당시의 상황을 차분하게 증언했다.

"차마 나한테도 고백하지 못한 끔찍한 치욕으로부터 벗어날 수 있는 힘이 자기 마음속에 있다는 뜻으로 말이죠. 그런데 실은 형이 자기 가슴팍의 뭔가를 가리켰던 거예요. 이제야 알겠어요! 나는 형이 왜 심장 부분을 치지 않고 목 바로 아래쪽을 저렇게 치는 걸까, 곰곰 생각하다가 쓸데없는 생각이라고 치부해 버렸어요. 그런데 지금 생각해 보니, 그때 형은 천오백 루블이 들어 있던 부적 주머니를 가리켰던 거예요!"

"바로 그거란다!"

드미트리가 소리쳤다.

"맞아, 알렉세이! 나는 그때 주먹으로 그것을 쳤던 거야!"

변호사는 황급히 드미트리를 진정시키고, 즉시 알렉세이에게 달라붙었다. 알렉세이는 이제 자신의 발언이 사실임을 굳게 믿고 있었다. 드미트리가 말한 그 치욕은 분명히 카테리나에게 받은 돈의 절반을 뜻하는 것이라고 확신했다. 그는 드미트리가 천오백 루블을 그녀에게 돌려주지 않고 몸에 지니고 있었을뿐더러, 다른 여자와 함께 멀리 떠나 버릴 비용으로 쓰려 했을 거라고 덧붙였다.

"그거였어요. 바로 그랬던 겁니다."

알렉세이가 흥분을 감추지 못하고 소리쳤다.

"형은 내게 절반, 치욕의 절반이라고 몇 번씩이나 강조했어요. 지금 당장이라도 치욕을 걷어 낼 수 있지만 성격이 나약해서 그러지 못할 거라고 한탄했습니다. 그렇게 할 수 없을 것임을, 그럴 힘이 없음을 잘 알고 있다고 했어요!"

"당신 형이 가슴팍 윗부분을 쳤다고 확신하시는 겁니까?"

변호사는 큰 관심을 보이며 캐묻기 시작했다.

"똑똑하게 기억합니다. 아까도 말했듯이 형이 왜 심장보다 높은 곳을 치는지 의아했거든요. 아니, 어떻게 이걸 지금까지 까맣게 잊고 있었을까요? 형은 바로 그 부적 주머니를 가리켰던 겁니다. 듣기로는, 형이 모크로예에서 체포될 때 이렇게 소리쳤다죠? 자신의 인생을 통틀어 가장 치욕적인 일은 바로 '절반'이라고요. 돌려줄 수도 있었지만 차라리 도둑으로 남으려고 말이죠!

형은 얼마나 괴로웠을까요? 그렇게 빚을 졌으니 얼마나 괴로웠 겠습니까?"

알렉세이는 이렇게 안타까워하면서 말을 끝맺었다.

물론 검사도 가만있지 않았다. 그는 알렉세이에게 그때의 정황을 다시 한 번 묘사해 달라고 부탁했다. 그리고 "피고가 자신의 가슴팍을 치면서 정확히 뭔가를 가리켰는지 확신할 수 있느냐?" "그냥 답답해서 가슴을 친 것일 수도 있지 않느냐?"라는 질문을 몇 번이고 반복했다.

"주먹으로 친 게 전부는 아닙니다! 형은 정확히 손가락으로 가리켰어요. 여기, 아주 높은 곳을 가리켰다니까요. 아니, 그런데 나는 어떻게 바로 이 순간까지도 그걸 까맣게 잊고 있을 수가 있었을까요?"

재판장은 알렉세이의 증언에 대해 할 말이 있느냐고 드미트리에게 물었다. 드미트리는 자신이 목보다 조금 아래쪽에 매달려 있었던 천오백 루블을 가리켰다고 말한 알렉세이의 증언은 모두 사실이라고 대답했다. 그리고 그것은 자신에게 실로 엄청난 치욕이었다고 소리쳤다.

이로써 알렉세이에 대한 심문은 끝났다. 알렉세이의 증언은 지난 상황에 대한 추측에 불과했으나, 천오백 루블을 숨겨 두었다던 부적 주머니가 정말로 존재했고, 피고가 "천오백 루블은 내 돈이다."라고 말한 것은 거짓이 아니었음을 아주 조금이나마 증명해 준 셈이었다.

그다음에는 카테리나에 대한 심문이 이어졌다. 그녀의 등장으로 법정 안에는 예사롭지 않은 기운이 감돌았다. 부인들은 오페라글라스와 쌍안경을 들었고, 신사들은 끼리끼리 수군거렸다. 그녀를 좀 더 자세히 보기 위해 자리에서 일어나는 사람도 있었다.

검은색 옷을 차려입은 그녀는 겁을 먹은 듯한 태도로 지정된 자리에 섰다. 그녀의 차분하고 어두운 표정에서 비장한 결의가 엿보였다. 그녀는 재판장을 향해 조용하지만 또렷한 목소리로 증언하기 시작했다. 차분함을 유지하려고 굉장히 애쓰는 것 같았다. 재판장은 신중하고 공손하게 질문을 시작했다.

"피고와 어떤 관계입니까?"

카테리나는 자신을 피고와 약혼한 사이라고 소개했다.

"저분이 나를 버릴 때까지 함께할 거예요."

드미트리에게 맡긴 삼천 루블에 대해 질문을 받자, 그녀는 단호한 목소리로 대답했다.

"저분에게 돈을 곧장 부치라고 한 것은 아닙니다. 나는 그때, 저분이 돈이 몹시 궁한 상태임을 예감했습니다. 그래서 한 달 안에만 송금하면 된다고 하면서 삼천 루블을 건넸지요. 그러니까 저분은 공연히 스스로를 괴롭힌 거예요.

나는 저분이 아버지한테서 돈을 받기만 하면 언제라도 송금

할 사람이라는 것을 굳게 믿었습니다. 저분이 사리사욕이 없다는 것, 그러니까 돈 문제에 있어서는 더할 나위 없이 정직하다는 것을 언제나 믿고 있었거든요. 저분은 나에게 아버지로부터 삼천 루블을 받을 것이라고 몇 번이나 얘기했습니다. 저분이 아버지와의 관계가 원만하지 못했다는 것은 나도 알고 있었습니다. 나 역시 저분이 아버지한테 부당한 대우를 받았다고 확신합니다.

내 기억으론, 저분이 처음부터 아버지에게 거친 태도를 보인 것 같지는 않습니다. 적어도 내 앞에서는 그런 말을 한 적이 한 번도 없으니까요. 만약 저분이 그때 나를 찾아왔더라면, 나에게 빚진 삼천 루블 때문에 그토록 불안해 할 필요는 없다고 말해 주었을 텐데…… 저분은 더 이상 나를 찾지 않았기 때문에 도울 방법이 없었습니다.

한때는 내가 저분으로부터 경제적인 도움을, 그것도 삼천 루블보다 더 큰 액수를 받았습니다. 그 당시에는 언제 저분에게 그 빚을 갚을 수 있을지 예측할 수도 없었습니다. 그래도 나는 그 도움을 받아들였습니다."

이윽고 변호사가 그녀를 심문할 차례가 되었다.

"그 일은 당신들이 처음 만났을 무렵에 있었던 거죠?"

변호사는 조심스럽게 질문을 시작하면서 본능적으로 상서로운 기운을 감지했다. 사실 그는 드미트리가 그녀에게 오천 루블을 준 일에 대해서는 아무것도 모르고 있었다. 그녀는 자기 아버지가 공금을 횡령한 일, 드미트리의 집을 찾아가 이마가 땅에 닿도록 절을 한 일 등을 모두 이야기했다. 하지만 드미트리가 언니에게 자기한테서 돈을 받으려면 카테리나를 보내라고 제안했다는 말은 꺼내지 않았다.

모두가 그녀의 말을 한마디라도 놓칠까 싶어서 숨을 죽였다. 오만하고 도도한 처녀가 이처럼 노골적으로 증언을 하리라곤 그 누구도 예측하지 못했다. 도대체 무엇을 위해서일까! 자기를 배반하고 모욕한 남자를 구하기 위해서, 그에 대해 조금이라도 유리한 인상을 불러일으키기 위해서 자신을 진흙 바닥에 내던지다니 모두가 놀라지 않을 수 없었다.

변호사는 그녀에게 몸을 깊이 숙여 인사했다. 그는 승소를 예감했다. 위기에 처한 여인을 위해 오천 루블을 선뜻 내놓은 사람, 이 사람이 고작 삼천 루블을 훔치기 위해 아버지를 죽였다는 것은 말이 안 되지 않는가? 변호사는 이제 기고만장했고, 재판은 새로운 국면으로 접어들었다. 별안간 드미트리에게 우호적인 분위기가 감돌았기 때문이다.

한편 드미트리는, 카테리나가 증언하는 동안 몇 차례나 자리에서 벌떡 일어났다 앉기를 반복했다. 줄곧 두 손으로 얼굴을 가리고 있었다. 그녀가 증언을 끝내자 두 팔을 뻗으며 이렇게 소리쳤다.

"카테리나, 왜 나를 파멸시키는 겁니까?"

드미트리는 큰 소리로 흐느끼며 다시 소리쳤다.

"난 이미 선고를 받았노라!"

카테리나는 그 뒤로도 법정에 계속 남아 있었다. 그녀의 얼굴은 몹시 창백했으며, 눈을 내리깐 채 미동도 하지 않았다. 곁에 있었던 사람들은 증언을 마친 그녀가 오랫동안 몸을 떨었다고 전했다.

이어서 그루셴카가 증언대에 올랐다. 그녀도 검은색 옷을 차려입고 어깨에 검은색 숄을 두른 채 나타났다. 춤을 추는 듯한 걸음걸이로, 풍만한 여성들이 흔히 그러듯 몸을 조금씩 좌우로 흔들며 증언대에 다가가서는 재판장을 뚫어져라 바라보았다.

검사는 우선 그녀에게 표도르 파블로비치와의 관계에 대해 물었다.

"아무 관계도 아닙니다. 표도르 파블로비치와 드미트리 표도로비치, 두 사람을 이 지경으로 만든 나의 죄가 크다는 것을 인정합니다."

"삼소노프하고는 어떤 관계입니까?"

그루셴카는 도전적인 어조로 대답했다.

"그가 이 일과 무슨 상관이 있는지 모르겠군요. 그는 그저 나의 은인일 뿐입니다."

삼천 루블과 관련한 질문에서, 그녀는 그것을 본 적이 없다고 딱 잘라 말했다.

"표도르 파블로비치가 삼천 루블이 든 봉투를 준비했다는 소식은 '악당'으로부터 들었습니다."

그루센카는 주인 나리를 죽이고 스스로 목을 맨 스메르쟈코프를 '악당'이라고 지칭했는데, 정작 그를 살인자로 지목할 만한 근거는 대지 못했다. 그녀는 질투심에 사로잡힌 카테리나가 자기와 드미트리 사이를 훼방 놓고 드미트리를 파멸시키려 했다고 덧붙였다.

변호사가 질문할 차례가 되었다. 그런데 그는 엉뚱하게도 라키친에 대해, 더 정확히 말하면 라키친에게 이십오 루블을 준 일을 캐물었다.

"그 사람이 돈을 받은 것이 뭐 그리 놀라운 일인가요? 그 사람은 늘 나에게서 돈을 뜯어 가려고 찾아오는걸요. 한 달 동안 삼십 루블씩은 꼭 가져갔다고요."

"무슨 연유로 라키친에게 그토록 관대하셨습니까?"

"그 사람은 내 사촌 동생입니다. 우리 어머니와 그 사람 어머니는 자매지간이에요. 라키친은 이 사실을 비밀에 부쳐 달라며 애원했죠. 나를 매우 수치스럽게 여겼거든요."

이 새로운 사실에 대해서는 마을 사람들은 물론, 심지어 드미트리조차도 모르고 있었다. 그루센카는 라키친이 드미트리에게 불리한 증언을 했다는 것을 기억하고 있었다. 그래서 약이 잔뜩 오른 나머지, 라키친이 조금 전 법정에서 잠시 누렸던 영광을 순식간에 무색하게 만들어 버렸다. 변호사는 이 모든 것이 만족스러웠다.

마침내 이반이 증인으로 나왔다. 그는 연적 관계에 있는 두 여인의 심문으로 방청객의 호기심이 충족된 이후에 등장했기 때문에 처음에는 별다른 주목을 받지 못했다. 게다가 재판이 시작되고 이미 많은 시간이 흐른 터라, 법정 안은 지루함과 피로감이 감돌고 있었다. 이반은 인상을 잔뜩 쓴 채 골똘히 생각에 잠긴 얼굴로 아주 천천히 걸어 나왔다. 옷차림은 나무랄 데 없었지만, 안색은 죽어 가는 사람의 그것처럼 창백했다. 눈빛도 매우 흐리멍덩했다.

"특별히 하고 싶은 말이 있습니까?"

재판장이 정중히 물었다. 이반은 시선을 내리깔고 한참 동안 뜸을 들이다가 더듬거리며 특별히 할 말은 없다고 대답했다.

그에게 곧 온갖 질문이 쏟아졌다. 그는 아주 간략하게 대답했는데, 그마저도 억지로 하는 기색이 역력했다. 대부분의 질문에 모른다고 답했다. 또한 아버지와 드미트리 사이의 금전 문제에 대해서는 전혀 관심이 없다고 밝히면서, 아버지를 죽이겠다는 피고의 협박을 들은 적이 있으며, 돈뭉치에 대해선 스메르쟈코프에게서 들었다고 했다.

"다 똑같은 얘기뿐입니다. 특별히 더 할 말은 없습니다."

이반은 지쳤다는 듯이 입을 다물었다. 재판장이 검사와 변호사에게 더 질문이 있냐는 눈빛을 보내자, 이반이 불쑥 자리에서 일어서며 말했다.

"나를 이만 보내 주십시오, 재판장님. 몸이 몹시 안 좋군요."

그러고서 그는 몸을 홱 돌려서 문 쪽으로 걸어 나갔다. 서너 발짝쯤 걸음을 옮기던 이반은 갑자기 피식 웃더니 제자리로 돌아왔다. 그리고 느닷없이 돈뭉치를 꺼냈다.

"문제의 봉투 속에 들어 있던 돈입니다. 이것 때문에 아버지가 살해를 당했지요. 어디에다 놓을까요? 집행관님, 좀 전해 주시죠."

집행관은 돈뭉치를 받아서 재판장에게 전해 주었다.

"이 돈을 어떻게 당신이 갖고 있는 겁니까? 이것이 정말 문제의 그 돈이 맞습니까?"

재판장이 깜짝 놀라 물었다.

"스메르쟈코프! 그 살인자한테서 어제 받았습니다. 그놈이 목을 매기 직전에 내가 집으로 찾아갔거든요. 아버지를 죽인 건 그놈입니다. 내가 그놈에게 아버지를 죽이라고 교사했고요. 아버지의 죽음을 바라지 않는 사람이 누가 있겠습니까?"

"지금 제정신이십니까?"

재판장은 자기도 모르게 소리쳤다.

"물론입니다. 비열하다 싶을 정도로 제정신이죠. 당신과 마찬가지로, 아니 이 법정에 모여 있는 모든 낯짝들과 마찬가지로!"

그는 분노에 사로잡힌 채 방청석 쪽으로 몸을 돌리더니 부득부득 이를 갈았다.

"아비를 죽여 놓고선 다들 놀란 척 연기를 하고 있어. 뻔한 진실을 앞에 두고 모르는 척하고 있는 꼬락서니라니…… . 거짓말쟁이들! 다들 아버지의 죽음을 바라고 있었잖아! 한 마리의 독사가 또 다른 독사를 잡아먹은 거야. 친부 살해 사건이 없었더라면 다들 화를 내며 집으로 돌아갔겠지. '볼거리를 달라! 빵과 볼거리를 달라!'라고 외치면서 말이야. 하긴 나도 만만찮은 놈이지! 혹시 물 좀 없어요? 물이나 실컷 마시도록 해 주세요, 제발!"

이반은 고통스럽게 머리카락을 움켜쥐었다.

"이반 형은 지금 아픕니다. 그러니까 형의 말을 믿지 마세요! 형은 섬망증에 걸렸어요!"

알렉세이가 벌떡 일어나 소리쳤다. 동시에 카테리나도 몸을 벌떡 일으켰지만, 자리에서 꼼짝하지 않은 채 이반을 바라보고만 있었다. 드미트리도 자리에서 일어나 떨떠름한 미소를 지으며 이반을 뚫어져라 쳐다보았다.

검사는 당혹스러운 기색을 드러내며 재판장 쪽으로 몸을 굽혔다. 배심원들 역시 어수선하게 속닥댔다. 변호사는 그들의 대화를 엿듣기 위해서 귀를 쫑긋 곤추세웠다. 법정 안에 새로운 기대감이 부풀어 올랐다.

잠시 후 재판장이 근엄한 표정으로 입을 열었다.

"증인, 당신의 발언은 납득하기 어려울뿐더러 법정에서 할 수 있는 말이 아닙니다. 제발 진정하십시오. 그리고 꼭 필요한 말만 하십시오. 그게 아니라면, 방금 말한 것이 헛소리가 아니라는 증거를 내놓든지요."

"바로 그게 문젭니다. 증인이 없어졌거든요. 그 개 같은 스메르쟈코프가 저세상에서 자신의 증언을 봉투에 담아 보내 주지 않는 한은 말이죠. 그래요, 증인은 없습니다. 딱 한 놈만 빼고요."

"그게 누구입니까?"

"꼬리가 달려 있는 놈인데……. 재판장님, 신경 쓰지 마십시오! 걸레쪽처럼 하찮은 악마니까요. 녀석은 아마 여기 어디쯤에, 그러니까 저기 물증이 놓인 책상 밑에 있을 겁니다. 저기가 아니라면 녀석이 대체 어디에 있겠습니까? 내 말을 들어 보십시오. 오, 여러분이 하는 건 전부 다 어찌나 멍청한지! 드미트리 형 대신 나를 잡아가시죠. 그나저나 내가 여기에 왜 온 거지? 이런 멍청한 짓거리를 하다니!"

그러고서 이반은 법정을 찬찬히 둘러보았다. 방청석은 술렁이고 있었다. 알렉세이는 이반에게 달려가려다 집행관에게 붙들렸다. 다른 집행관이 이반의 팔을 붙잡자, 그는 별안간 상대방의 어깨를 움켜쥐고 마룻바닥으로 내동댕이쳐 버렸다. 그러자 곧 경비원이 달려와 그를 제압한 후 밖으로 데리고 나갔다. 법정은 엉망진창이 되고 말았다.

곧이어 예상치 못한 소동이 한 번 더 일어났다. 카테리나가 흥분한 나머지 발작을 일으킨 것이었다. 그녀는 째지는 듯한 비명을 지르며 흐느꼈다. 그러고는 제발 자기를 끌어내지 말아 달라고 애원했다.

"한 가지 더 증언하겠습니다. 지금 당장 말입니다! 여기, 편지가 있습니다. 가져가서 읽어 주세요, 빨리요! 이것은 저 불한당 같은 인간이 쓴 편지예요, 바로 저 인간이!"

그녀는 드미트리를 손가락으로 가리키며 재판장을 향해 소리쳤다.

"표도르 파블로비치를 죽인 건 저 인간이에요. 여러분이 지금 보시게 될 편지가 바로 그 증거고요. 저 인간이 직접 편지를 나에게 보냈습니다! 이반은 환자예요, 여러분. 저이는 섬망증을 앓고 있다고요!"

집행관은 그녀가 내놓은 편지를 재판장에게 가져갔다. 그것은 이반이 결정적인 증거라고 부른, 드미트리가 술집에서 쓴 바로 그 편지였다. 배심원들은 그 편지를 읽고 난 후, 결정적 증거가 틀림없다고 인정했다.

이례적으로 카테리나에 대한 심문이 다시 진행되었다. 재판장은 이 편지에 대해 좀 더 자세한 설명이 필요하다고 판단한 것이었다.

"나는 이것을 범행 바로 전날 밤에 받았습니다. 저 인간이 이 편지를 쓴 것은 범행을 저지르기 이틀 전 어느 술집에서였고요. 보세요, 계산서 위에다 글을 썼지 않습니까?"

그녀는 숨을 헐떡이며 소리쳤다.

"저 인간은 그때 나를 증오하고 있었습니다. 비열한 건 내가 아니라 저 천한 여자의 꽁무니를 쫓아다닌 자기였는데도 말이 죠. 게다가 나한테 삼천 루블을 빚지고 있었으니 괜스레 밉기도 했을 거예요. 더러운 짓은 정작 자기가 저질러 놓고서!

내 말에 귀 기울여 주세요, 제발요! 표도르 파블로비치를 죽이기 삼 주 전, 어느 날 아침에 저 인간이 나를 찾아왔습니다. 나는 저 인간이 무슨 이유로 돈이 필요한지 다 알고 있었습니다. 바로 저 천하디천한 여자를 꾀어내어 함께 도망치기 위해서였 죠. 나는 이미 저 인간이 변심하여 나를 버리려 한다는 걸 알고 있었기 때문에 일부러 먼저 돈을 내민 거예요. 모스크바에 있는 언니에게 부쳐 달라는 식으로요. 돈을 내주면서 원한다면 한 달 뒤에 부쳐도 괜찮다고 말했습니다. 그러니까 나는 저 인간한테 대놓고 '당신한테 돈이 필요한 건 저 천박한 여자와 함께 나를 배반하기 위해서죠? 그래요, 그 돈을 내가 주겠어요. 이 돈을 받을 만큼 염치없는 인간이라면 얼마든지 받으라고요.'라고 말한 거나 다름없었죠. 저 인간이 그걸 이해하지 못했을 리가 없잖습니까?

나는 저 인간의 정체를 폭로하고 싶었어요. 저 인간은 그 돈을 받아 가서 저 천박한 여자와 함께 하룻밤 만에 다 써 버렸답니다. 내가 모든 것을 알고 있다는 걸 눈치챘으면서 말입니다. 정말이에요! 그때 내가 자기를 시험한다는 걸 알고 있으면서! 그러니까 너란 인간이 나한테서 돈을 받을 만큼 염치가 없는지 있는지 재 보기 위해서 돈을 건네준 걸 뻔히 알고 있으면서도 그렇게 행동한 겁니다!"

"맞아요, 카테리나!"

드미트리가 울부짖었다.

"당신의 눈을 바라보면서 나를 염치없는 놈으로 만들려고 한다는 걸 알아차렸습니다! 그런데도 나는 당신 돈을 받았어요! 여러분, 이 비열한 놈을 경멸하십시오. 이 몸은 그래도 싼 놈입니다!"

"피고, 진정하세요. 그렇게 제멋대로 굴면 퇴장 명령을 내리겠어요."

재판장이 드미트리에게 경고했다.

"그 돈 때문에 저 인간은 몹시 괴로워했습니다."

카테리나는 서둘러 말을 이었다.

"그 돈을 나에게 돌려주고 싶어 한 것은 사실입니다. 하지만 저 천박한 여자를 위해 그러지 않은 것이죠. 자기 아버지를 죽이고서도 나한테는 돈을 돌려주지 않았거든요. 오히려 저 여자를 데리고 시골로 놀러 갔다가 체포된 거지요.

표도르 파블로비치를 죽이기 하루 전날, 이 편지를 썼다는 건이미 말씀드렸죠? 술에 취한 상태에서 쓴 거예요. 나는 곧바로눈치챘습니다. 저 인간이 살인을 저지른다고 해도, 내가 이 편지를 아무한테도 보여 주지 않을 거라는 확신이 있었기 때문에 악에 받쳐 글을 썼다는 것을요. 그렇지 않다면 이런 걸 아예 쓰지도 않았을걸요?

주의 깊게 읽어 보십시오. 그러면 저 인간이 이 편지에 모든걸 미리 적어 두었다는 사실을 아시게 될 테니까요. 어떻게 아버지를 죽일 것인지, 아버지 집 어디에 돈이 놓여 있는지 등등전부 적혀 있어요. 한 자도 놓치지 마세요. 거기에 '이반이 떠나줘야 가능하겠지요.'라는 말까지 있습니다. 저 인간은 모든 걸미리 계획했던 거예요."

카테리나는 표독스럽게 모든 것을 일러바쳤다. 편지는 서기에 의해 큰 소리로 낭독되었고, 법정에는 걷잡을 수 없는 동요가 일어났다.

"이 편지를 직접 썼습니까?"

곧 드미트리에게 질문이 던져졌다. 그는 큰 소리로 대답했다.

"예, 그렇습니다! 술에 취하지 않았다면 그따위 편지는 쓰지않았을 겁니다. 이런저런 일이 많았기 때문에 우리는 그동안 서로를 증오해 왔습니다. 카테리나, 하지만 나는 당신을 사랑했어요! 증오하면서도 사랑했다고요! 당신은 그러지 않았지만!"

검사와 변호사는 번갈아 가며 카테리나에게 질문했다. 두 사람 모두 별안간 카테리나가 심경의 변화를 일으킨 이유가 무엇인지 궁금해 했다. 아까까지만 해도 드미트리를 옹호하지 않았던가? 그런데 왜 갑자기 결정적인 증거를 들이밀며 증언을 번복하는 것인지 알 수가 없었다.

"좀 전에는 명예와 양심에 반하는 거짓말을 했습니다. 저 사람을 구하고 싶었거든요. 나를 그토록 증오하고 또 증오한 사람이지만……."

카테리나는 미친 여자처럼 소리쳤다.

"오! 저 사람은 언제나 나를 끔찍할 정도로 경멸했습니다. 그러니까 내가 돈 때문에 저 사람의 발밑에 엎드렸던 그 순간부터 말이에요. 그때 곧바로 그걸 느꼈어요. 저 사람의 눈빛이 '어쨌거나 당신은 제 발로 나를 찾아온 거야.'라고 말하는 것 같았죠."

그녀는 분해서 이를 부득부득 갈았다.

"저 사람이 나와 결혼하려고 했던 이유는 오직 내가 유산을 상속받았기 때문이에요. 오! 저 사람은 짐승만도 못해요. 내가 제 발로 찾아갔으니까 한평생 자기에게 쩔쩔맬 줄 알았겠죠. 그걸 빌미로 영원히 나를 경멸하며 주도권을 쥘 수 있으리라고 확신했던 겁니다. 그래서 나와 결혼하려고 했던 거라고요!

나는 나의 무한한 사랑으로 저 사람을 받아들이려 했어요. 저 사람이 배신을 해도 꾹 참으려고 했지요. 하지만 저 사람이 뭘 알겠어요? 저 사람이 뭐든 제대로 알아먹을 작자인가요, 어디! 그저 불한당에 불과한걸요. 저 사람이 쓴 이 편지는 분명히 살인 계획서예요!"

그녀는 끝으로 이반에 관한 사연을 또박또박 설명했다. 두 달 동안 형을 구하려고 동분서주하다가 결국 거의 미친 상태에 빠져 버렸다는 것이다.

"그이는 어쩌면 자신 역시 아버지의 죽음을 바랐는지 모른다며 몹시 괴로워했어요. 그래서 더욱더 형의 죄를 덜어 주고 싶어 했죠. 이 얼마나 숭고한 양심입니까! 그이는 양심의 가책 때문에 스스로를 죽도록 괴롭혔습니다. 자신의 유일한 벗인 나에게 매일같이 찾아와 얘기를 나누며 어떻게든 이겨 내려 했지요. 그이의 유일한 벗이 바로 나라는 사실이 어찌나 영광스러운지 몰라요!

그이는 두 번에 걸쳐 스메르쟈코프를 찾아갔습니다. 어느 날 이렇게 말하더군요. '형이 아니라 스메르쟈코프가 범인이라면 나도 유죄일지 모릅니다. 어쩌면 스메르쟈코프는 내가 아버지의 죽음을 바라고 있다고 생각했을 수도 있거든요.'

그때 나는 이 편지를 그이에게 보여 주었어요. 그이는 살인을 저지른 것이 형이라는 사실을 밝혀 주는 확증을 보고 심한 충격

을 받았죠. 나는 그 전부터 그이의 몸이 성치 않다는 것을 알고
있었어요. 얼마 전에도 내 앞에서 미망에 들떠 헛소리를 늘어놓
았거든요. 그이는 지금 정신이 온전치 않아요.

내가 모스크바에서 모셔 온 의사는 그이를 진찰한 후 섬망증
을 앓고 있다고 말했습니다. 이 모든 것이 저 불한당 같은 인간
때문입니다. 게다가 어제 스메르쟈코프마저 자살하고 말았으
니, 그이가 마침내 엄청난 충격을 받고 미쳐 버린 거예요."

이런 고백은 일생에 딱 한 번, 그것도 죽기 직전에야 가능할
테지만, 카테리나는 지금이 바로 그 순간이라고 생각했다. 아버
지를 구하기 위해 난봉꾼 앞에 몸을 내던졌던 그 저돌적인 여대
생의 모습 그대로였다. 그녀는 비로소 자신에게 이반이 얼마나
소중한 존재인지를 절실히 느꼈다.

이반은 살인자가 형이 아니라 바로 자신이라고 증언함으로써
스스로를 파멸시키려고 했다. 그가 모든 것을 포기한 채 망가지
는 모습을 본 카테리나는 결국 스스로를 희생하지 않을 수 없었
다. 이반의 명예와 평판을 회복시키기 위해서 말이다.

카테리나는 언뜻 무서운 생각이 들었다. 드미트리와 자신의
관계를 설명하면서 혹시라도 본의 아니게 드미트리를 모함할
만한 거짓말을 한 건 아닌지 의문이 들었기 때문이다. 아버지를
구하기 위해 그를 찾아가 이마가 땅에 닿도록 절을 한 일을 밝
히는 바람에 어쩌면 드미트리를 모함한 꼴이 된 것 같기도 했

다.

하지만 실제로는 절대로 그렇지 않았다. 순전히 그녀 혼자만의 착각이었다.

그녀는 자신이 찾아가 절을 한 순간부터 드미트리가 자기를 비웃고 경멸했노라고 믿고 있었다. 그래서 자존심에 상처를 입은 나머지 그녀가 먼저 드미트리에게 신경질적인 사랑을 바쳤다. 그런데 이제 와서 보니까, 그것은 사랑이 아니라 일종의 복수에 가까운 감정이었다.

카테리나는 이 기형적인 사랑이 참된 사랑으로 자라나길 바랐지만, 드미트리가 그녀를 배신함으로써 물거품이 되고 말았다. 그래서 그를 절대로 용서할 수 없게 되었다. 복수의 순간은 느닷없이 찾아왔다. 모욕받은 여인의 가슴속에 오랫동안 쌓여온 분노가 한꺼번에 터져 나와 버렸던 것이다. 그녀는 드미트리는 물론, 자기 자신까지 배반하고 말았다!

속마음을 모두 털어놓자 긴장이 탁 풀리면서 수치심이 그녀를 압박해 왔다. 그녀는 신경과민 증세를 보이며 쓰러졌고, 결국엔 법정 밖으로 옮겨졌다.

그 순간 그루센카가 울부짖으면서 벌떡 일어나 드미트리에게 달려들었다.

"드미트리! 저 뱀 같은 년이 당신을 파멸시켰어요! 여러분, 저 년이 바로 이렇게 본색을 드러내고 말았군요."

그녀는 몸을 부르르 떨면서 재판장과 배심원에게 소리쳤다. 집행관이 그루셴카를 붙잡아 법정에서 끌어내었다. 그녀는 드미트리에게 가려고 발버둥을 쳤다. 드미트리도 울부짖으며 그녀한테 가려고 몸부림을 쳤다. 하지만 두 사람 모두 제압당하고 말았다.

일련의 소동이 잦아들자, 모스크바에서 온 의사가 앞으로 나왔다. 재판장이 그에게 이반 표도로비치를 도와주라고 지시했기 때문이었다. 의사는 이반을 찬찬히 살펴보고는, 재판장과 배심원에게 발작이 심각하므로 즉각 병원으로 이송해야 한다고 보고했다.

"환자는 확실히 정신 상태가 온전치 않았습니다. 멀쩡히 깨어 있는 상태에서 환영을 본다느니, 길거리에서 이미 죽은 사람들을 만난다느니, 매일 저녁 악마의 방문을 받는다느니, 하면서 헛소리를 늘어놓고 있거든요."

아까 카테리나 이바노브나가 내놓은 편지는 곧 물증으로 채택되었다. 재판부는 논의를 거친 뒤, 카테리나 이바노브나와 이반 표도로비치의 증언까지 모두 조서에 기록하였다.

나머지 증인들의 증언이 이어졌다. 각자 나름의 독특한 특성대로 진술했지만, 앞서 증언한 내용들의 반복이어서 하나의 의견으로 수렴되었다.

흥분한 사람들은 조바심을 내며 양측의 논고 및 변론을 기다렸다. 분위기는 완전히 뒤바뀌었다. 변호사는 카테리나의 증언에 충격을 받은 기색이 역력했고, 검사는 승리감에 차서 기고만장했다.

한 시간 정도 휴정을 한 후, 본격적으로 법적 공방이 시작된 것은 저녁 여덟 시 무렵이었다.

제 37 장

논고와 변론

검사는 식은땀을 줄줄 흘리고 온몸을 파르르 떨면서 논고를 시작했다. 그는 논고에 자신의 열정과 지혜를 최대한 쏟아 부었다. 그는 피고의 유죄를 확신했다. 막연히 직무상의 의무감 때문에 피고의 유죄를 주장한 것이 아니라 정말로 '사회를 구하려는 소명감'에 사로잡혀 있었다.

"배심원 여러분! 본 사건은 러시아 전역을 뒤흔들어 놓았습니다. 하지만 놀랄 일이 뭐가 있으며, 공포를 느낄 일이 또 뭐가 있습니까? 우리는 이 같은 일에 너무나 익숙해져 있습니다. 이토록 잔혹한 사건이 우리에게 더 이상 공포심을 주지 못한다는 데 바로 우리의 진정한 공포가 있는 겁니다. 우리가 공포를 느껴야 하는 대상은 우리의 감성이지, 이런저런 개인의 개별적인 악행이 아닙니다. 무엇보다도 중대한 것은 우리에게 익숙해진 이 보편적인 재앙과 투쟁하기가 이제는 너무 힘들다는 점입니다."

검사는 잠시 방청석을 둘러본 후 논고를 이어 갔다.

"우리 러시아의 악명 높은 카라마조프 집안은 어떻습니까? 어쩌면 내 말이 과장일 수도 있지만, 이 가족에게는 현대 지식층의 기본 요소들이 모두 담겨 있는 것 같습니다. 방탕했던 표도르 파블로비치, 그토록 불행하게 일생을 마감해 버린 저 가장을 보십시오. 가난한 식객이었으나 뜻밖의 결혼으로 큰 자본을 손에 넣었습니다. 하찮은 어릿광대처럼 굴었지만 상당히 높은 지적 능력을 발휘하여 성공한 고리대금업자이기도 했죠. 해를 거듭할수록 그의 재산은 불어났습니다. 그만큼 그는 기세등등해졌고요. 그 뒤 비굴하게 알랑거리던 태도는 사라지고, 언제나 남을 비아냥거리며 냉소를 일삼는 호색한이 되었습니다.

그는 자식들에게도 쾌락만을 위한 삶을 가르쳤습니다. 아버지로서의 의무 따위는 팽개쳐 버리고, 심지어 큰아들을 속여 재산과 애인을 빼앗으려 들었습니다. 이 불운한 노인에 대한 이야기는 여기서 멈추겠습니다. 그는 결국 보복을 받았으니까요. 그래도 이자가 우리 시대에 흔히 볼 수 있는 아버지들 중 한 명이라는 사실은 꼭 기억합시다.

자, 그럼, 이 노인의 자식들 얘기로 넘어가겠습니다. 그중 한

명은 지금 여기 피고석에 앉아 있는데, 그보다 우선 다른 이들에 대해서 언급하기로 하죠. 카라마조프 집안의 둘째 아들은 상당히 뛰어난 교양과 지성을 갖추었지만, 자신의 논리 외에는 그 어떤 것도 믿지 않는 청년입니다.

어제 자살로 생을 마감한 병약한 백치를 아십니까? 그는 표도르 파블로비치의 요리사로 살았지만, 어쩌면 그의 사생아일지도 모릅니다. 그는 본 사건과 깊이 연루되어 있지요. 그는 예심에서 눈물을 흘리며, 이반 표도로비치 카라마조프의 무절제한 정신세계 때문에 얼마나 경악했는지를 밝혔습니다. '그분은 세상에 존재하는 모든 것이 허용되므로 그 어떤 것도 금지되어선 안 된다고 저에게 가르쳤습니다.'라고 말입니다. 이 백치는 이반 표도로비치의 사상에 얽매인 나머지 정신이 나간 것이 분명합니다. 물론 지병이었던 간질과 이 잔인한 사건이 그를 더욱 혼란스럽게 했겠지만요.

비록 백치이기는 하나, 스메르쟈코프는 관찰자로서 꽤 훌륭한 역할을 해냈습니다. 그가 흥미진진한 지적을 하나 했거든요. '도련님들 중에서 주인 나리의 성격을 가장 많이 닮은 사람은 이반 도련님입니다.'라고 말입니다. 이반 표도로비치에 대해서는 이쯤에서 마무리하도록 하겠습니다.

오! 나는 이 청년의 앞길에 오직 파멸만이 놓여 있더라도 탄식하지 않겠습니다. 우리는 오늘 이 법정에서 그와 같이 냉정한 청년의 가슴속에도 형제애가 살아 있음을 보았습니다. 따라서 그의 냉소적인 성격은 사상의 결과라기보다 아버지에게서 물려받은 것이라고 생각됩니다.

표도르 파블로비치에게는 또 다른 아들이 있습니다. 이 사람은 우울한 세계관을 가진 형과는 달리 매우 겸손한 청년으로서 한때 수도원에서 생활한 적이 있습니다. 아마도 그는 무의식적으로 앞날의 절망감을 감지했던 게 아닐까요? 지금 우리 사회에는 겁에 질린 어린아이가 어머니의 품속에 숨어 편히 잠들 듯이, 현실을 외면한 채 조금이라도 괴로운 문제들은 보지 않으려는 경향이 무척이나 짙습니다. 그런데도 이 선량한 청년이 어머니의 품과 같았던 수도원을 스스로 나온 만큼, 부디 러시아의 민중을 위해 참된 길을 걷게 되길 바랍니다."

검사는 자신의 논고에 완전히 도취되어 사건과는 아무런 관련이 없는 발언도 서슴지 않았다. 그러나 재판장은 아무런 제지를 하지 않았다.

"여기, 우리 시대 가장의 또 다른 아들이 있습니다. 그는 지금 피고석에 앉아 있지요. 이제 그의 모든 인생을 펼쳐 볼 차례입니다. 그는 어쩌면 세 형제 중에 가장 러시아적인 인물인지도 모릅니다. 오! 물론 그가 러시아 전체를 대변한다는 뜻은 아닙니다.

그의 유년 시절부터 살펴볼까요? 그는 장화 한 켤레 없이 뒤뜰에 버려진 불쌍한 소년이었습니다. 불우한 환경 때문인지 난폭하게 자랐고, 장교가 된 뒤에는 결투를 벌이다 마을 변두리로 쫓겨나기도 했습니다. 그곳에서도 방탕을 일삼느라 돈이 필요해진 나머지, 오랫동안 논쟁을 벌인 끝에 아버지에게서 육천 루블을 받기로 합의했습니다. 여기서 주의할 것은 이 육천 루블로 아버지와의 재산 다툼을 끝낸다는 내용의 편지가 존재한다는 점입니다.

그 마을에서 그는 고귀한 성품과 교양을 갖춘 아가씨를 만나게 됩니다. 방탕을 일삼고 경솔하긴 하지만, 천성은 선량해서 자기 잘못을 반성할 줄 아는 청년으로 여기고 있었는데……. 조금전 카테리나를 통해서 그의 실체가 드러나고 말았습니다. 고귀한 성품의 아가씨에 의해서 동전의 뒷면을 보게 된 것이지요.

우리가 누구의 말을 믿어야겠습니까? 최후의 생활비마저 내놓고 자선을 베풀던 청년의 격정을 믿어야겠습니까? 아니면 이토록 혐오스러운 동전의 뒷면을 믿어야겠습니까? 우리는 보통 서로 반대되는 두 사실의 한가운데서 진실을 찾게 됩니다. 하지만 오늘은 그렇게 되지가 않는군요. 그는 진정으로 고결했던 반면, 그에 못지않게 저열하기도 했습니다. 왜일까요? 그건 바로 카라마조프 집안의 천성을 타고났기 때문입니다.

바로 이것이 나의 결론입니다. 우리는 드높은 이상과 악취 나는 저속함을 동시에 보고 있습니다. 카라마조프 집안을 가까이에서 살펴본 라키친의 증언이 생각나는군요. '이렇게 제멋대로 구는 인간들에겐 특유의 순수함과 비속함이 반드시 동시에 나타나는 법이지요.'라는 말이었는데, 참 정확한 표현이 아닙니까? 정말로 그들에겐 이 부자연스러운 혼합이 지속적으로 나타나고 있었습니다.

배심원 여러분! 한번 상상해 보십시오. 이렇게 종잡을 수 없는 성격의 소유자가 수치스러움을 무릅쓰고 삼천 루블의 절반을 떼어 놓았답니다. 그는 과연 온갖 유혹과 엄청난 궁핍에 시달리면서도 한 달이 넘도록 그것을 품속에 간직할 만큼 의지력이 있는 사람일까요?

그는 자신의 부적 주머니에는 아예 손도 대지 않았다고 했습니다. 사랑하는 여인이 '나를 당신이 원하는 곳으로 데려가 줘요.'라고 말할 때 즉시 떠나기 위해서였다죠. 하지만 이러한 진술은 피고 자신의 말에 따르면 전혀 타당하지 않습니다. 그는 이어서 '이 돈을 몸에 지니고 있는 한 비열한 놈이긴 해도 도둑놈은 아닙니다.'라고 했으니까요. 어차피 그 돈을 몽땅 써 버리기로 작정하고 있었던 게 아닙니까?

그는 늘 돈을 펑펑 쓰며 통이 큰 척 굴었지만, 결국은 고작 삼천 루블에 목을 매는 사람이었습니다. 그래서 나는 정말로 돈을 보관하던 부적 주머니가 있다고 치고, 드미트리 표도로비치가 어떻게 행동했을지 생각해 보았습니다.

급한 대로 백 루블 정도는 떼어 놓았을 것입니다. 왜냐하면 어차피 전부를 고스란히 돌려주지 못하는데 절반씩이나 돈을 떼어 놓을 필요는 없으니까요. 처음부터 천오백 루블을 떼어 놓았다고 해도 매한가지입니다. 얼마간 시간이 흐른 뒤에 백 루블, 이백 루블, 이렇게 야금야금 다 꺼내 썼을걸요. 마지막 백 루블을 남기고 말이지요. 백 루블이라도 다시 갖다 주면, 어쨌거나 도둑놈은 아니라는 식인 거죠.

그는 마지막 백 루블을 보면서, '이렇게 백 루블을 돌려준다는 건 아무 의미 없는 일이다. 에잇, 이것마저도 써 버리자.'라고 생각했을지도 모릅니다. 우리가 알고 있는 진짜 드미트리 표도로비치답게 말입니다. 그러니 부적 주머니에 관한 한, 그를 전혀 신뢰할 수 없습니다. 절대로 사실이 아닙니다!"

검사는 부적 주머니에 대해 이렇게 정리했다. 또한 부자간의 재산 논쟁에 대해서는 누가 누구를 속이고 속임을 당했는지 가늠할 수 없다는 결론을 내렸다.

"의사는 정신 감정을 통해 피고가 제정신이 아니며 조증 환자임을 증명하려고 애썼습니다. 오직 한 가지 관점으로만 본다면, 피고를 조증 환자로 볼 수도 있을 듯합니다. 그가 문제의 삼천 루블을 아버지로부터 당연히 받아야 하는 것으로 간주한 부분에서 그런 생각이 들었거든요. 피고는 삼천 루블이란 말만 들어도 광적으로 흥분했습니다. 이것을 이해하기 위해서는 또 다른 요소가 필요합니다.

나는 피고의 정신 상태는 완전히 정상이며, 그저 현실에 대한 짜증과 아버지에 대한 적대감에 사로잡혀 있을 뿐이라는 공의의 견해에 전적으로 동의합니다. 따라서 피고를 끊임없이 자극한 것은 삼천 루블이 아니라 바로 질투심이라고 밝히는 바입니다.

그는 한 여성을 사랑하게 되었습니다. 동시에 피고의 아버지도 이 여성에게 눈독을 들였습니다. 이렇게 카라마조프적인 비극은 시작되었지만, 그 여성에게는 두 사람 모두 장난감에 불과했습니다. 불행한 청년을 유혹해 놓고도 나 몰라라 하던 그녀는 가장 마지막 순간, 그러니까 그가 자신의 연적을 죽이고 나서야 한 줄기 희망을 주었죠.

피고는 희망 없는 사랑과 자신의 부도덕함 때문에 괴로워하다가 결국 약혼자의 돈을 착복하고 그녀를 배반합니다. 이뿐만 아니라 피고는 끊임없는 질투로 반미치광이 상태에 다다릅니다. 자기 아버지를 죽도록 질투했던 것이죠. 살해당한 노인은 피고의 정열을 볼모로 삼고 삼천 루블을 마련해 젊은 여인을 유혹합니다. 이것을 피고가 참아 낼 수 있었을까요? 이런 상황에선 조증도 충분히 나타날 수 있었을 겁니다. 문제는 돈이 아니라, 바로 이 돈 때문에 피고가 그리던 행복이 산산조각 났다는 데 있습니다."

검사는 계속해서 피고가 아버지를 죽일 계획을 세우고 실행해 나간 경위를 추적해 갔다.

"나는 피고가 용의주도한 계획을 세운 후 아버지를 살해했다고 주장하진 않겠습니다. 군이 내가 목소리를 높이지 않아도 많은 증거와 증언, 그리고 피고 자신의 진술이 이것을 뒷받침하고 있으니까요.

나는 오히려 피고가 범죄를 미리 계획했다고 보지 않았습니다. 하지만 카테리나 이바노브나가 제시한 이 치명적인 편지를 보고 확신했습니다. '이건 살인 계획서입니다!'라고 외쳤던 그녀의 목소리를 모두 들으셨겠죠? 그렇습니다. 범행 이틀 전에 피고가 쓴 이 편지를 통해 아버지를 죽이고 베개 밑에 놓여 있던 삼천 루블을 챙기겠다는 그의 계획을 우리 모두 알게 됐습니다.

피고는 이 편지에서 '이반이 떠나 줘야 가능하겠지요.'라고 적고 있었습니다. 이미 모든 것에 대한 점검을 마친 상태이니, 거추장스러운 동생만 사라져 주면 된다는 뜻이 아니겠습니까? 모든 것이 여기 쓰인 그대로입니다! 돈을 뺏기 위해 꼼꼼히 계획을 세운 것은 전혀 의심할 여지가 없습니다!"

검사는 드미트리가 범행을 저지르기 직전 어떻게든 돈을 손에 넣기 위해 삼소노프를 만나고 랴가브이를 찾아갔던 일과 호흘라코바 부인의 집에서 있었던 일 등을 상세히 묘사했다. 이어서 삼소노프 집에 있을 줄 알았던 그루셴카의 행방이 묘연해지자, 광기에 사로잡힌 채 표도르 파블로비치의 집으로 쳐들어갔던 순간을 언급하고는 다음과 같은 결론을 내렸다.

"만일 피고의 애인이 옛 연인과 함께 모크로예에 가 있다는 사실을 하녀가 제때 말해 주기만 했더라도 이 사건은 일어나지 않았을 것입니다. 흉기를 들고 아버지 집으로 뛰어가던 그는 이미 질투에 눈이 멀어 있었습니다. 그 여자가 연적과 함께 자기를 비웃고 있을 거라고 생각했겠죠. 그렇게 피고는 끔찍한 범행을 저지른 것입니다!"

검사는 드미트리가 범행 후 페냐를 다시 찾아간 일과 그루셴카가 옛 연인을 만나러 모크로예로 갔음을 알게 된 일, 표트르 일리치의 집과 상점에서 있었던 일, 마부들과의 흥정 등을 아주 자세하게 묘사했다. 그러면서 그는 온갖 몸짓을 더해 가며 증인들의 말을 인용했는데, 이것은 청중들의 판단에 큰 영향을 끼쳤다. 사람들은 스스로를 미친 듯이 파멸로 몰아간 피고가 유죄라는 것을 부정할 수 없다고 생각했다.

"그는 정확하게 말하지 않았을 뿐이지, 두세 번 정도 자신의 범행을 자백한 것이나 다름없습니다. 체포되느니 차라리 자살할 마음을 먹었다고 했고, 마부에게도 '지금 자네가 살인자를 태우고 있다는 것을 알고는 있나?'라고 물었다죠? 하지만 끝까지 확실하게는 말하지 않았어요. 우선은 모크로예에서 자신의 사랑을 마무리해야 했으니까요.

그곳에서 그는 그녀의 옛 연인을 확실히 무찌르고 나자 불현 듯 살고 싶다는 욕망이 강렬하게 일었습니다. 그래서 삼천 루블의 일부를 숨겼을 테죠. 살아서 도망치려면 돈이 필요하니까요. 이렇게 판단하지 않으면, 피고가 어째서 훔친 삼천 루블 중 절반만을 가지고 있었는지 이해할 수가 없게 됩니다.

그는 모크로예의 그 여관에 처음 간 것도 아니었고, 이틀 내내 술판을 벌였으니 그곳의 구조를 속속들이 알고 있었겠죠. 바로 그때, 그러니까 여관에서 체포되기 직전에 돈의 일부를 어떤 구멍이나 마루 밑, 그것도 아니면 지붕 밑 같은 데 감추었을 것입니다. 대체 무엇을 위해서 그랬을까요? 만일의 사태를 대비해 돈을 몸에 지니고 있으면 안 되겠다는 판단을 했기 때문입니다.

어쨌거나 체포됐을 때 그는 그녀 곁에 있었습니다. 침대에 누워 있는 그루셴카를 향해 무릎을 꿇은 채 손을 뻗고 있었지요. 그는 넋이 나가 경찰이 다가오는 소리조차 듣지 못했습니다. 체포에 대한 준비가 미처 안 돼 있었던 거죠.

처음에는 망연자실해서 자기에게 불리하게 작용할 말을 툭툭 내뱉었습니다. 하지만 재빨리 자제력을 발휘해 '아버지의 죽음에 대해서는 죄가 없습니다.'라며 발뺌을 하더군요. 자기도 모르게 내뱉은 불리한 말들을 수습하기 위해서 무턱대고 그리고리의 죽음에 대해서만 유죄라고 떠들었습니다. '그리고리의 피에 대해서는 유죄지만, 아버지는 대체 누가 죽였습니까? 내가 아니라면 대체 누굽니까?'라고 말입니다. 이 질문을 하기 위해 그를 찾아온 경찰관들에게 선수를 치다니요! 이것이야말로 카라마조프적인 순진함과 교활함이겠지요.

'죽이고 싶었습니다. 정말 죽이고 싶었지만 어쨌거나 나는 무죄입니다. 내가 죽인 게 아니니까요.'라면서 그는 죽이고 싶었다는 사실을 인정합니다. 내가 이렇게 솔직하게 말할 테니 너희도 나를 좀 믿어 달라는 투였죠."

검사의 목소리가 점점 높아졌다.

"피고는 지금 이 순간까지도 엉터리 수작을 계속 부리고 있습니다. 그러나 범행 이후 두 달간 아무것도 해명하지 못했습니다. 자질구레한 것들에 신경 쓰지 말고 그저 자신을 믿어 달라고 호소했습니다. 저희도 피고의 말을 모두 믿을 수 있다면 얼마나 좋겠습니까? 아니, 믿고 싶어 죽을 지경입니다. 우리가 뭐, 피에 굶주린 짐승들도 아니고 죄 없는 사람을 괜히 못 잡아먹어 안달이겠습니까? 피고의 결백을 뒷받침할 사실을 하나라도 알게 되면 참으로 기쁠 텐데 말입니다. 다만 확실한 증거여야 합니다. 알렉세이 표도로비치처럼 말도 안 되는 추측을 하면 곤란하겠지요. 확증이 나오기만 하면 내가 나서서 이 재판을 물리겠습니다. 지금으로선 울부짖는 정의를 도저히 외면할 수가 없군요."

검사는 드미트리를 끝까지 범인으로 몰아붙이며 논고를 마무리했다.

"유능하기로 소문난 피고의 변호사가 화려하고 감동적인 말을 늘어놓더라도, 여러분이 지금 신성한 법의 전당에 있다는 사실을 잊으시면 안 됩니다. 여러분은 진리의 수호자임을 기억하십시오! 우리는 러시아를 대표하여 이 자리에 있습니다. 따라서 우리의 선고는 이 법정뿐만 아니라 전 러시아에 울려 퍼질 것입니다. 선고에 따라 러시아 전체가 절망에 잠기거나 희망을 얻게 될 것입니다."

검사의 논고는 이렇게 비장하게 끝을 맺었다. 드미트리는 내내 깍지를 끼고 앉아서 고개를 떨어뜨리고 있었다. 시종일관 말이 없었지만, 그루센카와 모크로예에 대한 논고를 들을 때에는 정색을 하고 귀를 기울였다.

잠깐의 휴정 후, 변호사 페츄코비치가 연단으로 올라갔다. 법정 안의 사람들은 저명한 연사의 첫마디를 놓칠세라 숨을 죽였다. 그는 확신에 찬 목소리로 입을 열었다. 굉장히 직설적이었지만 거만함은 조금도 배어 있지 않았다. 대중의 감정에 호소하려는 시도 또한 전혀 보이지 않았다. 대신 소탈하고 진심 어린 목소리였다. 변론의 전반부는 이런저런 정황을 나열하고 기소 내용을 반박하느라 다소 산만한 면이 없지 않았다. 하지만 후반부에 이르러서는 매우 비장해져서 법정 전체가 전율했다.

그는 주로 상트페테르부르크에서 활동하지만, 피고의 무죄를 확신할 경우에는 지방으로 가기도 한다고 밝히며 변론에 들어 갔다.

"이번 경우도 마찬가지입니다. 맨 처음에는 신문 기사를 통해 본 사건을 알았습니다. 피고에게 불리한 점들이 산더미처럼 쌓여 있었지만 어느 것 하나 논리적인 것이 없더군요. 소문을 추적할수록 피고가 무죄라는 확신이 생겼는데, 뜻밖에도 피고의 가족으로부터 그의 변호를 맡아 달라는 제안을 받았습니다. 나는 당장 이곳으로 달려왔습니다. 그리고 얼마 뒤, 완전한 확신을 얻었습니다. 그렇습니다. 나는 사람들이 몇 가지 정황만을 보고 꾸며 낸, 환상에 불과한 본 사건의 진상을 밝히기 위해 이 자리에 섰습니다."

이렇게 변론을 시작한 변호사는 갑자기 언성을 높였다.

"배심원 여러분! 나는 이곳에 온 지 얼마 되지 않습니다. 따라서 내가 여기 와서 받은 인상에는 어떤 선입견도 개입되어 있지 않습니다. 나는 난폭하고 무지하다는 드미트리 표도로비치에게서 그 어떤 모욕도 받은 적이 없습니다. 그러나 이곳의 수많은 사람들은 그에게서 모욕을 받았다는 이유로 편견에 싸여서 이 사건을 바라보더군요. 나 역시 피고가 때때로 난폭한 성향을 보인다는 것을 인정합니다. 공정하고 식견 있는 사람이라도 나의 의뢰인에 대해서는 편견을 가질 수밖에 없을 것입니다. 저 불행한 사람은 그동안 사람들에게 고약한 편견을 심어 줄 만한 짓만

골라서 했으니까요.

우리는 능력 있는 검사에게서 피고의 성격과 행동에 대해 자세히 들었습니다. 사건의 본질을 설명하기 위해 피고의 심리를 깊숙이 파헤쳤는데, 이는 피고에 대해 그 어떤 의도적인 악의도 가지지 않은 채 날카롭게 통찰해 낸 것이라고 믿습니다. 하지만 본래 심리학이란 양날의 칼과 비슷한 것입니다. 심리학의 심오한 세계를 이해하기 위해서 예를 하나 들어 볼까요?

피고는 사건 당일 담장을 넘어 도망치다가 늙은 하인을 놋쇠 공이로 때려눕힙니다. 그리고 쓰러진 노인이 죽었는지 살았는지 확인하기 위해 자신의 손에 피를 묻혀 가며 씨름합니다. 이 대목에서 검사는, 쓰러진 노인이 걱정되어 다시 뛰어내렸다는 피고의 진술을 절대로 믿으려고 하지 않더군요. 검사의 말대로 피고가 자신의 범행을 꼼꼼히 확인할 정도로 잔혹한 인물이라면 자신의 손수건이 피로 물들도록 상처를 닦아 줬을까요? 이 손수건이 그에게 불리한 증거가 되리라는 것은 너무도 뻔한데 말입니다. 오히려 쓰러진 하인의 머리를 인정사정없이 한 번 더 내리쳐서 완벽하게 일을 끝내는 것이 살인범답지 않습니까? 그것이야말로 자신에게 치명적인 증인을 해치우는 가장 좋은 방법이지요.

자, 이젠 완전히 다른 심리 분석이 가능하겠군요. 배심원 여러분! 이렇듯 심리 분석이라는 이론 자체에 모순이 있는 겁니다.

어떤 사람이 분석하느냐에 따라 문제의 결론이 달라지니까요. 심리 분석을 하다 보면, 아주 현명한 사람조차도 소설을 쓸 위험에 놓이게 됩니다. 나는 지금 지나치게 심리 분석에 의존했을 때, 어떤 오류를 범하게 되는지 말씀드리는 것입니다."

변호사는 웅성거리는 방청석을 잠시 둘러보다가 목소리를 가다듬고 다시 변론을 이어 갔다. 드미트리가 삼천 루블을 강탈했다는 증언을 완전히 부정했기 때문에 모든 이들이 충격을 받았다.

"배심원 여러분! 본 사건에 대해 어떤 선입견도 지니지 않은 사람이라면 누구나 충격을 받을 만한 일이 한 가지 있습니다. 피고의 강탈 혐의를 논하고 있지만, 이와 동시에 정확히 무엇이 강탈되었는가에 대한 논의는 이루어지지 않고 있다는 점이지요. 모두가 정확히 삼천 루블이 강탈되었다고 하는데, 그것이 정말로 존재했는지 아무도 모르지 않습니까? 한번 생각해 보십시오.

첫째, 삼천 루블을 보고 우리에게 전해 준 사람은 누구입니까? 그 돈을 실제로 본 사람은 오직 하인 스메르쟈코프뿐입니다. 그는 삼천 루블이 들어 있는 봉투가 있다는 사실을 피고와 이반 표도로비치에게 알려 주었죠. 그루셴카에게도 전했고요. 하지만 이 세 인물 모두 돈 봉투를 직접 보지는 못했습니다. 나는 이렇게 묻고 싶습니다. 스메르쟈코프의 말대로 그 돈이 정말로 그곳에 있었다면, 그가 그것을 마지막으로 본 것은 언제일까요? 만약 표도르 파블로비치가 스메르쟈코프도 모르게 돈 봉투를 보석함에 넣어 두었다면요?

스메르쟈코프는 한결같이 표도르 파블로비치의 베개 밑에 돈이 있었다고 진술했습니다. 그렇다면 피고는 돈을 챙기기 위해 베개를 젖혔어야 했을 텐데, 조서에는 베개가 제자리에 고스란히 놓여 있었다고 적혀 있더군요. 어떻게 피고는 피범벅이 된 손을 하고도 베개와 침대보를 전혀 더럽히지 않았을까요?

물론 여러분은 마룻바닥에 떨어진 봉투는 어쩔 거냐고 물으실 겁니다. 그러나 이 봉투야말로 반드시 짚고 넘어가야 할 문제입니다. 봉투가 마룻바닥에서 뒹굴고 있었다고 해서 그 안에 돈이 들어 있었다는 것이 입증됩니까? 봉투 안에 돈이 들어 있는 걸 스메르쟈코프가 봤다고요? 그는 그걸 사건이 일어나기 이틀 전에 마지막으로 봤다고 말했습니다. 그렇다면 응당 다음과 같이 가정해 볼 수 있겠죠.

연인을 기다리다 지친 표도르 파블로비치가 초조한 나머지 돈 봉투를 꺼내 뜯어 봤을 수도 있다는 겁니다. 지폐 다발을 통째로 보여 주는 게 더 나을 거라며 봉투를 직접 뜯어서 마룻바닥으로 내던졌을 수도 있지요. 돈 봉투의 주인이 증거가 남을까 봐 신경 쓸 이유는 하나도 없으니까요.

배심원 여러분! 이런 가정이야말로 진짜 그럴듯하지 않습니까? 이것이 왜 불가능하단 말입니까? 만약 이와 같은 일이 일어날 수 있었다면, 피고의 강탈 혐의는 저절로 없어지게 됩니다. 돈은 처음부터 그곳에 없었고, 따라서 강도질도 없었던 것이죠. 우리의 검사는 봉투가 마룻바닥에 있었던 것이 그 안에 돈이 있었다는 증거라고 주장했습니다. 그렇다면 봉투가 마룻바닥에서 뒹군 것은 애초부터 그 안에 돈이 없었기 때문이라고도 주장할 수 있지 않습니까?

표도르 파블로비치가 직접 봉투에서 돈을 꺼냈다면 대체 그 돈은 어디로 사라졌는지 의문이 들게 될 겁니다. 그거야 그가 돈을 꺼내서 어디에다 지불하거나 송금했을 수도 있고, 스메르쟈코프에겐 알릴 필요가 없다고 생각하고서 자신의 계획을 바꿨을 수도 있지요. 우리는 모든 경우의 가능성을 생각해야 합니다. 그토록 집요하고도 확고하게 피고를 살인자에다 강도로까지 몰 수는 없습니다. 어떤 물건이 강탈당했다고 주장하려면, 최소한 그것이 실제로 존재했다는 사실을 먼저 확실하게 입증해야 합니다. 하지만 그것을 본 사람조차 없잖습니까?

사건 전날 밤, 그가 모크로예의 술집에서 쓴 천오백 루블에 대해 묻고 싶은 분들이 계시겠군요. 그에게서 천오백 루블만 나오고 나머지 절반은 아무리 뒤져도 나오지 않았다는 것! 이것이야말로 이 돈이 전혀 다른 돈, 그러니까 그 어떤 돈 봉투에도 들어간 적 없는 돈이라는 뜻입니다.

하지만 검사는 피고가 나머지 돈을 모크로예의 술집 어딘가에 숨겨 두었을 거라고 가정했습니다. 범행 직후 페냐와 표트르일리치를 만난 데다 계속 여러 사람들과 함께 있었으니, 시간상 시내에 숨길 시간은 없었을 거라면서요. 여기에 유념하셔야 할 점이 있습니다! 이 한 가지 가정, 즉 모크로예의 술집 어딘가에 돈을 숨겼다는 가정이 사라지면 피고의 강탈 혐의 역시 완전히 없어진다는 것입니다. 대체 어느 곳에 이 천오백 루블을 숨겼단 말입니까? 피고가 시내에서 곧장 모크로예로 갔다는 게 증명되었는데, 대체 어떤 기적이 일어나 돈이 홀연히 사라져 버렸단 말입니까? 너무 위험한 소설입니다! 그야말로 한 인간의 인생을 파멸시키는 소설이죠.

어쨌거나 피고는 수중에 있던 천오백 루블을 어디서 났는지 설명하지 못했습니다. 그 밖에도 그날 밤까지 그에겐 돈이 한 푼도 없었다는 건 이미 알려진 사실이지요. 그런데 대체 누가 이걸 확인했습니까? 그의 주머니를 뒤지고 집 안 구석구석을 샅샅이 살펴보았답니까? 피고는 돈을 어떻게 구했는지 분명하게 진술했습니다.

배심원 여러분! 이 진술보다 더 신빙성 있는 증언은 없습니다. 피고의 성격에 가장 잘 부합되는 진술이니까요. 다시 한 번 말하지만, 무엇이 강탈되었는지 정확히 밝힐 수 없다면 강도 혐의를 씌울 수 없는 게 이치입니다. 정말로 그가 죽였습니까? 돈은 훔치지 않고 죽이기만 한 겁니까? 이것마저도 소설에 불과한 건 아닐까요?

배심원 여러분! 피고가 우리에게 거짓말을 했다는 증거는 없습니다. 그 아버지의 시신을 보고도 이렇게 말할 수 있느냐고 하시겠군요. 그가 아니라면 도대체 누가 그 노인을 죽였냐며 말입니다. 바로 여기에 검사 측의 오류가 담겨 있는 것입니다. 그가 아닌 다른 누구를 내세울 수 없다는 식이죠. 정말로 달리 지목할 사람이 없는 걸까요?

검사 측에서는 그날 밤 표도르 파블로비치의 집에 있었거나 드나들었던 사람들은 모두 다섯 명이라고 했습니다. 그중 세 사람은 전혀 혐의를 둘 수 없다는 데 나도 동의합니다. 죽임을 당한 표도르 파블로비치와 그리고리, 그리고 그의 아내죠. 남은 자는 피고와 스메르쟈코프입니다.

현재 피고와 그의 두 동생, 그리고 그루센카는 스메르쟈코프를 범인으로 지목하고 있습니다. 하지만 사실, 이렇게 증언하는 사람들이 좀 더 있지요. 모호하긴 해도 이 같은 소문이 사교계에도 떠돌고 있거든요. 믿을 만한 정보는 아니지만, 참고할 부분은 분명히 있습니다.

그중에서도 사건 당일에 일어난 스메르쟈코프의 간질 발작이 마음에 걸립니다. 검사는 매우 열심히 이 발작의 진정성을 옹호했죠. 그리고 재판 전날 스메르쟈코프가 느닷없이 자살한 것도 주목해야 할 문제라고 생각합니다.

마지막으로, 피고의 동생인 이반 표도로비치가 조금 전에 했던 증언도 짚고 넘어가야겠습니다. 그는 지금까지 형의 유죄를 인정하다가 갑자기 돈을 갖고 법정에 나타나 스메르쟈코프가 살인범이라고 폭로했습니다. 모든 사람들의 생각처럼 나 역시, 섬망증을 앓는 환자가 형을 구하기 위해 이미 죽어 버린 사람에게 죄를 덮어씌우려는 것이라고 생각하고 싶습니다. 그럼에도 불구하고 신성한 법정에서 스메르쟈코프의 이름이 거명되었으니, 우리에게는 이 수수께끼를 풀어야 할 의무가 있다고 봅니다.

이쯤에서 잠깐 스메르쟈코프의 성격과 관련해 몇 마디 할까 합니다. 스메르쟈코프와 직접 대화를 나눠 본 결과, 그가 병약한 사람인 것은 사실이었으나 검사 측이 단정지은 것처럼 정신력이 허약한 사람은 절대로 아니었습니다. 나는 그에게서 겁쟁이 같은 면이나 순진한 면을 전혀 찾아볼 수 없었습니다. 대신 나약한 겉모습 뒤에 감춰진 냉철함과 상당히 높은 지식 수준을 발견할 수 있었죠.

대화를 마친 후, 나는 그가 엄청난 야심을 품은 사람이라는 것을 깨달았습니다. 또한 불같은 복수심과 질투심에 사로잡혀 있다는 것도 알게 되었고요. 그는 자신의 출생을 수치스럽게 여기며 타인을 증오했습니다. 그래서 자신을 키워 준 그리고리 부부에게조차 공손하지 않았습니다. 심지어 러시아 전체를 저주하며 프랑스 인이 되고 싶어 하더군요. 프랑스 파리로 떠나려고 하는데 비용이 부족하다는 얘기를 몇 차례 했어요.

그는 자존심이 매우 강해서 자기 자신 외에는 아무도 사랑하지 않았습니다. 또한 자신을 표도르 파블로비치의 사생아라고 생각했던 만큼, 주인 나리의 자식들과 스스로를 비교하면서 그들을 증오했을 수도 있습니다.

그는 표도르 파블로비치와 함께 봉투에 돈을 넣었다고 말했습니다. 자신의 출셋길에 밑거름이 되고도 남을 액수가 그런 식으로 쉽게 쓰이는 것을 보고 분노했을 테죠. 그는 반짝반짝 빛이 나는 무지갯빛의 삼천 루블을 직접 본 것입니다. 질투심과 자존심이 강한 사람이 난생처음으로 큰돈을 보고야 말았다고요. 돈뭉치를 보자마자 무슨 일이 생긴 것은 아니지만, 그것은 그의 머릿속에 뚜렷이 각인되었을 것입니다.

나는 스메르쟈코프가 발작이 난 척하고 연기를 한 건 아닐까, 의심스럽습니다. 그게 아니라면 본래 발작이라는 것이 자연스럽게 일어났다 멎었다를 반복하곤 하니, 그에게 진짜로 발작이 일어났다 하더라도 곧바로 정신을 차렸을 수도 있지 않겠습니까? 완전히 회복은 안 되더라도 의식은 돌아올 수 있지요.

검사 측은 스메르쟈코프가 살인을 저지른 순간이 언제냐고 물을 테지요. 솔직히 그 순간을 추측하기란 굉장히 쉽습니다. 그가 깊은 잠에서 깨어나 정신을 차리고 일어났을 법한 순간은,

그리고리가 담장을 넘으려던 피고의 발을 붙잡고서 '아비를 죽인 놈!'이라고 울부짖었던 그 순간일 수 있습니다. 조용한 밤중에 끔찍한 비명 소리가 스메르쟈코프의 잠을 깨운 거죠. 사실 그때, 그는 깊게 잠들어 있지도 않았을 겁니다. 어쩌면 이미 잠에서 깨어 있었을지도 모르고요.

그는 몸을 추스르고 일어나 비명 소리가 들리는 곳으로 향했을 겁니다. 발작의 여운 탓에 그의 머리는 아직 잘 돌아가지 않았겠지요. 정원으로 나와 몸채의 창문 쪽으로 다가갔을 때, 마침 표도르 파블로비치에게서 드미트리 표도로비치가 왔다는 엄청난 소식을 듣게 됩니다. 그러자 순식간에 정신이 또렷해지면서 무서운 유혹에 사로잡힙니다. '주인 나리를 죽이고 삼천 루블을 챙긴 다음 모든 것을 드미트리 도련님한테 덮어씌우자. 그가 여기에 왔다는 증거가 충분한데, 달리 누구에게 혐의를 두겠는가?' 하고 말입니다. 혐의를 피하면서 삼천 루블을 손에 넣을 수 있다는 생각에 그는 숨이 막힐 지경이었을 겁니다.

그렇게 스메르쟈코프는 표도르 파블로비치의 방으로 들어가 자신의 계획을 실행에 옮깁니다. 어떤 무기로 그랬냐고요? 그거야 정원에서 집어 든 돌멩이로 그랬을 수도 있지 않겠습니까? 중요한 건 그게 아니라 바로 삼천 루블입니다. 그에게 있어 삼천 루블은 정말이지 출세의 기반 그 자체이니까요. 내가 돈이 없을 수도 있지 않느냐고 했던 것과 모순되는 말이 아니냐고요?

절대로 그렇지 않습니다. 돈은 없었을 수도 있고, 있었을 수도 있는 거니까요.

다음은 돈이 들어 있던 봉투, 마룻바닥에 버려져 있던 찢어진 그 봉투에 대해서도 설명해 보라고 하실 테죠? 검사는 돈 봉투 얘기를 하면서 '그것을 마룻바닥에 던져 놓고 간 걸 보면 서투른 도둑, 그러니까 드미트리 표도로비치의 소행이 틀림없습니다. 스메르쟈코프라면 절대로 자기에게 불리한 증거를 남기지 않았을 것입니다.'라고 말했습니다. 그런데 나는 아까 그 말이 매우 귀에 익은 듯한 느낌이 들었습니다. 스메르쟈코프를 만났을 때, 그도 똑같이 말했거든요. 아니, 정확히 똑같다기보다 교묘하게 암시를 주었다는 게 옳겠군요. 순진해 뵈는 얼굴로 내가 자기에게 혐의를 두지 않게 하려고 수작을 부렸단 말입니다.

이제 그리고리의 아내에 대해 한 말씀 하고 싶으시겠죠? 그녀는 환자가 밤새도록 신음하는 소리를 들었다고 했으니까요. 예, 물론 그랬겠지요. 하지만 이 증언은 상당히 불안정한 것입니다.

대부분의 사람들은 잠들었다가 잠시 깨어나게 되면 이내 다시 잠에 빠져듭니다. 잠들었을 때 설핏 신음 소리를 듣더라도 금방 곯아떨어지게 마련이죠. 두 시간쯤 후에 또 깨어났는데, 신음 소리가 또 들렸다고 칩시다. 다시 잠이 들고, 또다시 몇 시간 뒤에 한 번 더 신음 소리에 눈을 뜨게 된다면 어떤 생각을 하게 될까요? 몇 시간 간격으로 깨어나 신음 소리를 듣더라도 밤새껏

겨우 서너 번 정도였을 테지만, 사람들은 아침에 일어나 누군가의 신음 소리 때문에 밤새도록 잠을 설쳤다며 투덜댈 것입니다. 우습지 않습니까? 몇 시간 동안이나 잠들어 있었던 것은 기억하지 못한 채 아주 잠깐 동안 잠에서 깬 순간들만 기억하다니 말입니다.

그렇다면 스메르쟈코프가 유서에서나마 자백을 하지 않은 이유는 무엇일까요? 양심이 있어야 뉘우침도 있습니다. 그런데 이 자살자에겐 양심 대신 절망만이 있었지요. 절망은 일체의 타협을 거부하게 만들 뿐 아니라, 그가 증오해 온 모든 이에 대한 악감정을 두 배로 불어나게 했을 것입니다."

변호사의 변론은 엄청난 파장을 불러왔다.

"배심원 여러분, 오심을 범하지 않도록 해 주십시오! 내가 지금 한 변론 중에 무엇 하나라도 그럴듯하지 않은 것이 있습니까? 오류나 부조리가 있습니까? 나의 발언에서 실낱같이 가느다란 가능성과 개연성의 기미를 느끼셨다면 부디 선고를 보류해 주십시오.

내가 가장 염려하는 것이 무엇인지 아십니까? 검사 측이 터무니없는 증거를 너무 많이 제시했다는 것입니다. 정확하지도 않은 증거에 눌려 피고가 지레 포기를 하게 되는 건 아닐지 걱정이 됩니다. 그렇습니다. 증언을 모두 합해 보면 실로 끔찍합니다. 흘러내리는 피, 붉게 물든 와이셔츠, '아비를 죽인 놈!'이라는 울부짖음이 적막을 깨뜨린 밤, 머리에 피를 흘리며 쓰러진 노인……. 그 후 오늘까지 줄곧 산더미 같은 증언과 과장된 몸짓과 비명이 이어졌습니다. 이것은 지금, 우리의 신념마저 흔들리게 하고 있습니다.

배심원 여러분! 불리한 증언이 피고를 파멸시킬 수는 없습니다. 피고를 파멸의 길로 이끄는 것은 오로지 늙은 아버지의 시신뿐이지요. 더군다나 살인 사건이라면 증거의 총합이 아닌 개별적인 사실 하나하나를 따져 본 후 혐의를 인정해야 합니다. 그럴 수 없다면 최소한 부정적인 선입견 때문에 한 사람의 인생을 망가뜨리는 일은 없도록 해야겠지요. 비록 피고가 나쁜 선입견을 심어 줄 만한 짓을 한 사람이라고 해도 말입니다.

이것은 보통 살인 사건과 차원이 다른 친부 살해 사건입니다. 너무나 경악스러운 일인지라, 혐의를 입증해 주는 사실들이 하찮더라도 그다지 문제 될 게 없습니다. 오히려 그 정도면 충분히 살인을 증명하는 것으로 느껴지지요. 선입견이 전혀 없는 사람들조차 말입니다.

누구나 '피고의 무죄를 증명할 길은 없다. 살인을 저질렀으니 마땅한 처벌을 받아야 한다.'라고 생각할 수밖에 없을 겁니다. 그렇습니다. 아버지의 피를 흘리게 한 것은 끔찍한 일입니다. 나를 낳아 사랑으로 길러 준 사람, 나를 위해서라면 목숨도 기꺼이 내놓을 사람, 내가 아플 때 같이 아파하며 오직 나의 행복만을 바라는 사람, 나를 위해 평생 기도해 주는 사람…… 이런 아버지를 죽이다니요! 상상조차 할 수 없습니다.

질문 하나 드리지요. 배심원 여러분, 진정한 아버지란 무엇입니까? 표도르 파블로비치 카라마조프를 우리 마음속에 떠오른 진정한 아버지의 모습과 비교하면 어떻습니까? 그는 피고의 아버지가 아니라 재앙이었습니다. 그럼, 이 재앙을 좀 더 가까이에서 살펴봅시다.

장성한 피고가 아버지를 처음 찾아왔을 때 본 것은 무엇입니까? 그것을 알고도 피고를 이기주의자나 괴물에 빗댈 수 있을까요? 그는 걷잡을 수 없이 난폭한 사람입니다. 바로 이 때문에 지금 우리가 그를 심판하려는 것이고요. 그런데 그의 운명이 이렇게 된 건 누구 탓입니까? 착한 심성과 풍부한 감수성을 타고난 그가 최악의 환경에서 자라난 건 과연 누구 탓입니까? 누구라도 그에게 지혜와 이성을 가르친 적이 있습니까? 학문을 깨우쳐 준 적이 있습니까? 조금이라도 사랑해 준 사람이 있습니까? 피고는 오직 하느님의 보살핌 아래 들짐승처럼 길러졌습니다.

그는 타지 생활을 하는 내내 아버지를 그리워했을 것입니다. 불현듯 떠오르는 어린 시절의 아픔은 지우고 진심으로 아버지를 안아 드리고 싶었을지도 모른단 말입니다. 하지만 그를 맞이한 것은 아버지의 비웃음과 돈 문제에 얽힌 계략뿐이었습니다. 피고의 아버지는 하루가 멀다 하고 술에 취해 아들의 험담을 늘어놓았고, 심지어 아들의 돈을 미끼로 애인을 빼앗으려 했습니다. 이 얼마나 혐오스럽고 잔인한 일입니까?

배심원 여러분! 나는 방금 아버지의 진정한 의미에 대해 물었습니다. 피살된 표도르 파블로비치 카라마조프는 아버지라 불릴 자격조차 없는 사람입니다. 아버지가 철저히 외면하는데 어떻게 그를 한결같이 사랑할 수 있겠습니까? 그것은 불가능합니다. '아버지들이여, 자식들을 슬프게 하지 마십시오.'라는 격언은 다들 잘 아시겠지요? 피고를 위해서가 아니라 이 땅의 모든 아버지들을 위해서 이 성스러운 말씀을 상기하는 바입니다.

오늘, 참으로 많은 얘기가 오갔습니다. 아들이 담장을 넘어 아버지 집에 침입한 뒤 자기를 낳아 준 원수, 줄곧 자기를 모욕해 온 사람을 살해했다지요. 그러나 나는 피고가 돈을 노렸던 것이 절대로 아니라고 다시 한 번 주장합니다. 앞서 진술했듯, 강도 혐의는 터무니없는 것입니다. 또한 아버지를 살해할 목적으로 담장을 넘은 것도 절대 아닙니다. 만약 처음부터 그럴 속셈이었다면 최소한 흉기라도 마련했을 테지요. 하지만 그는 보는 눈이 버젓이 있는 데서 놋쇠 공이를 집어 들었습니다. 그냥 무의식중에 한 일이라는 증거이지요.

그가 비밀리에 정한 신호로 아버지를 속여 방 안으로 들어갔다고 칩시다. 나는 이 가설을 믿지 않는다고 이미 말했지만, 어쩔 수 없이 한순간만 정말 그랬다고 가정해 봅시다. 아무 관계도 없이 그저 자기를 모욕한 자의 방에 쳐들어간 것이라면, 피고는 집 안에 자신의 연인이 없는 것만 확인한 후 쏜살같이 달아났을 것입니다. 상대방을 한 대 쳤을 수도 있지만, 가벼운 몸싸움 정도로 끝났을 테지요. 그 당시 피고에게는 그간의 모욕에 대한 앙갚음보다 연인의 행방을 알아내는 일이 더 중요했으니까요.

하지만 단순한 연적이 아니라 친아버지라고 쳐 봅시다. 아니, 아버지의 탈을 쓴 원수, 여태껏 자기를 모욕해 온 괴물이라고 가정합시다. 그렇다면 순간적으로 피고의 증오심은 걷잡을 수 없이 커졌을 테고, 이성적인 판단을 하기 힘든 상황이었을 겁니다. 모든 것이 한순간에 이루어졌겠지요. 찰나의 광기로 인해서 말입니다. 아무리 그래도 단숨에 살인을 저지르진 않았을 테지요. 그는 그저 치명적인 분노에 사로잡혀 공이를 한 번 휘둘렀을 겁니다. 죽일 마음도 없었고 죽을 줄도 몰랐을 거예요. 저 숙명적인 공이가 없었다면 이런 일이 아예 일어나지 않았을지도 모르고요.

그는 도망을 치면서도 자기가 때려눕힌 노인이 죽었는지 살았는지 몰랐습니다. 이런 살인은 살인이라고 할 수조차 없습니다. 이건 친부 살해가 아닙니다. 아니, 그런 아버지를 살해하는 것은 친부 살해라고 부를 수도 없습니다. 그저 편견 때문에 친부 살해로 취급되는 것일 따름이죠. 그런데 이 살인 사건이 정말 있었던 겁니까? 과연 실제로 있었단 말입니까?

진심으로, 진심으로 여러분에게 호소하는 바입니다. 배심원 여러분! 지금 우리가 그에게 유죄 판결을 내린다면 그는 스스로에게 이렇게 말할 겁니다. '이 사람들은 나의 운명을 위해, 나를 사람다운 사람으로 만들기 위해 아무것도 해 주지 않았다. 이 사람들은 나에게 먹을 것도, 마실 것도 주지 않았다. 그들은 결국 나를 유형지로 보내 버렸다. 나는 죗값을 다 치렀으며, 그들한테 빚진 것이라곤 아무것도 없다. 잔인하고 사악한 그들처럼 나도 잔인하고 사악해질 것이다.'

배심원 여러분! 여러분이 피고의 유죄를 주장하는 일은 그저 그의 양심의 가책을 덜어 주는 것에 불과합니다. 이와 더불어 그의 내부에 잠재해 있는 참된 인간성을 파괴하는 셈이 됩니다. 그는 잘못을 반성하지 않고 평생 사악한 인간으로 남아 타인을 저주하며 살게 될 테니까요. 이런데도 여러분은 가장 끔찍한 방법으로 피고를 벌하시겠습니까? 이런 식으로 그의 영혼을 갱생시킬 수 있다고 생각하십니까? 차라리 여러분의 자비를 통해 피고를 구원하십시오! 그러면 그는 여러분을 경외하며 새로운 삶을 살게 될 것입니다. 나는 야성적이지만 근본은 순결한 그의 마음을 잘 알고 있습니다.

과학적인 증거가 전혀 없는 상태에서 '유죄다!'라고 말하는 것이야말로 가장 잔혹한 일입니다. 무고한 사람을 벌하느니 차라리 열 명의 죄인을 풀어 주십시오! 피고의 운명과 우리 러시아의 진실이 여러분의 판단에 달려 있습니다. 여러분이 그것을 지킬 것이며, 여러분이 그것을 구원할 것입니다. 여러분의 손으로, 누가 그것을 지켜야 하는지 증명할 것입니다."

변호사가 변론을 마치자, 방청석에서 걷잡을 수 없는 환호성이 터져 나왔다.

이어, 피고에게 발언권이 주어졌다. 드미트리는 많은 말을 할수가 없었다. 몸도 마음도 완전히 지쳐 버렸기 때문이다. 다만 그날을 절대 잊지 못할 것 같았다. 그리고 이 재판을 통해 전에는 결코 알 수 없었던 아주 중대한 사실을 깨달았다.

"심판의 날에 내가 무슨 말을 하겠습니까, 배심원 여러분! 내 몸에 닿는 하느님의 손길이 느껴집니다. 방탕한 사람의 최후란 이런 건가 봅니다. 하지만 하느님께 고해하는 심정으로 말씀드립니다. 나는, 아버지의 피에 관한 한 결백합니다! 내가 죽인 게 아닙니다, 절대로! 금수나 다름없는 나였지만 나아지려고, 달라지려고 노력했습니다. 방탕하게 살긴 했어도 선을 사랑하지 않은 적이 없습니다.

검사님께 감사드립니다. 스스로도 모르고 있던 내 모습에 대해 많은 얘기를 해 주셨습니다. 하지만 내가 아버지를 죽였다는 것은 사실이 아닙니다. 검사님은 실수하신 겁니다. 변호사님께도 감사드립니다. 변론을 들으며 눈물을 흘렸어요. 하지만 내가 아버지를 죽였다는 가정조차도 해선 안 됐다고 생각합니다. 의사들의 감정 역시 틀렸습니다. 마음이 조금 무거울 뿐, 나는 완전히 제정신이니까요.

만약 내게 자비를 베풀어 주신다면, 여러분을 위해 기도하겠습니다. 훌륭한 사람이 되겠습니다. 정말입니다! 하느님 앞에 약속합니다. 유죄 판결을 내리시더라도 그 고통을 달게 받겠습니다. 그럼에도 다시 한 번 자비를 부탁드립니다. 나에게서 하느님을 빼앗지 말아 주십시오. 나는 나란 놈을 잘 압니다. 분명히, 원망을 하게 될 겁니다! 마음이 너무 무겁군요. 여러분, 자비를 베풀어 주십시오!"

그는 잠겨서 탁탁 끊기는 목소리로 간신히 말을 잇다가, 거의 쓰러지다시피 하면서 자리에 앉았다.

마침내 배심원들이 논의를 하기 위해 자리에서 일어났다. 몹시 지친 재판장은 퇴정하는 배심원들에게 힘없이 말했다.

"공정을 기하십시오. 변호인 측의 그럴듯한 변론에 넘어가 정신을 놓아서는 안 됩니다. 여러분의 책임이 막중하다는 것을 잘 헤아리십시오."

법정은 잠시 휴정에 들어갔다. 끼리끼리 모여 앉아 재판에 대한 이야기를 나누었다. 마치 검사나 변호사라도 되는 양 나름의 판결을 내놓는 사람도 있었다. 구내식당에 가서 잠깐 요기를 하는 사람도 보였다. 어쨌든 모두 집에 서둘러 갈 생각은 없는 것 같았다. 시간은 이미 새벽 한 시를 지나고 있었다.

종이 울리자 재판이 다시 열렸다. 한 시간 동안의 회의를 마치고 배심원들이 법정으로 들어섰다. 방청석에는 정적만이 흘렀다.

재판장은 '드미트리 표도로비치 카라마조프는 돈을 목적으로 의도적인 살인을 저질렀는가?'라는 요지의 질문을 던졌다. 그러자 수석 배심원이 큰 소리로 대답했다.

"그렇습니다. 유죄입니다!"

이후에도 모든 조목에 대해 "유죄입니다, 유죄입니다!"라는 배심원의 단호한 대답이 이어졌다. 정상 참작은 손톱만큼도 없었다. 아무도 예상치 못한 일이었다.

법정은 정적에 휩싸였다. 유죄 판결을 바라던 자들도, 무죄 판결을 바라던 자들도 모두 돌처럼 굳어 말이 없었다. 그러나 몇 분 뒤, 방청석이 술렁이기 시작했다. 불만스레 어깨를 으쓱하는 몇몇을 제외하고, 대부분의 신사들은 판결에 매우 만족스러워하였다. 반면에, 여인들의 반응은 아주 격하고 소란스러웠다.

"아니, 이게 뭐야? 이런 경우가 어디 있단 말입니까?"

그 순간 드미트리가 자리에서 일어났다. 그는 두 손을 앞으로 쭉 뻗고 찢어지는 목소리로 울부짖었다.

"아버지의 피에 관한 한 무죄임을 맹세합니다! 카테리나, 당신을 용서합니다! 형제들, 친구들이여! 나의 여인에게 자비를 베풀어 주시길!"

　드미트리는 말끝을 흐리며 끝내 흐느끼고 말았다.

　그때 법정의 뒤쪽 가장 구석진 곳에서 누군가의 통곡 소리가 들려왔다. 남몰래 법정 안으로 다시 들어와 있던 그루센카였다. 판결문 낭독은 다음 날로 연기되었고, 법정은 순식간에 아수라장으로 변했다.

제 38 장

카라마조프여, 영원하라!

드미트리의 재판이 끝난 지 닷새째 되는 날이었다. 알렉세이
는 오전 여덟 시쯤 카테리나 이바노브나를 찾아갔다. 급히 의논
해야 할 중대한 일도 있었고, 그녀에게 전할 말도 있었다. 그녀
는 예전에 그루센카에게서 모욕을 받았던 응접실에서 알렉세이
를 맞이했다. 바로 옆방에는 섬망증에 시달리는 이반이 의식을
잃은 채 침대에 누워 있었다.

법정에서의 소동 때문에 온갖 소문이 사교계를 들쑤셨다. 하
지만 카테리나는 전부 무시하고 이반을 자기 집으로 데려와서
극진히 돌보았다. 모스크바에서 온 의사는 이렇다 할 처방을 내
리지 않고 돌아가 버렸다. 젊은 공의 바르빈스키와 게르첸슈투

베가 이반을 치료했다. 그러나 그들의 치료 역시 희망적이진 않았다.

알렉세이는 하루에 두 번씩 이반을 문병했다. 하지만 이번 방문은 좀 더 신경이 쓰였다. 오전 중으로 처리해야 할 일이 있어서 마음이 급했던 것이다.

그들은 십오 분이 넘게 대화를 나누었다. 카테리나는 얼굴이 창백해질 정도로 지쳐 있었지만, 동시에 굉장히 흥분해 있기도 했다. 알렉세이가 서두르는 이유를 짐작했기 때문이다.

"그 사람의 결정에 대해서는 신경 쓰지 마세요. 그이는 어차피 그렇게 될 수밖에 없을 테니까요. 탈출하는 길밖에 없다고요! 진짜 불행한 사람은 드미트리가 아니라 옆방에 누워 있는, 형을 위해서 스스로를 희생한 이반이에요."

그녀는 눈을 번득이면서 말을 이었다.

"이반은 오래전부터 탈출 계획을 세웠어요. 그러니까 이미 그쪽과 접선을 시작했고……. 당신도 알고 있죠? 시베리아로 드미트리가 이송될 때, 세 번째 역에서 일이 진행될 거예요. 이반이 그 역의 역장을 벌써 만나고 왔답니다. 다만 호송대 담당관이 누가 될지 아직 알 수 없는 상태라 문제예요. 미리 알아낼 수가 없거든요. 내일쯤이면 좀 더 자세한 계획을 당신한테 말해 줄 수 있을 거예요.

사실은 만일의 경우에 대비해서 이반이 나에게만 일러 둔 게 있어요. 재판 전에 우리가 다투던 거 기억해요? 그이가 계단을 내려가던 중에 당신이 들이닥쳤잖아요. 내가 소리를 질렀죠. 그이더러 다시 돌아오라고요. 우리가 그때 무슨 일로 다퉜는지 알고 계세요?"

"아니요, 모릅니다."

"그렇겠죠. 그때만 해도 당신은 탈출 계획에 대해선 아무것도 몰랐으니까. 바로 드미트리의 탈출 문제를 놓고 다툰 거예요. 그이가 나한테 탈출 계획을 털어놓은 순간부터 한 사흘 정도 계속해서 다퉜거든요. 나는 드미트리가 유죄 판결을 받게 될 경우, 그 여자와 함께 외국으로 도망칠 거라는 소문을 듣고 발끈했어요. 무엇 때문에 그렇게 화가 났는지는 아직도 잘 모르겠어요. 물론 그 여자 때문에 기분이 나빴던 거겠죠? 그래요, 그 여자와 함께 도망칠 거라고 하니까!"

카테리나는 입술이 파르르 떨렸다.

"이반은 내가 발끈하는 게 그 여자를 질투하기 때문이라고 하더군요. 내가 아직도 드미트리를 사랑하고 있다고 생각한 거죠. 그래서 다투기 시작했어요. 나는 구태여 해명하고 싶지 않았어요. 드미트리 같은 남자한테 내가 아직도 미련을 두다니……. 정말 힘들었어요. 게다가 내가 사랑하는 건 드미트리가 아니라 오직 이반뿐이라고 대놓고 고백했는데……. 나는 그저 그 여자가 끔찍해서 발끈했던 것뿐이라고요.

탈출 계획에 대해 처음 들은 날로부터 사흘 뒤, 당신이 찾아 왔어요. 바로 그날 저녁, 이반은 내게 봉투 하나를 건네줬어요. 혹시 자기한테 무슨 일이 생기면 즉시 뜯어 보라면서요. 그이는 자신의 병을 예견했던 거예요. 봉투 속에 탈출 계획이 상세하게 적혀 있으니, 자기가 죽거나 중병에 걸리면 나 혼자서라도 드미트리를 구하라고 했어요. 그리고 일만 루블에 가까운 돈을 내 손에 쥐어 주었죠.

　이반은 내가 아직도 드미트리를 잊지 못하고 있다며 질투를 하면서도, 형을 구하겠다는 마음은 한결같았어요. 나는 충격을 받았죠. 이건 완벽한 자기희생이잖아요! 너무나 감동한 나머지 그이 발밑에 몸이라도 던지고 싶었는데, 그랬다간 또 오해를 살 것 같았어요. 살인범이 구출되는 것이 기뻐서 이러는 거냐고 할까 봐서요. 그래서 짜증이 났어요. 얼마나 짜증이 났는지, 그이에게 한바탕 퍼붓고 말았어요.

　오, 나는 정말 불행해요! 내 성격은 왜 이 모양일까요? 끔찍하고 불행해요. 그때 당신과 함께 다시 들어온 이반이 증오가 가득한 시선으로 나를 바라봤기 때문에 더욱 화가 났어요. 기억하죠? 당신에게 내가 소리쳤잖아요. '드미트리가 살인자라고 주장한 건 이반이에요.'라고요. 나는 그이한테 상처를 주고 싶어서 일부러 그런 거예요. 사실 그이는 형을 살인범으로 여기지 않았어요, 단 한 번도. 오히려 내가 그렇게 주장했지요.

아무래도 나는 미친 것 같아요! 전부 다 내 탓이에요. 법정을 난장판으로 만든 것도 나잖아요. 이반은 자기가 고결한 사람임을, 질투심 때문에 형을 파멸시킬 사람이 아님을 나한테 증명하고 싶었을 거예요. 그래서 법정에서 그런 증언을 한 거고요. 아! 모든 게 내 탓이야. 다 내 잘못이야!"

카테리나가 알렉세이에게 이런 고백을 한 것은 처음이었다. 알렉세이는 그녀가 극심한 고통으로 특유의 오만함마저 잃어가고 있음을 느꼈다.

그녀는 법정에서의 '배반' 때문에 드미트리가 유죄 판결을 받은 것 같아서 죄책감에 시달리고 있었다. 알렉세이에게도 그녀의 고통이 고스란히 전해졌다. 그는 그녀가 눈물을 흘리고 소리를 지르며 사죄하려고 자신을 부른 것이라고 예감했다. 하지만 그는 정말로 그런 일이 벌어질까 봐 두려웠고, 고통스러워하는 이 여인에게 자비를 베풀고 싶었다. 쉽사리 말을 잇지 못하던 알렉세이가 겨우 드미트리에 대해 몇 마디 하자, 그녀는 매몰차게 대꾸했다.

"그 사람은 괜찮으니 염려하지 마세요. 어차피 이 모든 게 한순간이니까요. 나는 드미트리를 잘 알아요. 분명히 탈출에 동의할걸요. 게다가 지금 당장 결정해야 할 일도 아니잖아요. 드미트리가 결단을 내릴 시간은 충분해요. 그 무렵이면 이반도 건강해져서 직접 일을 처리할 수 있을 테니까 걱정할 것 없어요. 사실 그 사람은 탈출하는 데 이미 동의한 셈이에요. 그 여자를 여기에 두고 떠날 리는 없잖아요? 유형지에 여자랑 같이 갈 수 있는 것도 아니고……. 그 인간이 탈출하지 않고 어떻게 배기겠어요? 드미트리가 당신을 두려워하는 게 문제예요. 언제나 도덕적인 당신이 탈출을 반대할까 봐 걱정이겠죠. 만약 이 일에 당신의 허락이 필요하다면 관대하게 허용해 주어야 돼요. 그건 그렇고, 그 인간은 정말로 고통을 받을 각오가 되어 있을까요? 그런인간들은 절대로 고통을 받지 않으려고 할 텐데…….”

경멸의 감정이 가득 배어 있는 그녀의 목소리를 들으며, 알렉세이는 이런 생각이 들었다.

‘드미트리 형을 배반했다는 죄책감 때문에 오히려 더 증오하는 거야.’

그는 그녀의 증오심이 어서 잦아들기를 바랄 뿐 아무 말도 할수가 없었다.

“당신이 나서서 그를 설득하겠다는 다짐을 받기 위해서 부른거예요. 당신이 볼 땐 탈출이 명예롭지도 남자답지도 않지요? 뭐랄까, 기독교적이지 못한 일인가요?”

그녀는 매우 도전적인 어조로 물었다.

“전혀 그렇지 않습니다. 내가 형을 설득하겠어요. 그런데 드미트리 형이 당신을 오늘 안으로 좀 만났으면 해요.”

알렉세이는 그녀의 눈을 바라보며 어렵사리 입을 열었다. 그녀는 움찔하며 온몸을 벌벌 떨었다. 그녀의 얼굴이 순식간에 창백해졌다.

"나더러 와 달라고 했다고요?"

"네, 꼭 들러야 합니다! 지금 형에겐 당신이 절실히 필요해요. 형의 몸 상태가 심각해요. 꼭 미친 사람 같거든요. 어쨌든 형은 줄곧 당신이 와 줬으면 했어요. 당신과 화해하기 위해서는 아니겠지만…… 그냥 한번 들러 주세요.

판결을 받은 뒤로 드미트리 형은 많이 달라졌어요. 당신한테 얼마나 큰 죄를 지었는지 알고 있지요. 물론 당신의 용서를 바라는 건 아닙니다. 형 입으로 '나를 용서할 순 없겠지.'라고 말했으니까요. 다만 당신이 잠깐이라도 찾아와 준다면…….'"

"왜 갑자기 나를……. 하긴, 당신이 이런 말을 하러 올 것 같았어요. 그 사람이 나더러 와 달라고 할 줄 알았다고요. 하지만 난 그럴 수 없어요!"

"아니, 꼭 그렇게 해야 합니다. 형은 진심으로, 당신에게 모욕준 일을 뉘우치고 있어요. 전에는 그걸 이 정도로 심각하게 여기지 않았습니다. '만약 그녀가 내 부탁을 거절한다면, 나는 평생 동안 불행할 것이다.'라고 말했어요. 이십 년 형을 선고받은 유형수잖아요. 가엾지도 않습니까? 잘 생각해 보세요. 죄 없이 파멸할 사람을 방문하는 것뿐이에요."

알렉세이는 자기도 모르게 흥분해서 목소리를 높였다.

"형의 두 손은 깨끗합니다. 피 한 방울 묻어 있지 않다고요! 앞으로 엄청난 고통을 감당해야 할 사람이에요. 그러니 형을 방문해 주십시오! 그저 암흑 속으로 들어갈 형을 전송하면 되는 거예요. 문턱에서라도 좋으니 반드시 그렇게 해 주셔야 합니다, 반드시!"

알렉세이는 몇 번이나 강하게 설득했고, 그녀는 고통에 못 이겨 신음 소리를 냈다.

"난 정말 못 하겠어요. 그 사람이 나를 바라볼 텐데……. 진짜 못 할 것 같아요."

"지금 만나 보지 않으면 앞으로 평생 고통스러울 거예요."

"차라리 평생 고통받는 게 나아요."

"가셔야 해요. 반드시 가셔야 한단 말입니다."

알렉세이는 고집을 꺾지 않고 끝까지 완강했다.

"왜 하필이면 오늘이어야 하나요? 환자를 혼자 두고 갈 수는 없잖아요."

"잠깐이면 됩니다. 당신이 가지 않으면, 형은 기다리다 지쳐서 열병에 걸릴지도 몰라요. 제발 형을 불쌍히 여겨 주세요!"

"나야말로 좀 불쌍히 여겨 주세요!"

그녀는 급기야 울음을 터뜨렸다.

"어쨌든 가셔야 합니다!"

알렉세이는 그녀의 눈물을 보고도 냉정하게 말했다.

"그럼, 형한테 당신이 올 거라고 말하겠습니다."

"안 돼요. 대체 왜 이러는 거예요? 제발 그러지 말아요!"

그녀가 자지러지게 놀라며 손을 저었다.

"그래요, 갈게요. 그렇더라도 미리 전하지는 마세요. 면회실까지 들어가지 않을지도……. 아! 잘 모르겠어요."

알렉세이는 괴로워하는 그녀를 물끄러미 바라보며 일어섰다.

"혹시 누구와 마주치기라도 한다면?"

그녀는 새하얗게 질린 얼굴을 하고서 중얼거렸다.

"지금 가야만 누군가와 마주치지 않을 거라서 재촉하는 겁니다. 분명히 아무도 없을 거예요. 그럼, 기다리겠습니다."

알렉세이는 이렇게 당부하고는 재빨리 응접실에서 나갔다.

알렉세이는 드미트리가 입원해 있는 병원으로 향했다. 재판이 끝나고 이틀째 되던 날, 드미트리는 신경성 열병에 걸려 시립 병원의 수감자 병동으로 이송되었다. 알렉세이는 의사를 찾아가 일인실을 쓰게 해 달라고 요청했는데, 공교롭게도 스메르쟈코프가 누워 있던 병실로 옮겨졌다. 경찰 서장은 친척이나 지인의 면회를 모두 허락했지만, 병실에 드나드는 건 알렉세이와 그루셴카 둘뿐이었다. 드미트리가 그 외의 사람들을 완강히 거절했기 때문이다. 라키친은 몇 차례 면회를 시도했다가 번번이 퇴짜를 맞았다.

알렉세이가 도착했을 때, 드미트리는 환자복 차림으로 침대에 앉아 있었다. 그는 열이 높은지 물수건으로 머리를 감싼 채 골똘히 생각에 잠겨 있었다. 요즘 들어 부쩍 말수가 줄어든 그는, 알렉세이와 있을 때보다 그루센카와 있을 때가 더 편안한 듯이 보였다. 대화는 거의 나누지 않았지만, 그녀와 함께 있을 땐 얼굴에 화색이 돌았다.

알렉세이는 말없이 그의 곁에 앉아 있었다. 그는 알렉세이를 초조하게 기다렸다. 하지만 궁금했던 것을 선뜻 물어보지는 못했다. 카테리나가 흔쾌히 오겠다고 했을 리가 만무했기 때문이다. 그녀를 만나지 않으면 뭔가 큰일이 일어날 것 같은 불안감이 그를 엄습했다. 알렉세이는 그런 형의 마음을 이해할 수 있었다.

"트리폰 말인데……."

드미트리는 일부러 부산스럽게 딴소리를 했다.

"트리폰 보리소비치, 그 작자가 자기 여관을 온통 뒤집어 놓았대. 간수가 어제 얘기해 줬는데, 마루청을 들어내고 벽도 뜯어내고 회랑까지 엉망진창으로 만들어 놨다는걸. 아직도 내가 숨겨 놓았다는 보물을 찾고 있는 거지. 검사가 얘기한 천오백 루블 말이야. 사기꾼 같은 놈! 실컷 뒤져 보라지!"

알렉세이는 그의 말을 귀담아듣지 않고 카테리나가 곧 찾아올 거라는 소식부터 전했다.

"형, 카테리나가 곧 형을 찾아올 거야. 정확히 언제라고 말하긴 어렵지만, 어쨌든 오긴 올 거야. 틀림없어!"

드미트리는 소름이 돋는지 온몸을 바르르 떨었다. 이 소식이 그에게 커다란 영향을 미친 게 분명했다. 그는 그녀가 뭐라고 대답했는지 묻고 싶었으나 꾹 눌러 참았다. 그녀가 혹시라도 모진 말을 했을까 봐 두려워서 섣불리 물어볼 용기가 나지 않았다.

"그녀가 그러더라. 형이 탈출 문제로 양심의 가책을 받지 않도록 잘 다독거리라고. 이반 형의 건강이 곧 회복될 거고, 설령 그렇지 않더라도 그녀가 나서서 모든 일을 처리할 거래."

"그 얘기라면 이미 들었어."

"그럼, 그루센카한테도 말한 거야?"

드미트리는 수줍은 듯한 표정을 지으며 대답했다.

"그래, 말했어. 그루센카는 오늘 아침엔 안 올 거야. 대신 저녁에나 올 테지. 카테리나가 나의 이런저런 일을 처리해 준다고 말했더니 입술을 삐죽거리더라. 곧 중대한 일이 있을 거라는 걸 짐작했나 봐. 어쨌거나 이젠 카테리나가 사랑하는 사람이 내가 아니라 이반이라는 걸 그루센카도 알겠지?"

"글쎄."

"그래, 모를 수도 있겠다. 어쨌거나 그루센카는 지금 안 와. 내가 그녀한테 심부름을 시켰거든. 알렉세이! 이반은 누구보다 뛰

어난 학자가 될 거야. 그러니까 꼭 살아남아야 해. 녀석은 틀림
없이 건강해질 거다."

"카테리나도 그렇게 말했어. 지금은 마음을 졸이고 있긴 하지
만, 이반 형이 꼭 건강해질 거라고."

"그건 녀석이 죽을 거라고 생각한단 뜻이야. 죽을까 봐 무서워
서 건강해지라는 주문을 외는 거지."

"작은형은 원래 튼튼했잖아. 나도 작은형이 건강해질 거라고
믿는데?"

알렉세이가 걱정스럽게 말했다.

"그래, 녀석은 반드시 건강해질 거야. 그러니 걱정 말아라. 하
지만 카테리나는 녀석이 죽을 거라고 확신하고 있을걸. 꽤나 괴
롭겠어."

둘은 잠시 침묵했다. 드미트리는 뭔가 괴로운 일이 있는지 계
속 끙끙거리다가 한참 만에야 울먹이는 목소리로 입을 열었다.

"알렉세이! 나는 그루센카를 죽도록 사랑한다!"

"그렇다고 그녀와 함께 유형지에 갈 수는 없잖아."

알렉세이가 얼른 말을 받았다. 드미트리는 계속 울먹이며 말
을 이었다.

"알렉세이, 너한테 할 얘기가 또 있는데……. 혹시라도 그곳에
서 나한테 매질을 한다면 말이다. 아니, 그곳에 가는 도중에라도
그럴 수 있겠지. 어쨌든 내게 매질을 한다면 가만있지 않을 거

야. 때리는 놈들을 모조리 죽여 버리겠어! 그러면 나는 총살이 되겠지? 흥! 여기에 있는 간수들도 슬슬 나를 우습게 여기고 있어. 나더러 '네놈'이라고 부르기 시작했거든. 간밤에 누워서 계속 생각했단다. 그런데 도저히 받아들일 수가 없어! 그루센카를 위해서라면 무엇이든 참을 수 있지만……. 그래도 매질만은 안 돼! 하긴 그곳엔 그녀가 없을 테지."

알렉세이가 미소를 머금고 조용히 말했다.

"들어 봐, 형! 딱 한 번만 말할 테니까. 내 생각을 솔직하게 말할게. 내가 거짓말하지 않는다는 건 잘 알지?

그런 십자가는 형을 위한 것이 아니니까 당연히 받아들이지 않아도 돼. 아무 죄도 없는 형이 수난의 십자가를 질 필요는 없잖아. 만약 형이 진짜로 아버지를 죽였다면 당연히 죗값을 치르길 바랐을 거야. 하지만 형은 아무 죄도 없잖아. 그런 형이 십자가를 진다는 건 말도 안 돼.

형은 형의 내부에 들어 있는 또 다른 사람을 보고 희망을 가졌잖아. 형이 평생 동안 도망치는 신세가 되더라도 그 사람만 기억한다면, 그것만으로도 형은 충분히 죗값을 치르는 거야. 주어진 고통을 받아들이지 않았다는 이유로 엄청난 죄책감에 시달릴 거고, 이러한 감정이 형의 갱생을 영원토록 도와줄 거야. 그러니까 탈출하는 게 유형지로 끌려가는 것보다 훨씬 나은 일이야."

알렉세이는 드미트리에게 따뜻한 시선을 보내며 말을 이었다.

"만일 형의 탈출에 대해 다른 누군가가 책임을 져야 한다면, 나도 탈출을 권하진 않겠어. 하지만 이 일에 얽힌 장교가 요령껏 처리할 수 있다고 확실히 말했대. 돈으로 매수하는 건 옳지 않은 일이지만, 이번 일만큼은 괜찮다고 생각해. 형을 위해서라면 내가 직접 가서 뇌물을 줄 수도 있어. 나는 재판관이 아니니까 형을 단죄하지 않을 거야. 나는 그저 형을 사랑해! 그리고 형이 행복했으면 좋겠어. 이 말을 꼭 하고 싶었어."

드미트리가 격앙된 목소리로 말했다.

"탈출하겠어! 사실, 전부터 결심했다. 드미트리가 어떻게 탈출하지 않을 수 있겠니? 대신 내가 스스로를 단죄할 것이고, 어느 곳으로 가든지 평생 회개의 기도를 올리겠어. 알렉세이! 나는 네가 정말 좋아. 넌 늘 사실만을 말하고, 아무것도 숨기지 않으니까 말이다. 너에게 입을 맞출 수밖에 없구나! 이제 나머지 얘기도 들어 볼래?

오랜 생각 끝에 결정을 내렸단다. 내가 저 멀리 아메리카까지 도망친다 해도, 그것은 나의 이기적인 행복을 찾아서 떠나는 게 아니야. 오히려 더 혹독한 감옥살이를 하게 되는 셈이지. 정말 끔찍한 삶을 살게 될 거야. 아, 벌써부터 아메리카가 증오스럽다! 비록 그루셴카가 함께 간다고 해도……. 그 여자를 한번 보렴. 천상 러시아 여자잖니? 뼛속까지 러시아 여자지. 그루셴 카는 러시아를 그리며 슬퍼할 테고, 나는 그런 그녀가 가여워서 견딜 수 없을 거다."

드미트리는 또다시 울먹였다.

"내 계획은 이래, 알렉세이. 일단 그루셴카와 함께 아메리카에 간 다음, 야생 동물이 뛰노는 들판에서 밭을 갈며 살 생각이야. 그리고 당장 영어 공부를 시작해야겠지. 이삼 년 동안 열심히 익혀서 현지인 못지않은 수준이 되면, 아메리카는 곧 바로 안녕 이다! 아메리카 시민권을 얻어서 러시아로 돌아올 생각이거든. 당연히 이 도시엔 나타나지 않을 거야. 어디, 구석에 숨어 버려 야지.

그 무렵이면 나도 그녀도 변할 테고, 아무도 우릴 못 알아볼 걸. 뭐, 알아봐도 상관없다. 잡혀서 다시 유형을 가게 되더라도 그냥 재수가 없을 뿐이라고 생각하면 되는 거지. 러시아의 어디 외진 곳에서 땅이나 파며 살겠지만, 평생 동안 아메리카 사람 행세를 할 거야. 그래야 조국 땅에서 죽을 수 있을 테니까. 자, 이 게 나의 계획이다. 찬성할 수 있겠니?"

"찬성이야."

알렉세이는 형의 생각에 반대하기 싫었다. 잠깐 동안 잠자코 있던 드미트리가 갑자기 짜증스럽게 말했다.

"알렉세이! 그녀가 정말 찾아올까? 말해 봐! 그녀가 뭐라고 하던? 응?"

"꼭 오겠다고 했어. 정확히 언제라고는 말하지 않았지만…….
그녀도 힘들겠지."

알렉세이가 조심스럽게 드미트리의 눈치를 살폈다.

"그래, 힘들지 않을 리가 없지. 아! 정신이 나갈 지경이다, 알
렉세이. 그루센카는 나만 바라보는 이해심 깊은 여자인데, 나는
무엇을 이렇게 자꾸만 원하는 걸까? 카테리나를 보고 싶어 하다
니! 내가 이런 놈이라는 걸 그루센카는 짐작이나 할까? 역시 카
라마조프답게 뻔뻔스럽지! 난 고통을 견뎌 낼 능력이 없는 놈이
야. 야비한 놈이니까!"

"형, 그녀가 왔어!"

알렉세이가 소리쳤다. 문 앞에 카테리나가 나타났던 것이다.
그녀는 병실 안으로 들어서지 못하고 드미트리를 멍하니 바라
보며 서 있었다. 드미트리는 새하얗게 질린 채 침대에서 벌떡
일어섰다. 그는 이내 카테리나를 향해 두 손을 뻗었고, 입가에는
조심스럽게 미소가 번졌다. 카테리나는 빠른 걸음으로 다가와
그의 두 손을 잡았다. 그들은 침대에 나란히 앉아 한참 동안 어
색한 미소만 지었다. 그렇게 서로를 뚫어져라 바라보다가, 마침
내 드미트리가 입을 열었다.

"나를 용서한 겁니까? 그래서 당신을 사랑했던 거예요, 카테
리나. 당신은 관대한 여자니까."

카테리나가 떨리는 목소리로 대답했다.

"용서를 구할 사람은 당신이 아니라 나예요. 당신이 나를 용서해 줘야 하잖아요. 물론 당신이 용서하더라도 나는 내 영혼 속에 평생 남을 죄를 지었지만……. 당신이 입은 마음의 상처도 영원할 테지요? 이제 어쩔 수 없겠죠?"

그녀가 잠시 숨을 돌린 후 다급하게 물었다.

"내가 무엇 때문에 왔다고 생각해요? 당신은 나의 하느님이에요. 당신을 미칠 듯이 사랑했다고 말하려고 온 거예요."

그녀는 드미트리의 손을 자신의 입술에 갖다 대며 울음을 터뜨렸다.

"드미트리! 비록 지나가 버린 사랑이지만, 나에겐 너무나 소중한 추억이에요. 이것만은 잊지 말아 줘요."

그녀는 이렇게 속삭이며 쓸쓸한 미소를 짓다가 이내 밝은 목소리로 말을 이었다.

"이제 당신은 다른 여자를 사랑하고, 나도 다른 남자를 사랑해요. 하지만 나는 당신을, 당신은 나를 영원히 사랑할 거예요. 당신도 이건 알고 있지요?"

드미트리는 흥분을 감추지 못하고 가쁜 숨을 몰아쉬며 대답했다.

"사랑하고말고요, 카테리나! 닷새 전, 당신이 쓰러져 끌려가던 법정에서도 나는 당신을 사랑했어요. 한평생, 영원히 그럴 겁니다!"

드미트리와 카테리나는 서로에게 무의미한 말들을 미친 듯이 쏟아 냈다. 어쩌면 거짓말일 수도 있었지만, 그 순간 그들은 서로의 진실함을 굳게 믿고 있었다. 갑자기 드미트리가 소리쳤다.

"카테리나! 진짜로 내가 아버지를 죽였다고 생각한 겁니까? 지금은 아니라는 거, 알고 있지요? 법정에서 증언할 땐 정말 그렇게 믿었던 건가요?"

카테리나는 조금 전 사랑을 속삭일 때와는 완전히 다른 어조로 대답했다.

"그때도 믿지 않았어요, 단 한 번도! 당신을 증오하는 마음 때문에 스스로에게 세뇌시킨 것뿐이었어요. 증언하는 동안만 억지로 확신했는데, 증언을 마치자마자 그 믿음도 곧 사라져 버렸어요. 정말이에요! 오늘 난 스스로를 벌하기 위해서 왔어요."

"당신은 얼마나 괴로울까? 여자들이란 정말!"

드미트리의 입에서 탄식이 쏟아졌다.

"다시 올게요. 오늘은 이만 가 보는 게 좋겠어요. 지금은 너무 괴로워요!"

이렇게 말한 뒤, 카테리나는 자리에서 일어서다가 깜짝 놀라 잠시 주춤했다. 인기척도 없이 그루센카가 병실 안으로 들어섰기 때문이다. 카테리나는 재빨리 문 쪽으로 걸어가 그루센카를 마주 보고 섰다. 그리고 백지장처럼 창백한 얼굴로 그루센카에게 속삭였다.

"나를 용서해 줘요!"

그루센카는 그녀를 매섭게 노려보다가 독기 어린 목소리로 소리쳤다.

"나는 못된 년이에요! 당신이나 나나 똑같은 것들이라고요! 그런데 누가 누굴 용서한다는 거예요? 쓸데없는 소리 말고 이 사람이나 구해 줘요! 그러면 평생토록 당신을 위해 기도할 테니까."

"용서하지 않겠다는 뜻이군!"

드미트리가 그루센카를 질책하듯 끼어들었다.

"염려하지 말아요. 저 사람은 꼭 구할 테니까, 당신을 위해서!"

카테리나는 나직하게 말한 뒤 황급히 사라졌다.

"간절히 용서를 구했는데도, 당신은 저 여자를 용서할 수 없는 거야?"

드미트리가 야속하다는 듯이 그루센카를 나무랐다.

"드미트리 형, 그만해! 형은 이분을 나무랄 자격이 없어!"

알렉세이가 그루센카를 역성들며 드미트리를 말렸다.

"저 여자, 말은 저렇게 해도 속으론 딴 생각을 하고 있단 말이에요. 그래도 당신을 구해 준다면 모든 걸 용서해 줄 거야."

그루센카는 치밀어 오르는 분노를 애써 억누르며 이렇게 말했다. 그녀는 아무 생각 없이 병실로 들어섰다가 난데없이 봉변을 당한 것 같아 기분이 썩 좋지 않았다.

"알렉세이! 네가 그녀를 따라가 봐. 무슨 말이라도 해 줘야 하는데…… 어쨌든 저대로 보낼 순 없잖아!"

드미트리는 안타까움을 누르지 못하며 알렉세이에게 간절히 부탁했다.

"그럼 저녁 전에 다시 올게, 형."

알렉세이는 병실을 나와 카테리나의 뒤를 쫓기 시작했다. 그는 병원의 울타리 밖에서 그녀를 따라잡았다. 그녀는 빠르게 옮기던 발걸음을 멈추었다.

"내가 저 여자한테 용서를 구한 건 나 자신을 철저하게 벌하고 싶어서였어요. 역시 저 여잔 날 용서하지 못하네요. 그래서 난 저 여자가 좋아요!"

카테리나가 두 눈을 반짝이며 차분하게 말했다.

"형도 그루셴카가 지금 들이닥칠 줄은 몰랐어요."

그러자 카테리나가 알렉세이를 쏘아붙였다.

"물론 그랬을 테죠. 아, 됐어요. 그만하면 됐으니까 이대로 나를 놓아 줘요. 어서 가 보라고요."

알렉세이는 카테리나를 그대로 보낼 수밖에 없었다.

알렉세이는 곧장 일류샤의 장례식장으로 향했다. 재판이 있고 나서 이틀 후, 결국 일류샤는 세상을 떠났다. 장례식 기간 내

내 사람들은 알렉세이를 기다렸다. 그러나 그가 나타나지 않자, 일단 성당 앞으로 관을 옮기기로 했다. 그러던 차에 알렉세이가 모습을 드러내자 모두들 안도의 숨을 내쉬었다.

"드미트리 형은 무죄예요, 유죄예요?"

조문객들 틈에 있던 콜랴가 알렉세이를 보자마자 물었다.

"스메르쟈코프가 범인이야. 물론 우리 형에겐 죄가 없지."

알렉세이가 짧게 대답했다.

"그러니까 드미트리 형은 아무런 죄도 없는데 정의를 위해서 희생되는 건가요? 그렇다면 드미트리 형은 행복한 사람이에요. 그분이 부럽네요. 나도 언젠가 인류를 위해 기꺼이 죽고 싶어요. 진심으로 드미트리 형을 존경해요!"

일류샤의 아버지인 스네기료프는 미친 사람처럼 얼이 빠져 있었다. 완전히 정신이 나가 버린 일류샤의 어머니는 관에 놓인 하얀 꽃을 달라며 남편에게 떼를 썼다.

아이들이 관을 옮기기 시작했다. 마침 가까운 곳에 성당이 있었다. 미사가 끝난 후, 성당 안 묘지에 일류샤의 관을 묻었다.

스네기료프는 관 위에 잘게 부순 빵 부스러기를 흙과 함께 뿌렸다. 빵 부스러기를 뿌려 놓으면 참새들이 날아올 테고, 무덤 속에서 참새 소리를 들으면 덜 쓸쓸할 것이라며 일류샤가 죽기 전에 부탁한 일이었다.

모든 장례 절차가 끝나자, 아이들은 다시 스네기료프의 집에 모였다. 스네기료프는 침대 옆에 놓인 아들의 귀여운 장화를 입에 갖다 대면서 울부짖었다.

"아가, 내 귀여운 아가야! 네 발을 만지고 싶다! 대체 어디로 갔니?"

그러자 그의 아내도 애끊는 소리로 울부짖었다.

"여보, 일류샤를 어디로 데려간 거예요?"

알렉세이는 아이들과 함께 그 집을 나왔다. 그들은 조용히 골목을 따라 걸었다. 집에서 멀지 않은 길가에 커다란 바위 하나가 있었다. 일행은 그 앞에서 멈춰 섰다. 일류샤가 죽기 전에 아버지와 자주 앉아 있던, 또 자신이 죽으면 묻히고 싶다고 했던 바위였다. 알렉세이는 아이들의 맑고 사랑스러운 눈망울을 바라보며 입을 열었다.

"얘들아, 너희에게 하고 싶은 말이 있단다."

그러자 아이들이 알렉세이를 빙 에워쌌다.

"우리 모두 약속하자! 지금 여기 일류샤의 돌 옆에서, 일류샤를 영원히 잊지 말자고 약속하는 거야. 우리는 이 아이에게 돌을 던졌지만, 결국엔 서로 사랑하게 되었어. 일류샤는 사랑하는 아버지의 치욕을 씻고 명예를 드높이기 위해 당당히 싸웠지.

어릴 때 겪은 아름답고 순수한 추억은 평생 동안 마음의 양식이 되어 준단다. 추억을 많이 가진 사람은 틀림없이 구원을 받을 거야. 아니, 단 하나의 추억이라도 반드시 우리를 지켜 줄 거야. 우린 어쩌면 나쁜 사람이 될 수도 있어. 그렇더라도 옛 추억을 떠올리며 악을 물리쳐야 해. 얘들아! 우리 모두 착한 사람이 되도록 하자! 그리고 어떤 일이 있더라도 서로를 잊지 말자!

그런데 우리를 이 아름다운 감정 안에서 하나로 묶어 준 사람이 누구지? 바로 일류샤야. 참 착하고 귀여운 아이였지. 절대로 잊으면 안 돼. 일류샤의 얼굴, 일류샤가 입던 옷, 해진 장화, 그리고 그 작은 관을 말이야. 일류샤가 아버지를 위해, 혼자서 모두를 상대로 용감하게 싸운 일도 잊지 말자!"

"네, 영원히 기억할 거예요! 일류샤는 우리의 마음속에 영원토록 살아 있을 거예요!"

아이들은 모두 감격에 겨워 하며 한목소리로 다짐했다.

"다 함께 서로의 손을 놓지 말아요, 영원히! 카라마조프 집안이여, 영원하라! 만세!"

인간, 그 수없이 다양한
얼굴을 가진
존재에 대하여

강혜원 _ 서울 상암고등학교 국어 교사

'아수라'의 얼굴을 한 인간

　사람들은 피비린내 나는 전쟁터와 같이 참혹한 현장을 보통 '아수라장'에 빗대어 표현하곤 한다. 그렇다면 '아수라'는 과연 어떤 존재일까? 우리는 고대 인도의 신화 속에서 그 유래를 찾아볼 수 있다.

　'아수라'는 원래 선신(善神)이었는데, 다른 선신과 대적하면서 차츰 악신(惡神)으로 변해 갔다. 또한 추한 남성의 모습과 아름다운 여성의 모습을 동시에 지닌 독특한 신으로서, 불교에서는 불상으로 형상화되기도 했다.

　포악하고 의심이 많아 싸움을 좋아했던 '아수라'는 불교의 수호신인 '제석천'과 끊임없이 전쟁을 벌였다. 두 신 사이의 싸움은 너무도 치열해서 끝판에는 '아수라'들의 시체가 산처럼 쌓여 있었다고 한다. '아수라장'이라는 말은 바로 여기에서 유래한 것이다.

불교에서는 아수라가 세 개의 얼굴과 여섯 개의 손을 가지고 있는 것으로 묘사한다(왼쪽). 경주 석굴암에 있는 제석천의 석상(오른쪽). 고대 인도의 인드라 신을 수용한 불교의 제석천은 불법을 지키는 수호신이다.

　이뿐만이 아니다. 우리에게 친숙한 만화 영화 〈마징가 Z〉에도 두 얼굴을 가진 '아수라 백작'이 등장한다. 그는 세계를 정복하기 위해 온갖 악행을 일삼는 인물로, 주인공 쇠돌이를 끈질기게 괴롭히는 악당 중의 악당이다.

　이처럼 '아수라'는 인간의 내부에 존재하는 양면성, 즉 선과 악의 공존과 대립을 상징한다.

　우리는 때때로 나 아닌 다른 사람이 내 마음속에 있는 것처럼 느껴지거나, 스스로도 깜짝 놀랄 만큼 못된 사람으로 돌변할 때가 있다. 착하고 순진하게 태어나지만 자라면서 점차 세상사에 찌들고 마는 인간의 모습은, 선신에서 악신으로 변해 버린 아수라를 꼭 닮았다. 쉬지 않고 전쟁을 벌이는 와중에 도 합장한 손을 풀지 않는 아수라의 양면성! 어쩌면 우리 인간들 역시 아수라처럼 이중의 모습으로 살고 있는지도 모른다.

일본에서 제작한 만화 영화 《마징가 Z》에 나오는 아수라 백작. 얼굴의 반은 남자, 또 다른 반은 여자의 모습을 하고 있다.

　1880년에 탈고한 도스토옙스키의 《카라마조프 집안의 형제들》은 바로 이러한 인간의 다면성을 생각하게 하는 작품이다. 순진하지만 탐욕스러운 인간, 똑똑하지만 냉정한 인간, 철부지 같지만 고결한 인간……. 다양한 인간들이 빚어내는 이야기를 통해 '인간이란 어떤 존재인가?' '인간의 본질은 무엇인가?'를 생각해 보게 만든다.

　러시아를 대표하는 이 소설은 도스토옙스키의 생애 마지막 작품이자 최고의 걸작으로 꼽힌다. 특히 다양한 인간에 대한 깊은 성찰과 독특한 서술 방식은 도스토옙스키 문학의, 나아가 19세기 러시아 문학의 정수라 일컬어진다. 작가는 전 생애에 걸쳐 사상과 종교, 인간의 본질에 관한 사색을 집대성했지만, 사실 《카라마조프 집안의 형제들》은 미완성 작품이다.

　도스토옙스키는 물욕과 음탕함의 화신인 표도르 파블로비치 카라마조프 집안의 세 형제, 거기에 떠돌이 여자에게서 얻은 아들 스메르쟈코프까지 합세해서 펼치는 부자간·형제간의 갈등 이외에도, 속편을 통해 알렉세이 표도로비치 카라마조프가 수도원을

토스토옙스키가 직접 쓰고 그린 《카라마조프 집안의 형제들》
의 초고

벗어난 지 십삼 년이 지난 후 황제를 암살하고 십자가에 매달리는 내용을 그릴 예정이었으나, 뜻을 이루지 못하고 세상을 떠났다. 미완의 작품, 그 너머로 계속 이어져 있는 작가의 깊은 고뇌를 이해하는 것은 결국 우리의 몫이 아닐까?

돈과 애욕에 얽힌 비운의 가족

이 이야기는 십삼 년 전으로 거슬러 올라가, 비운의 죽음을 맞이한 표도르 파블로비치 카라마조프의 집안 내력을 소개하면서 시작한다.

먼저, 아버지 표도르 파블로비치는 탐욕스럽고 방탕한 인물이다. 그는 무일푼으로 남의 집에서 식객 노릇을 하다가 거액의 지참금을 노리고 아젤라이다 이바노브나와 결혼하면서 재산을 불리기 시작한다. 그 후 아젤라이다는 드미트리를 낳지만 애정 없는 결혼 생활을 견디지 못하고 진정한 사랑을 찾아 다른 남자와 도망쳐 버린다. 그러나 기쁨도 잠시, 그녀는 낯선 도시에서 돌연 사망하고 만다.

표도르 파블로비치의 두 번째 부인 소피야 역시 둘째 아들 이반과 셋째 아들 알렉세이를 낳고서 세상을 떠난다. 남겨진 두 아들은 드미트리와 마찬가지로 아버지에게 철저하게 외면당한 채 성장한다. 사실, 표도르 파블로비치에게는 아들이 한 명 더 있다. 바로 거지나 다름없던 백치를 겁탈하여 낳은 스메르자코프이다. 표도르 파블로비치는 마치 자선을 베풀 듯이 그 사생아를 자신의 하인으로 들이는데, 이는 나중에 불행의 씨앗을 거두는 셈이 되고 만다.

아버지에게서 버려진 큰아들 드미트리는 친척 집을 전전하다가 어른이 된 후에야 아버지를 찾아온다. 바로 재산 문제를 의논하기 위해서이다. 이로써 돈에 얽힌 가족의 비극은 서막을 열게 된다.

흩어졌던 세 아들이 모두 고향으로 돌아오고, 어머니가 남겨준 유산을 챙기려는 드미트리와 한 푼도 주지 않으려는 표도르 파블로비치가 대립하면서 부자간의 갈등은 깊어진다. 표도르 파블로비치는 수도원에서 가족 모임을 열어 드미트리와 적당히 합의를 볼 생각이었으나, 오히려 다른 문제가 불거지면서 갈등이 더 악화된다. 그루센카라는 여인을 사이에 두고 부자간에 애정 다툼을 벌이게 된 것이다.

돈이라면 사족을 못 쓰는 그루센카는 아버지와 아들 사이에서 돈벌이에 열을 올리는 한편, 그들을 번갈아 유혹하며 헷갈리게 만든다. 또한 드미트리의 약혼자인 카테리나를 조롱하는 악녀 같은 모습을 보이기도 하다. 그러면서도 그루센카는 자신을 농락하고 버린 남자를 오 년 내내 한결같이 사랑하는, 때 묻지 않은 순수함을 가지고 있다. 그녀는 마침내 자신의 옛 남자가 비열한 인간임을 알게 되고, 진정한 사랑은 드미트리뿐이라는 사실을 깨닫는다.

그루센카와 카테리나를 둘러싼 아버지와 아들, 형과 동생 사이의 복잡한 문제가 좀처럼 풀리지 않는 가운데 갑자기 표도르 파블로비치가 살해되면서 가족의 비극 역시 정점에 달한다.

공공연히 아버지에 대한 살의를 드러내며 돈이 궁해 쩔쩔매던 드미트리가 살인자로 지목되고, 그루센카의 사랑을 확인하던 순간, 이 무슨 운명의 장난인지 그는 결국 체포되고 만다.

드미트리는 한사코 자신의 결백을 주장한다. 그러나 모든 증거가 그에게 불리하기만 하다. 진짜 범인은 스메르쟈코프이다.

《카라마조프 집안의 형제들》은 '가족사 소설'이다?

'가족사 소설'이란 한 가족의 흥망성쇠를 다룬 소설을 말한다. 그런데 가족 구성원들 개개인의 삶이나 그들 사이의 갈등을 다룬 소설이라고 해서 무조건 가족사 소설로 이해해서는 안 된다. 가족사 소설은 '가족 내의 개인'보다는 '가족이라는 사회적 집단'의 움직임과 변화 양상을 중시하며, 여러 대(代)에 걸친 가족의 역사를 총망라하기 때문이다.

여러 대에 걸친 가족의 이야기를 다루고 있다는 점에서 본다면 이 작품 역시 가족사 소설의 범주에 들어간다. 이 작품은 한 가족의 역사를 통해 시대와 역사의 변화를 보여 주기보다는, 가족 구성원의 갈등과 비극을 통해 다양한 인물 군상을 그려 내는 데 중점을 두고 있다. 그러나 인물 간의 갈등 속에서 농노제 사회에서 자본주의 사회로 급변하는 과도기 러시아 사회의 모습과 다양한 사상 등을 읽어 낼 수 있기에, 가족사 소설로 보아도 무리가 없을 것이다.

우리나라의 대표적인 가족사 소설로는 염상섭의 《삼대》, 채만식의 《태평천하》, 김남천의 《대하》 등을 꼽을 수 있다. 이 모두 각 세대별로 어떤 특징을 가지는지, 또 그들의 가치관이 시대에 따라 어떻게 변해 가는지 잘 보여 주는 작품이다.

《레디 메이드 인생》,《탁류》 등 주로 풍자적인 소설을 쓴 소설가 채만식의 작품들

한국 최초의 자연주의 소설가로 평가받는 염상섭의 동상과 그의 작품 《삼대》

늘 자신의 출생 배경과 처지를 비관하며 아버지와 다른 형제를 증오해 오다가 급기야 살인까지 저지른 것이다. 표도르 파블로비치를 죽이고 챙긴 삼천 루블로 프랑스 파리에서 새로운 인생을 시작하려던 그는 이반에게 자신의 범행 사실을 털어놓은 후 자살한다.

이반은 자신이 스메르쟈코프를 부추긴 실질적 주범이라는 생각에 괴로워하다 점점 망가져 가고, 드미트리는 아들로서 아버지에게 살의를 가진 것도 죄라는 생각에 유죄 판결을 순순히 받아들인다.

선과 악의 무게 중심에 선 사람들

추리 소설처럼 긴장감 넘치는 사건 전개, 여러 인물들로 옮겨 가며 그들의 행적과 심리를 추적하는 시점, 가족 모임에서 재판에 이르기까지 각 인물의 진실을 추적하는 과정은 그야말로 압권이다. 작품을 읽는 내내 우리는 인간에게 감춰진 선과 악의 실체가 무엇인지, 무엇이 인간을 구원해 주는지, 대체 인간이란 어떤 존재인지를 묻지 않을 수 없다. 이렇듯 《카라마조프 집안의 형제들》은 그야말로 '인간 탐구의 소설'이라는 평가를 받아 왔으며, 여러 나라에서 영화와 발레로 끊임없이 다시 태어났다.

이 작품을 통해 우리는 여러 형태의 극단적인 인물들을 만나게 된다. 등장인물들 모두가 극단적인 탐욕과 극단적인 사랑, 극단적인 광기 등을 서슴지 않고 드러낸다. 갈등의 근원인 표도르 파블로비치 카라마조프는 온갖 탐욕과 이기심, 애욕과 죄악으로 똘똘 뭉친 사람이다. 돈 때문에 사랑 없는 결혼을 하고, 아내를 두고도 다른 여자들을 집 안에 들이며, 친아들을 나 몰라라 하고 내팽개친다. 거지나 다름없는 여인을 겁탈하여 낳은 사생아를 인심 쓰듯 하인으로 부리는 등 인간적인 면이라고는 찾아보기 힘든 그야말로 극단적인 성격의 소유자이다.

표도르 파블로비치의 큰아들 드미트리도 아버지와 같이 광기와 탐욕에 사로잡힌 인물이다. 그루센카를 향한 뜨거운 열정이나 아버지에 대한 분노의 표출은 그의 성격을 잘 보여 주는 행동들이다. 술에 절어 살거나 시도 때도 없이 싸움을 벌이는 등 난봉꾼 같은 성격은 아버지의 일면을 고스란히 닮았다. 그러나 그의 천성은 이와 다르게 고결한 면이 있다. 기본적으로 인간에 대해 애정을 갖고 있으며, 이것저것 따지지 않는 순수함을 지닌 청년이다.

둘째 아들 이반은 지적이며 총명하다. 그러나 타인을 멸시하고 인간에 대한 선의가 없는 등, 그에게도 아버지의 성격과 비슷한 면이 많다. 철저한 무신론자인 그는 신이 없기에 그 어떤 선행도 필요하지 않다는 논리를 펼치는데, 이는 작품의 내면적인 줄거리를 이루는 가장 중요한 사상이자 철학이 된다.

러시아의 미래를 상징하는 세 번째 아들 알렉세이는 조시마

현대 발레의 거장, 보리스 에이프만의 발레극 《카라마조프》의 명장면

러시아 사람들의 길디긴 이름

표도르 파블로비치 카라마조프! 정말 긴 이름이다. 러시아 인의 이름만 알면 그 아버지의 이름도 짐작할 수 있다는데……. 그렇다면 표도르 파블로비치의 아버지 이름은 무엇일까? 정답은 파블르 카라마조프이다. 표도르의 아들이라면 무조건 이름 가운데에 표도로비치가 들어갈 것이다. 이렇게 중간 이름에 부칭이 들어가 '본인 이름+아버지 이름+성(姓)'으로 불리는 것이 러시아식 이름의 특징이다.

도스토옙스키의 두 번째 아내 안나와 그의 자식들. 딸의 이름은 류보프 표도로브나 도스토옙스카야, 아들의 이름은 표도르 표도로비치 도스토옙스키이다.

표도르 파블로비치 카라마조프는 '카라마조프 집안의 파블르의 아들 표도르'라는 뜻이 되는 것이다. 길고 복잡해 보이는 한 사람의 이름을 통해 그 아버지의 이름은 물론 가족 고유의 이름을 알 수 있다.

여성의 경우는 조금 다르다. 만약 표도르 파블로비치에게 딸이 있고 그 이름이 마리아였다면 마리아 표도로브나 카라마조프가 된다. 차이는 있지만 가운데에 부칭이 들어가는 형식은 남성과 같다.

작품 속에서 '카테리나 이바노브나'나 '표트르 알렉산드로비치'와 같이 성을 제외하고 이름과 부칭만 쓰는 경우가 있는데, 성을 제외한 '이름+부칭'으로만 부르는 것은 러시아식 존칭이라고 한다. 따라서 나이가 많거나 사회적으로 지위가 높은 사람일 경우 반드시 이름과 부칭을 함께 불러야 한다.

도스토옙스키의 경우, '표도르 미하일로비치 도스토옙스키'. 이것이 도스토옙스키의 정확한 이름이다. 원작에서 인물 간 대화를 살펴보면, 있는 그대로의 이름보다 애칭을 많이 사용하는 것을 알 수 있다. (본문에서는 혼선을 줄이기 위해서 한 가지 이름으로 통일하였다.) 러시아에서는 가까운 사이라면 누구나 애칭으로 이름을 대신한다고 한다. 러시아 인의 모든 이름에 애칭이 존재한다는 뜻이다.

안톤 체홉의 유명한 희곡 《바냐 아저씨》의 '바냐'는 바로 '이반'의 애칭이다. 주의할 것! 앞서 말했듯이 친구나 가족이 아닌 사회적으로 명망 있는 사람을 높여 부를 때 애칭은 금물이다.

복잡하게도 러시아식 이름의 애칭에는 또 다른 애칭이 붙는다. 작품에서 드미트리의 애칭은 '미챠'이다. 미챠를 더욱 다정하고 애틋하게 부를 때에는 그것을 변형시킨 '미첸카'라고 부른다. 애칭의 애칭을 사용해 누군가를 부르려면 가족이나 부부, 연인과 같이 매우 친근한 사이여야 한다.

신부를 신봉하는 청년으로, 순수한 영혼을 지녔으며 사람들의 사랑과 신뢰를 한 몸에 받는다. 이반과 드미트리 역시 그를 굳게 믿고 모든 것을 털어놓으며, 심지어 매정한 표도르 파블로비치조차 그를 진심으로 귀여워한다. 카테리나와 그루센카도 알렉세이에게는 진심을 숨기지 않는다. 그러나 알렉세이는 자신의 내면에 카라마조프 집안의 격정적인 피가 흐르고 있음을 느끼고 괴로워한다.

한편, 스메르쟈코프는 분노와 증오가 가득한 인물로 그려진다. 겉으로 보면 서자로 태어나 하인으로 살면서 우직하게 일하는 것 같지만, 실상은 아버지와 다른 형제들을 증오하는 마음으로 가득 찬 인물이다. 표도르 파블로비치의 천박한 욕망으로 인해 축복받지 못하는 생으로 태어난 것도 비참한데, 형벌과도 같은 간질병이 또 한 번 그를 저주한다. 어찌 보면 불운을 타고난 인물인 셈이다.

스메르쟈코프는 다른 인물들에 비해 열등하고 천성이 비열하며 오만하기까지 하다. 그는 결국 부친을 살해하는데, "나는 그저 도련님의 앞잡이에 지나지 않는다."라며 이반의 정신적 사주로 범행을 저지르게 된 것이라고 고백한 후 스스로 목숨을 끊는다. 스메르쟈코프는 사실상 이반과 같은 성격을 가진, 이반의 분신과도 같은 인물이다. 자기만의 사상에 지나치게 빠져 인간을 멸시하는 태도는 그들의 공통적인 특징이기도 하다.

그렇다면 아버지와 아들 사이에서 그들의 갈등을 조장하고, 살인 사건의 배경에 있는 그루센카는 어떤 여인일까? 그녀는 어린 나이에 남자에게서 버림받고 모든 것을 체념한 채 살아가는 인물이다. 외형적으로는 자유분방하고 제멋대로 사는 타락한 여인 같지만, 그것은 사랑을 잃고 실의에 빠진 나머지 자기도 모르게 저지르는 일탈 행동에 불과하다.

또한 그녀는 아버지와 아들 사이를 오가며 그들을 애태우지만, 자신을 버린 남자를 무려 오 년 동안 기다리는 순수함을 지니고 있기도 하다. 그러나 그녀는 결국 그 남자의 비열함을 깨닫고, 진실된 드미트리의 사랑을 받아들인다. "나는 이미 당신 거예요. 앞으로도 영원히 나는 당신과 함께할 거야!"라고 드미트리에게 고백한 것처럼, 한번 마음을 준 상대에게는 변함없는 사랑을 베푸는 고결한 여인인 것이다.

드미트리의 약혼녀인 카테리나는 좋은 가문에서 태어났으며 자존심이 강한 여인이다. 그녀는 자신의 명예와 약속을 소중히 여기는 마음에서 드미트리와 약혼하지만, 뒤늦게 자신이 이반을 사랑하고 있음을 깨닫는다.

법정에서 이반이 자신이야말로 살인범이라고 주장하자, 카테리나는 드미트리가 쓴 편지를 증거로 제시하며 그를 파멸의 길로 몰아넣는다. 자신의 사랑을 위해 한때 약혼자였던 사람을 한순간에 파멸시킨 그녀야말로, 고상하고 우아한 태도 뒤에 잔인함과 사악함을 숨긴 진짜 악녀가 아닐까?

러시아의 영화 《카라마조프 집안의 형제들》의 명장면. 카테리나 집에서 연극을 하고 있는 그루센카(왼쪽). 그것도 모르고 그루센카의 손에 입을 맞추는 카테리나의 모습(오른쪽). 두 여인은 결국 앙숙이 된다.

얽히고설킨 갈등의 실타래

비극적으로 꼬인 인간관계는 표도르 파블로비치 카라마조프로부터 시작된다. 부자간·형제간의 갈등과 형제를 두고 벌이는 두 여인의 갈등은 마치 칡넝쿨처럼 얽혀 쉽게 풀리지 않는다. 또한 인간 대 인간의 갈등이 있는가 하면 물질과 탐욕, 이념과 사상에 대한 고뇌와 같은 인간 내면의 갈등도 중요하게 다뤄진다. 이 소설이 묻고 있는 인간이란 존재의 실체를 이해하기 위해서 우리는 갈등의 모든 양상을 찬찬히 헤아려 볼 필요가 있다.

중심이 되는 갈등은, 아버지 표도르 파블로비치와 그의 아들 드미트리가 쥐고 있다. 표면적으로는 드미트리가 받을 유산을 표도르 파블로비치가 술수를 부려 가로챈 게 문제이다. 하지만 더 뿌리 깊은 갈등의 원인이 있는데, 바로 두 사람 모두 그루셴카를 사랑하고 있다는 점이 그것이다. 부자 관계는 '천륜(天倫)'이라 불릴 만큼 소중한 것임에도 불구하고, 두 사람은 서로를 죽이고 싶어 할 정도로 증오한다.

이반 역시 아버지를 미워하지만 형과는 다른 양상을 보인다. 아버지에 대한 증오와 분노를 솔직히 표출하는 드미트리와 달리 이반은 속내를 은근히 드러내는 데 그친다. 심지어 고향에 돌아온 후, 처음 몇 달간은 아버지와 좋은 관계를 유지하기도 한다. 그러나 이반의 무신론적인 사상과 아버지에 대한 증오심은 결국 스메르자코프가 살인을 저지르는 데 결정적인 영향을 끼친다.

누명을 쓰고 투옥되긴 했지만 늘 아버지에 대한 살의를 가지고 있었던 드미트리, 직접 손에 피를 묻힌 건 아니지만 아버지를 죽인 이의 결정적인 배후가 된 이반…… '천륜을 져 버린 친부 살해

끊임없이 반복되는 '살인', 혹은 '자살'의 문제

도스토옙스키는 유독 '살인'과 '자살' 사건을 많은 작품의 중심축으로 다루곤 한다.

《죄와 벌》의 경우, 주인공 라스콜리니코프가 전당포 노파를 살해하는 것이 주요 사건이다. 그는 탐욕이 가득하고 벌레만도 못한 인간을 죽이는 것은 정당하다는 자신만의 신념 때문에 살해를 감행한다. 그러나 범행 이후 라스콜리니코프는 괴로움에 시달리고 결국에는 시베리아로 유형을 떠나게 된다. 그리고 그곳까지 자신을 따라온 소녀의 헌신적인 사랑에 힘입어 진심으로 죄를 뉘우친다.

도스토옙스키가 직접 쓰고 그린 《악령》의 초고과 러시아판 《악령》에 수록된 삽화

또 다른 작품 《악령》에서는 주인공 스타브로긴이 결투 끝에 사람을 죽이고 만다. 그는 《카라마조프 집안의 형제들》의 이반이나 《죄와 벌》의 라스콜리니코프처럼 '모든 것이 허용된다.'라는 사상에 사로잡혀 어린 소녀를 범하는데, 그 소녀가 자살을 하자 양심의 가책을 견디지 못하고 스스로 목숨을 끊는다.

이는 도스토옙스키가 '니힐리즘'의 영향을 받은 결과라고 볼 수 있겠다. 니힐리즘은 라틴 어 니힐(nilil)에서 비롯되었으며, 허무주의를 이르는 말로 아무것도 존재하지 않는다는, 즉 '무(無)' 그 자체의 뜻에서 기원했다.

그러나 오늘날의 니힐리즘은 좀 더 포괄적으로 이해해야 한다. 절대적인 진리나 도덕성 같은 가치가 존재하지 않는다는 입장은 모두 니힐리즘에 포함시킬 수 있기 때문이다. 따라서 인간의 인식은 주관적, 상대적이기 때문에 진리의 절대성을 의심하고 궁극적인 판단을 하지 않으려고 하는 회의론이나 상대주의는 물론이고, 무정부주의와 같이 일체의 정치권력이나 공공적 강제의 필요성을 부정하고 개인의 자유를 최상의 가치로 내세우는 사상까지 모두 니힐리즘의 갈래로 볼 수 있다.

니힐니즘은 19세기 후반 많은 철학자와 작가들에게 영향을 끼쳤으며, 특히 도스토옙스키는 인생에 어떠한 의의를 두는 것을 부정하고 찰나의 쾌락을 좇는 인물들과 허무한 죽음을 작품 속에 구현해 내면서 니힐리즘이 낳은 대표적인 작가가 되었다.

악마적 천재라는 평가를 받는 도스토옙스키. 그는 '살인'과 '자살'이라는, 삶의 극단적인 마무리를 통해 역설적으로 인간과 인생의 소중함을 드러내려던 게 아닐까?

범은 대체 누구인가?'라는 물음 앞에 선 두 사람의 관계는 당연히 적대적일 수밖에 없다. 성격 면에서도 둘은 대립적이다. 드미트리가 열정적이고 불같은 성격인 반면, 이반은 지적이며 냉철하다.

이 소설에서 사상적 갈등을 드러내는 인물들은 이반과 조시마 신부의 영향을 받은 알렉세이다. 알렉세이가 사람들에게서 선량한 인간성을 발견해 내는 사람이라면, 이반은 인간의 악한 본성을 꼬집어 그것으로 자기 이론을 합리화하는 사람이다.

그들의 사상적 격투는 알렉세이의 숭고하고 깨끗한 영혼을 빼앗으려는 이반의 독선적이고 냉정한 설득을 위주로 전개된다. 특히 이반은 신이 창조한 세계가 불합리한 모순덩어리라고 주장하며, 이 모순이 있는 한 인류에게 지상의 천국은 도래하지 않을 것이라는 이론을 제시한다.

이러한 무신론적 사상은 이반이 지었다는 서사시, 〈대심문관〉에서도 잘 드러난다. 도스토옙스키 문학의 정수라는 평가를 받기도 하는 〈대심문관〉은 재림한 그리스도가 거대 권력인 교권에 의해 또다시 거부되는 내용을 담고 있으며, 권력과 참다운 자유 의지 사이에서 고뇌하는 나약한 인간들에 대해 예언적인 경종을 울리는 작품 속의 또 다른 작품이라 하겠다.

아르헨티나의 소설가 호르헤 루이스 보르헤스. 환상적 사실주의의 대가라 평가받는 그 역시 단편 소설 〈엠마 순스〉와 〈율리카〉에서 친부 살해 문제를 다루었다.

스메르쟈코프와 이반이 겪는 갈등의 골도 깊다. 이반은 자신을 '사상적 동지'라 여기는 스메르쟈코프를 보며 본능적으로 혐오감을 느낀다. 또한 아버지를 살해한 범인이 스메르쟈코프라는 사실을 알게 된 이반의 분노는 최고조에 이른다. 하지만 스메르쟈코프는 되레 이반이야말로 주범이라는 주장을 펴고, 이반은 엄청난 정신적 고통에 시달린다.

돈과 사랑, 사상이 뒤엉킨 갈등은 비단 카라마조프 집안만의 극단적인 문제가 아니다. 우리 주변에서도 돈이나 사랑 때문에 누군가를 미워하고 심지어 죽이는 일이 일어나고 있지 않은가.

내 안의 또 다른 나

《카라마조프 집안의 형제들》속 인물들은 내면의 또 다른 자신과 씨름한다. 작품을 읽다 보면 마치 이상의 시, 〈거울〉을 읽는 듯한 느낌이 들기도 한다.

> 거울속의나는왼손잡이오
> 내악수(握手)를받을줄모르는——악수를모르는왼손잡이오
> 거울때문에나는거울속의나를만져보지를못하는구료마는
> 거울아니었던들내가어찌거울속의나를만나보기만이라도했겠소
>
> 나는지금거울을안가졌소마는거울속에는거울속의내가있소
> 잘은모르지만외로된사업(事業)에골몰할게요

이 시는 인간의 자아 분열 상태를 상징적으로 드러낸다. 나와 닮았으나 정반대이기도 한 '나', 나의 말을 알아듣지 못하고 단절된 '또 다른 나'.

카라마조프 집안의 세 형제는 각자의 거울을 가지고 있다. 그들은 거울에 비친 또 다른 자신을 보며 안타까워하고, 때로는 미워

하기도 한다. 주체하지 못하는 정열로 방황하는 드미트리, 자신의 사상과 끊임없이 싸우는 이반, 신성과 세속 사이에서 혼란스러운 알렉세이. 세 형제는 각자 또 다른 자신과 싸워야만 하는 시련을 겪는다.

조시마 신부가 영면한 후 알렉세이의 신앙심은 크게 흔들린다. 한평생을 거룩하게 살다 갔으니 그 죽음마저 신성할 거라고 생각했으나, 악취를 풍기며 썩어 가는 장로의 주검은 너무 충격적이었던 것이다. 알렉세이는 자기의 내면에도 카라마조프 집안의 탐욕과 그릇된 열정이 있음을 감지한다. 그래서 될 대로 돼라는 심정으로 라키친을 따라 그루셴카의 집으로 가게 되는데, 뜻밖에도 그곳에서 그루셴카의 진실한 내면을 발견한다.

한 사람을 온전히 이해하고 받아들이는 일이야말로 구원에 이르는 길임을 깨달은 알렉세이는 수도원을 떠나기로 결심한다. 신성과 세속 사이에서 갈등했지만, 인간의 삶 속에 성스러움이 있음을 마침내 깨닫게 된 것이다.

무신론자이며 허무주의자인 이반은 악령과 대화를 나누는 부분에서 자기 분열의 극치를 보여 준다. 그 악령은 이반의 사상을

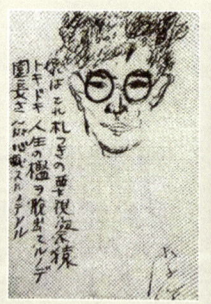

난해한 작품을 발표한 것으로 유명한 시인 겸 소설가 이상(본명 김해경)과 그의 자화상, 이상과 절친했던 화가 구본웅이 그린 이상의 초상화 (우인상)

흉내 내듯 읊조리며 신을 부정하고, 드미트리를 위해 스스로를 희생하라며 이반을 조롱한다. 이는 악마로 설정된 이반의 또 다른 자아가 스스로에게 던지는 말인 셈이다.

이 소설에서 드미트리는 인간 본연의 갈등을 가장 잘 보여 주는 인물이다. 그는 이반과 달리 무모하지만, 자신의 잘못을 진심으로 뉘우칠 줄 아는 순수한 사람이다. 옥에 갇힌 후, 드미트리는 방탕했던 자신의 삶과 죄에 대해 깊이 반성한다. 그 결과 아버지를 죽이려 했던 자신의 분노에 대한 책임을 통감하고, 비록 죄가 없더라도 새로운 삶을 살기 위해 기꺼이 형벌을 받아들이기로 결심한다.

소설 속 인물은 '평면적 인물'과 '입체적 인물'로 나눌 수 있다. '평면적 인물'은 성격의 변화가 거의 없이 늘 한결같은 인물로서, 고대 소설《흥부전》의 흥부 같은 인물을 가리킨다.

반면 '입체적 인물'은 성격의 변화나 감정의 기복이 큰 인물을 말한다. 로버트 루이스 스티븐슨의 소설《지킬 박사와 하이드》에는 상반된 성격을 한꺼번에 지닌 인물이 등장하는데, 이렇게 사건의 전개에 따라 성향이 달라지는 인물을 '입체적 인물'이라 부른다.

드미트리는 입체적 인물의 특성을 고스란히 보여 주는 인물이다. 오직 열정에 충실하던 혈기 왕성한 청년, 그는 친부 살해라는 누명을 쓰고 고통을 겪으면서 신과 인생에 대하여 깊이 고뇌하는 인간으로 변해 간다.

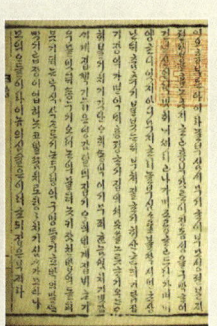

로버트 루이스 스티븐슨의 괴기 소설을 원작으로 한 뮤지컬《지킬 앤 하이드》의 포스터(왼쪽)와 작자, 연대 미상의 고대 소설《흥부전》(오른쪽)

살인 사건의 핵심을 파고드는 서술 기법

이 소설의 핵심은 살인 사건이다. 서술자가 표도르 파블로비치의 죽음을 둘러싼 여러 인물을 오가며 사건을 파헤칠수록 진짜 살인범은 누구일까, 하는 궁금증도 함께 커진다. 범인을 분명히 밝히지 않으면서 살인 사건의 전모를 한 꺼풀씩 벗겨 내는 전개 방식은 흡사 추리 소설처럼 긴박감이 넘친다.

드미트리는 공공연히 아버지를 죽여 버리겠다며 떠들고 다닌다. 하지만 그가 실제로 죽이는 장면은 그려지지 않았기 때문에 독자는 드미트리가 진범인지 확신할 수 없다. 다행히 책장을 넘길 때마다 의혹은 서서히 풀려 간다. 드미트리의 행적이 하나하나 드러나기 때문이다. 결국 진짜 범인인 스메르쟈코프는 자신의 범행을 시인하고, 그 배후에 이반이 있음이 밝혀진다. 따라서 우리는 돈이나 치정 때문만이 아닌, 신념과 사상이 낳은 잔혹함이 결국 살인 사건으로 이어졌다는 것을 이해하게 된다.

작가는 또한 각 인물에 초점을 맞추기 위해 시점을 이동하고 있다. 전체적으로 전지적 작가 시점이지만 장별로 조금씩 다른 시점을 취하고 있다. 가족의 역사나 수도원에서의 가족 모임을 서술하는 부분에서, 작가는 인물들과 일정한 거리를 유지한 채 그들의 삶을 담담히 설명한다. 그러나 특정 인물이 중심이 되는 사건이 전개될 때에는 그 인물의 시선에 오롯이 의지해서 사건에 몰입할 수 있도록 이야기를 풀어낸다.

이제 우리는 막대한 분량의 《카라마조프 집안의 사람들》을 읽으며 '작가는 무엇을 말하려 하는가?' '무엇을 이해해야 하는가?'와 같은 질문에 답을 찾아야 한다. 그러기 위해서는 이 작품

아버지는 나의 적, 오이디푸스 콤플렉스

《카라마조프 집안의 형제들》에서 드미트리는 아버지에 대한 살해 욕구를 지니고 있다. 이반 역시 겉으로 드러내진 않지만 아버지의 죽음을 은근히 바랐으며, 그 감정이 고스란히 스메르쟈코프에게 전해져 아버지를 죽음에 이르게 한다. 서자인 스메르쟈코프는 아버지와 다른 형제를 향한 분노에 사로잡혀 살해를 감행하는데, 이렇게 아들이 아버지와 극심히 경쟁하고 갈등하는 심리 상태에 이르는 것을 '오이디푸스 콤플렉스'라 부른다.

프랑스의 화가 장 오귀스트 도미니크 앵그르가 그린 〈오이디푸스와 스핑크스〉

오이디푸스 콤플렉스는 본래 아들이 어머니를 차지하고자 하는 욕망 때문에 아버지에게 반감을 갖게 되는 상태를 말하는 것으로, 오스트리아의 정신 분석학자 지그문트 프로이트가 그의 저서 《꿈의 해석》(1899)에서 사용한 개념이다.

오이디푸스는 그리스 신화에 등장하는 테베의 영웅으로, '아버지를 죽이고 어머니와 결혼할 운명'을 안고 태어났다. 오이디푸스의 아버지인 라이오스 왕은 예언을 두려워한 나머지 아들을 죽이려 하지만, 이를 불쌍히 여긴 경호병이 아기를 양치기에게 맡긴다. 아이는 다시 코린토스의 왕궁에 맡겨져 왕자로 자라고 '퉁퉁 부은 발'이라는 뜻이 담긴 이름, '오이디푸스'로 불리게 된다. 성장한 오이디푸스는 자신의 뿌리를 알고자 신탁을 받는데, 자신이 아버지를 죽일 운명이라고 하자 충격을 받고 왕궁을 떠난다. 그렇게 고향 테베까지 이르게 된 그는 길을 걷다가 마주 오던 마차와 시비가 붙어 한 노인을 죽이고 만다. 그 노인이 바로 자신의 친아버지이다. 예언대로 아버지를 죽이게 된 것이다.

테베를 떠나는 오이디푸스와 그의 딸 안티고네

당시 테베에는 스핑크스라는 괴물이 사람들을 괴롭히고 있었다. 스핑크스는 수수께끼를 내서 풀지 못하는 사람을 모조리 잡아먹는 무시무시한 괴물이었다. 테베의 여왕 이오카스테, 즉 오이디푸스의 친어머니는 스핑크스를 죽이는 자에게 왕위와 자기 자신을 바치겠다고 선포하는데, 운명의 장난처럼 오이디푸스가 괴물마저 처단하게 된다.

그 대가로 오이디푸스는 자신의 어머니와 결혼해 테베의 왕위에 오른다. 훗날 모든 사실을 알게 된 이오카스테는 운명을 저주하며 자살하고, 오이디푸스는 부모를 몰라 본 자신의 눈을 스스로 뽑아 버린 후 딸 안티고네와 함께 방랑길에 오른다.

이 '인간의 삶'에 대한 이야기를 하고 있음을 염두에 두어야 할 것이다. 물론 평범한 사람들에게는 카라마조프 집안의 갈등이 낯설기만 할 게 분명하다. 평안과 기쁨을 주는 피붙이가 가족이 아니던가. 그런데 이 작품에 등장하는 가족은 극단적이고 기괴한 일로 서로를 괴롭히는 것에 혈안이 되어 있으니 말이다.

이 작품을 통해 우리는 그 기괴한 사람들도 우리와 함께 이 세상을 살아가는 사람들 중 일부임을 깨달아야 한다. 그들은 각각의 인간 유형을 대표하며, 작가는 그들의 삶을 통해 인간 사회 전체를 그려 낸 것이다.

작가가 진심으로 전하고 싶었던 것은 바로 인간 속에 있는 극도의 이기심과 탐욕, 그릇된 열정과 비뚤어진 지성, 그리고 그것이 낳은 끔찍한 잔인성이 아닐까? 이로써 우리는 무엇이 인간을 구원에 이르게 하는지 고민하게 된다.

가여운 소년 일류샤의 장례식과 함께 작품도 대단원의 막을 내린다. 장례식에 참석했던 아이들에게 알렉세이는 진심 어린 조언을 아끼지 않는다. 그것은 신의 섭리를 따르는 선량한 인간성이야말로 이 세상에서 가장 가치 있는 것이라는 도스토옙스키의 사상이기도 하다.

《카라마조프 집안의 형제들》은 최근 러시아의 영화로 재탄생되는 등 꾸준히 주목받고 있다. 사진은 영화 속 등장인물(왼쪽)과 드미트리의 재판 장면(오른쪽)이다.

도스토옙스키가 돈을 벌기 위해 소설을 썼다고?

도스토옙스키의 소설 창작의 원동력은 '돈'이었다. 《죄와 벌》, 《카라마조프 집안의 형제들》을 비롯한 세기의 명작들은 원고료를 당겨 쓴 그가 쫓기듯 써낸 작품이다.

도박벽이 심했던 그는 도박을 계속하고 빚을 갚기 위해, 그리고 생계를 위해 소설을 썼다. 돈은 점차 그의 인생의 구심점이 됐고, 자연스레 작품의 가장 중요한 소재가 되기도 했다.

도스토옙스키는 늘 생활고에 시달렸기에 원고료를 미리 받는 방식으로 필요한 돈을 충당했다. 그런 다음에는 마감 독촉을 몇 번이나 받은 후에서야 글을 쓰기 시작했다고 한다.

마감 시간까지 집필을 마치기 위해 속기사를 고용한 일화도 유명하다. 그의 단편 《노름꾼》의 주인공은 스스로를 모델로 삼아 구상한 인물이다. 도박 중독증은 도스토옙스키를 평생 비참하고 굴욕적으로 살게 했지만, 동시에 그의 왕성한 창작 활동에 불을 지핀 원동력이 되기도 했다.

도스토옙스키의 자화상과도 같은 작품 《노름꾼》의 러시아판에 실린 삽화

소설보다 더 소설 같은 도스토옙스키의 삶

기구한 삶을 살다 간 천재 작가, 도스토옙스키. 그는 작품 속 스메르쟈코프처럼 간질병을 앓았고, 사형 선고를 받고 죽을 뻔했으나 다행히 감형되어 드리트리처럼 시베리아로 유형을 떠나야 했다. 또한 평생을 가난과 빚더미 속에서 허덕였고, 이반과 알렉세이의 사상적, 신앙적 고뇌는 작가 자신의 고뇌를 드러낸 것이었다. 그러니 《카라마조프 집안의 형제들》은 곧 작가의 삶 전

부를 담은 것이라 해도 과언이 아니다. 그는 열 편이 넘는 장편 소설을 남겼는데, 그 작품들은 한결같이 세계 문학사에 큰 자취를 남긴 걸작으로 평가받고 있다.

도스토옙스키는 1821년 의사인 미하일 안드레비치와 어머니 마리아 표도로브나의 둘째 아들로 태어났다. 모스크바의 도시적인 환경 속에서 자란 그는 1831년에 아버지가 시골의 영지를 구입하면서 처음으로 전원생활을 하게 된다. 시(詩)를 사랑하던 어머니의 영향을 받아 어려서부터 문학을 좋아한 그는 푸슈킨, 발자크, 위고 등 세계적인 작가들에 열중하며 성장기를 보냈다.

1839년에는 아버지가 농노들에 의해 살해당하는 충격적인 일을 겪었으며, 그로부터 오 년 후 처녀작《가난한 사람들》을 발표한다. 도시 빈민의 열악한 삶을 날카롭게 그려 낸《가난한 사람들》을 본 당대의 평론가 비사리온 벨린스키는 "새로운 고골이 나타났다."라며 격찬했다고 전해진다.

도스토옙스키는 일종의 독서 모임인 '페트라셰프스키 모임'에 정기적으로 참석하던 중 체포되어 사형 선고를 받았으나, 형 집행 직전에 황제의 특별 사면으로 사 년간의 시베리아 유형과 사 년간의 군 복무 판결을 받게 되었다. 시베리아 유형지에서의 생활은《지하로부터의 수기》,《죽음의 집의 기록》에 고스란히 기록된다.

도스토옙스키는 도박에 빠진 나머지 빚을 갚기 위해 작품을 쓴 독특한 이력도 있다. 그의 위대한 소설《죄와 벌》이 바로 도박 빚을 갚기 위해 집필한 작품이다. 또한 시간에 쫓기며 글을 써야 했기에 속기사를 고용하기도

도스토옙스키의 생가

도스토옙스키가 사랑한 작가 푸슈킨과 위고, 그리고 19세기 러시아 최고의 평론가 벨린스키

했는데, 그렇게 속기사의 도움을 받아 완성한 작품은 《노름꾼》이다. 그는 첫 번째 아내였던 마리아 드미트리예브나가 사망한 후 자신의 속기사로 일했던 안나 스니트키나와 재혼했다.

《백치》,《악령》 등을 발표한 도스토옙스키는 오랜 시간 《카라마조프 집안의 형제들》을 구상하다가 1879년과 1880년에 걸쳐 마침내 작품을 완성한다. 몸 상태는 물론이고 정신적으로도 쇠약해진 시기였다.

1880년 자신의 마지막 작품인 《카라마조프 집안의 형제들》을 탈고한 그는 악화된 결핵 때문에 폐동맥이 파열되어 쓰러졌다.

표도르 파블로비치, 드미트리, 이반, 알렉세이, 그루센카, 카테리나…… 자신이 너무도 사랑했던 가족과 친구들의 모습을 작품 속에 고스란히 되살려 낸 도스토옙스키는 이듬해인 1881년 1월 24일, 깊은 잠에 들며 소설보다 더 소설 같은 삶에 마침표를 찍었다.

푸 른 숲
징 검 다 리
클 래 식
0 3 0

카라마조프 집안의 형제들 3

첫판 1쇄 펴낸날 2010년 11월 15일
6쇄 펴낸날 2021년 1월 29일

지은이 표도르 M. 도스토옙스키   **옮긴이** 서상범
발행인 김혜경   **편집인** 김수진
주니어 본부장 박창희
편집 길유진 진원지 문새미
디자인 전윤정 정진희
마케팅 이상민 이혜인
경영지원국 안정숙
회계 임옥희 양여진 김주연

펴낸곳 (주)도서출판 푸른숲
출판등록 2003년 12월 17일 제406-2003-000032호
주소 경기도 파주시 회동길 57-9, 우편번호 10881
전화 031) 955-1410   **팩스** 031) 955-1405
홈페이지 www.prunsoop.co.kr   **이메일** psoopjr@prunsoop.co.kr

ⓒ푸른숲주니어, 2010
ISBN 978-89-7184-908-8 44890
      978-89-7184-464-9 (세트)